Kidnappée par erreur

JUDE DEVERAUX

La princesse de feu	
La princesse de glace	
Les yeux de velours	*J'ai lu* 2927/5
Un teint de velours	*J'ai lu* 3003/5
Une mélodie de velours	*J'ai lu* 3049/4
Un ange de velours	*J'ai lu* 3127/4
Les dames de Virginie - 1	*J'ai lu* 3180/5
Les dames de Virginie - 2	*J'ai lu* 3181/4
Les dames de Virginie - 3	*J'ai lu* 3182/5 *(oct. 92)*

Jude Deveraux

Les dames de Virginie

*

Kidnappée par erreur

traduit de l'américain
par Anne BENJAMIN

Éditions J'ai lu

Titre original :

COUNTERFEIT LADY
Pocket Books, N.Y.

1

En ce mois de juin 1794, les roses étaient en pleine floraison dans le comté du Sussex, et les pelouses de ce vert éclatant qui fait l'orgueil des Anglais. La maison de deux étages, simple et carrée, était entourée d'une petite clôture de fer. Ancienne dépendance d'une grande propriété, elle avait sans doute abrité autrefois le jardinier ou le garde-chasse, mais depuis longtemps déjà, le reste avait été morcelé et vendu pour payer les dettes des Maleson. De cette grande famille, il ne restait maintenant que cette demeure modeste et négligée, Jacob Maleson et sa fille Bianca.

Jacob Maleson était assis devant la cheminée vide du salon au rez-de-chaussée. C'était un homme de petite taille et corpulent. Son ventre rebondi tendait la veste dont il n'avait pu attacher les derniers boutons. Une culotte de drap noir, fermée sous le genou par une boucle en cuivre, moulait ses cuisses épaisses. Il portait des bas de coton et des escarpins de cuir trop fins pour ses pieds. Son manteau était négligemment jeté sur un fauteuil. D'une main paresseuse, il caressait les oreilles du setter irlandais qui somnolait contre la bergère.

Depuis l'enfance, Jacob aimait la vie simple de la campagne. Il préférait de beaucoup une maison modeste, moins de serviteurs et moins de responsabilités. Il se souvenait de la vaste demeure de ses parents, dont l'entretien mobilisait tout leur temps et toute leur énergie, comme d'un endroit inconfortable et à moitié vide. Maintenant, il avait ses chiens, un bon quartier de viande pour le dîner, assez de revenus pour entretenir ses écuries, et il était satisfait.

Sa fille ne l'était pas.

Bianca se tenait devant le miroir de sa chambre du premier étage et lissait sa longue robe de mousseline sur ses formes plantureuses. Chaque fois qu'elle se regardait vêtue à la nouvelle mode française, elle réprimait mal son mécontentement. En France, les paysans s'étaient révoltés contre les aristocrates, et c'était le monde entier qui payait la faiblesse de ces derniers et leur incapacité à contrôler leurs subordonnés. Tous les pays avaient les yeux tournés vers la France et craignaient de subir le même sort. Là-bas, tout le monde voulait avoir l'air d'appartenir au peuple. Du coup, les satins et les soies étaient pratiquement proscrits. On ne s'habillait plus que de mousseline, de calicot, de linon ou de percale.

Bianca étudiait sa silhouette dans la glace. Bien entendu, ce genre de tenue lui allait à merveille. Elle s'inquiétait, en fait, pour les autres femmes moins généreusement dotées qu'elle-même. Un profond décolleté ne masquait rien de l'opulence et de la blancheur laiteuse des seins. Le tissu bleu pâle était retenu par un ruban de satin bleu sous la poitrine et tombait librement jusqu'au sol. Ses cheveux blond vénitien, maintenus en arrière par un ruban, descendaient en anglaises sur ses épaules nues. Elle avait un visage rond qui satisfaisait la dernière mode, des yeux bleus, des cils et des sourcils clairs, une bouche délicate et rose et un sourire qui dessinait une fossette dans sa joue gauche.

Quittant son poste d'observation, elle se dirigea vers sa coiffeuse recouverte de tulle rose comme le reste de sa chambre. Elle n'aimait rien tant que les couleurs pastel autour d'elle, si douces, si délicates et romantiques.

En fronçant délicatement son nez, elle scruta du regard la boîte de chocolats posée sur la table et dont l'étage supérieur était presque vide. Cette affreuse guerre, en France, avait contraint la meilleure fabrique à fermer. Et maintenant, elle était obligée de se contenter de chocolats anglais de second choix. Elle en choisit un, puis un autre. Elle en était à son quatrième et se suçait les doigts avec délices quand Nicole Courtalain entra dans la pièce.

Les chocolats médiocres, l'étoffe trop mince de sa robe et la présence de Nicole étaient les conséquences directes de la Révolution française. En regardant Nicole, elle songeait à sa propre générosité et à celle de tous ses compatriotes qui avaient accueilli ces Français chassés de leur pays. Bien entendu, la plupart d'entre eux gagnaient leur vie. Ils avaient même introduit en Angleterre une chose qu'on appelait « restaurant ». Mais Nicole, elle, n'avait ni argent, ni parents, ni emploi. C'est dans ces situations-là que les Anglais avaient pu montrer leur profonde bonté. Un par un, ils avaient hébergé ces déshérités dans leur maison.

C'est ainsi que Bianca s'était rendue dans un port de la côte est où l'on signalait l'arrivée d'un bateau et de sa cargaison de réfugiés. A l'époque, son père venait de l'informer qu'il ne pourrait plus entretenir une femme de chambre. Une terrible querelle s'en était suivie jusqu'à ce que Bianca se souvienne des émigrés. Son devoir n'était-il pas de venir au secours de l'un d'entre eux ?

Son choix s'était immédiatement fixé sur Nicole. Elle était petite. Ses cheveux noirs étaient cachés sous un chapeau de paille. Dans son visage en forme de cœur brillaient d'immenses yeux sombres, ombrés d'épais cils bruns, dans lesquels on pouvait lire une insondable tristesse. On sentait que peu lui importait de vivre ou de mourir. Bianca comprit immédiatement qu'un être aussi démuni lui serait éternellement reconnaissant.

Aujourd'hui, trois mois après, elle regrettait presque tout ce qu'elle avait donné à Nicole. Non pas à cause de son incompétence, on aurait pu lui reprocher l'inverse. Mais parfois devant sa grâce, sa légèreté, Bianca se sentait gauche.

Bianca se contempla de nouveau dans le miroir. Quelle pensée absurde ! Elle avait une tournure majestueuse, imposante — tout le monde le disait. Elle jeta à Nicole un coup d'œil furibond par l'intermédiaire de la glace et enleva le ruban de ses cheveux.

— Je n'aime pas la manière dont vous m'avez coiffée ce matin.

Elle s'assit devant la coiffeuse et avala deux autres chocolats.

Nicole s'approcha sans un mot et se mit à peigner les cheveux fins de Bianca.

— Vous n'avez pas encore ouvert la lettre de Mr. Amstrong ?

Elle parlait d'une voix calme, sans accent, si ce n'est la prononciation appliquée de chaque mot.

Bianca fit un geste vague de la main.

— Je connais son contenu. Il veut savoir quand je viens en Amérique pour l'épouser.

Nicole déroula une boucle autour de son doigt.

— Je croyais que vous seriez heureuse de fixer une date. Je sais que vous désirez vous marier.

Bianca releva les yeux pour croiser ceux de Nicole dans le miroir.

— Vous ne savez rien du tout ! D'ailleurs que peut comprendre une Française de la fierté et de la sensibilité d'une Anglaise ? Clayton Amstrong est américain ! Comment pourrais-je, moi, une descendante des Pairs du Royaume, épouser un Américain !

Nicole attacha soigneusement le ruban autour de la tête de Bianca.

— Pourtant, n'a-t-on pas déjà annoncé vos fiançailles ?

Bianca jeta le papier sulfurisé qui recouvrait la

seconde couche de chocolats et en prit un au caramel. Ses préférés ! Elle expliqua, la bouche pleine :

— Les hommes ! Qui peut les comprendre ? Je me marierai uniquement pour échapper à ce cadre misérable, annonça-t-elle en désignant la petite pièce de la main. Mais je n'épouserai sûrement pas un homme comme ce Clayton. D'après la rumeur publique, certains colons comme ce Jefferson, par exemple, sont presque des gentlemen. Ce n'est pas le cas de Clayton. Savez-vous qu'il garde ses bottes dans son salon ? Quand je lui ai suggéré d'acheter des bas de soie, il a ri et argué qu'ils ne lui seraient d'aucune utilité dans un champ de coton.

Elle haussa les épaules.

— Le coton ! C'est un paysan, un rustre, un impertinent fermier américain !

Nicole déroula la dernière boucle.

— Pourtant, vous avez accepté sa proposition ?

— Bien sûr ! Une jeune fille n'est jamais trop demandée en mariage. Quand je rencontre dans une soirée un garçon qui me déplaît, c'est bien pratique d'être fiancée. En revanche, si son profil convient à une personne de mon rang, je peux toujours prétendre être sur le point de rompre mon engagement.

Nicole se détourna pour ramasser le papier sulfurisé. Elle savait qu'elle aurait dû se taire, mais elle ne put s'empêcher de demander :

— Est-ce bien loyal vis-à-vis de Mr. Amstrong ?

Bianca traversa la pièce et ouvrit la commode. Elle jeta trois châles par terre avant d'en choisir un en fine laine d'Ecosse.

— La loyauté ! Mais les Américains ne savent pas ce que c'est ! Eux qui nous ont trahis en déclarant leur indépendance, après tout ce que nous avons fait pour eux ! Et l'idée que j'épouse un homme comme lui... Comment a-t-il osé ! Il était presque effrayant avec son air arrogant. Nous nous connaissions à peine depuis deux jours qu'il faisait sa demande. Il venait de recevoir une lettre lui apprenant la mort de son frère et de sa belle-sœur. Il voulait que je retourne avec lui en Amérique. J'ai refusé, bien sûr.

Nicole se pencha pour ramasser les châles éparpillés. Elle savait que ses yeux trahissaient trop souvent ses pensées. Lors de son arrivée à Maleson House, elle était encore trop ahurie pour écouter les tirades de Bianca sur ces Français, faibles et ignorants, ou ces Américains, brutaux et ingrats. Son esprit était tout occupé par l'horreur de la Révolution — ses parents emmenés de force, son grand-père... Non ! Il était encore trop tôt pour se remémorer cette nuit épouvantable. Bianca lui avait sans doute déjà parlé de son fiancé, mais elle ne l'avait pas entendue.

Trois semaines auparavant, comme elle attendait dans un magasin que Bianca termine son essayage, elle avait rencontré une de ses cousines qui était sur le point d'ouvrir une petite boutique de mode. Cette dernière lui proposa de participer financièrement à l'entreprise. Et pour la première fois, Nicole entrevit la possibilité de devenir indépendante, d'être considérée autrement qu'un objet de charité.

En quittant la France, elle avait emporté un médaillon en or et trois émeraudes cousues dans l'ourlet de sa robe. Elle vendit donc les émeraudes. A bas prix car le marché anglais était saturé, et les émigrés trop accablés pour bien négocier leurs bijoux. La nuit, Nicole veillait tard dans sa mansarde. Elle cousait des vêtements pour sa cousine afin de gagner un peu d'argent. Elle avait presque réuni la somme nécessaire qui était soigneusement cachée dans un tiroir de sa commode.

Bianca interrompit le cours de ses réflexions.

— Dépêchez-vous donc ! Vous passez votre temps à rêver. Pas étonnant que votre patrie soit en guerre si tous vos compatriotes sont aussi paresseux que vous !

Nicole se raidit et redressa fièrement le menton. Encore quelques semaines, et elle serait enfin libre.

En dépit de son état de choc des derniers temps,

Nicole avait remarqué une nouvelle facette de la personnalité de Bianca : son aversion physique pour les hommes. Elle n'autoriserait jamais un homme à la toucher si elle pouvait l'éviter. Une seule fois, Nicole avait surpris Bianca adressant un sourire chaleureux à un représentant du sexe opposé, et c'était un homme à l'ossature délicate avec une abondance de dentelles aux poignets et une boîte à priser sertie de bijoux dans la main. Les efforts de Bianca pour dominer sa répugnance dans l'espoir de faire un riche mariage fascinaient Nicole et l'horrifiaient tout à la fois. Peut-être, après tout, ignorait-elle tout des choses de l'amour ?

Les deux femmes quittèrent la maison en empruntant l'escalier central recouvert d'un tapis usé jusqu'à la corde et se dirigèrent vers les écuries que Jacob entretenait mille fois mieux que sa demeure. Tous les jours, vers une heure et demie, Nicole et Bianca faisaient le tour du parc dans une élégante voiture à deux places tirée par un seul cheval. Ce parc qui avait autrefois appartenu aux Maleson était maintenant la propriété de gens que Bianca considérait comme des parvenus. Le temps de la promenade, elle était ravie de jouer à la châtelaine.

Son père avait refusé net d'embaucher un cocher. Nicole conduisait donc le petit attelage pour son plus grand plaisir. Parfois, à l'aube, après quelques heures de couture et avant le réveil de Bianca, elle allait à l'écurie et flattait le magnifique hongre bai-brun. En France, avant que la Révolution n'ait détruit sa maison, elle faisait de longues courses à cheval avant le petit déjeuner. Ces petits matins sereins lui faisaient presque oublier le feu et la mort qui avaient ravagé sa vie depuis lors.

Le parc était particulièrement beau en juin. Les arbres surplombaient les allées sablées, les ombrageant de leurs feuillages, projetant de ravissantes petites taches lumineuses sur les robes. Bianca, une ombrelle de dentelle en biais au-dessus de sa tête, se donnait beaucoup de mal pour protéger sa peau pâle. Elle toisa Nicole avec mépris. L'idiote avait jeté son chapeau de paille sur le siège entre elles deux, et le vent éparpillait sa somptueuse chevelure brune. Le soleil allumait des étincelles dans ses yeux, et les bras qui tenaient les rênes étaient minces et nerveux. Bianca se détourna avec dégoût.

— Nicole ! siffla-t-elle. Ne pourriez-vous vous conduire pour une fois en femme du monde ? Ou au moins vous souvenir que j'en suis une ? N'est-ce pas déjà assez désagréable d'être aperçue aux côtés d'une folle à moitié nue ? Et maintenant voilà que vous nous emmenez à un train d'enfer !

Nicole ramena son châle de coton sur ses épaules, mais ne remit pas son chapeau. Elle ralentit aussi le cheval. Après tout, elle n'en avait plus pour longtemps à être aux ordres de Bianca.

Soudain, l'arrivée de quatre cavaliers brisa la sérénité de l'après-midi. Vêtus de mauvaises culottes de velours en loques, ils étaient perchés sur d'énormes chevaux plus aptes à traîner des charrettes qu'à servir de montures. L'un d'entre eux portait une chemise de coton à manches longues rayée rouge et blanc.

Pendant plus d'un an, en France, Nicole avait vécu dans la terreur. Quand la populace déchaînée avait envahi le château de ses parents, elle s'était cachée avec son grand-père dans un coffre. Un peu plus tard, à la faveur de la fumée noire qui s'élevait de la maison en feu, ils s'étaient enfuis tous les deux. Maintenant, ses réactions étaient rapides. Devant la menace, elle cingla la croupe du hongre de son long fouet. Il passa au galop.

Bianca fut violemment rejetée contre le dossier et poussa une exclamation avant de glapir :

— Mais enfin ! Qu'est-ce qui vous prend ? Je ne me laisserai pas traiter ainsi !

Sans s'occuper d'elle, Nicole jeta un coup d'œil par-dessus son épaule. Les quatre hommes les talonnaient. L'endroit complètement isolé les mettait à leur merci.

Bianca, le manche de son ombrelle fermement serré dans sa main, réussit à se retourner, mais les quatre hommes ne l'effrayèrent pas. Sa première pensée fut pour se demander comment une telle racaille avait osé entrer dans le parc. Un des hommes fit signe aux autres d'accélérer le train derrière l'attelage en fuite. Ballottés par leurs montures, ils se cramponnaient à la selle aussi bien qu'aux rênes.

Bianca se rendit enfin compte de la situation et blêmit.

— Faites donc avancer cette rosse, voyons ! s'égosilla-t-elle, terrorisée, en s'agrippant à la banquette.

Elles étaient bien près de leur échapper quand l'homme à la chemise rayée sortit un pistolet de sa large ceinture et tira. La balle siffla entre les oreilles du hongre qui se cabra. L'attelage vint frapper les jarrets de la bête et s'immobilisa dans un bruit de ferraille tandis que Nicole tirait ferme sur le mors. Bianca hurla de nouveau et, recroquevillée à l'extrémité de la banquette, enfouit son visage dans ses mains. Nicole, au contraire, se redressa et, bien campée sur ses jambes, une rêne dans chaque main, claqua doucement de la langue pour calmer le cheval. Puis elle attacha les brides à la barre avant et sauta à terre. Elle flatta alors l'encolure de la bête tout en lui parlant doucement en français et posa sa joue sur ses naseaux.

— Eh ben ! Regardez-moi ça, les gars. Et c'est qu'elle a même pas l'air effrayé par ce sacré animal !

Nicole leva la tête et observa les quatre hommes qui entouraient la voiture.

— Pour sûr que vous savez manier les chevaux, ma petite dame, intervint un autre homme. Je peux dire que j'ai jamais vu ça.

— C'est juste un petit bout de femme en plus. Ça va être un plaisir de vous emmener avec nous.

— Hé ! une minute ! intima l'homme à la chemise rayée, visiblement le chef. Comment savoir si c'est bien elle ? Celle-là, là, qui c'est ? poursuivit-il indiquant Bianca qui, livide de frayeur, était toujours terrée dans son coin, essayant désespérément de disparaître dans les coussins.

Nicole tenait posément la tête du cheval dans ses mains. Tout cela n'était qu'une répétition de l'horreur qu'elle avait connue en France, et elle cherchait calmement un moyen de s'échapper.

— C'est elle, je vous le dis, intervint un troisième homme. Je peux reconnaître une dame quand j'en vois une.

— Qui c'est, Bianca Maleson ? demanda le chef.

Une barbe de plusieurs jours dévorait son visage anguleux.

« C'est bien un enlèvement, songea Nicole. Notre objectif à toutes deux doit être de prouver que Jacob Maleson n'est pas assez riche pour payer une rançon. »

— C'est elle ! s'écria Bianca, se redressant soudain comme un pantin hors de sa boîte pour désigner Nicole du doigt. Je travaille pour elle.

— Qu'est-ce que je vous disais ? On pouvait pas se tromper. Y en a qu'une qui a l'air d'une dame.

Nicole ne broncha pas. Son dos bien droit, le menton haut, elle croisa le regard triomphant de Bianca. Il n'y avait rien à faire, rien à dire, ces hommes l'emmèneraient de toute façon. Mais quand ils découvriraient son identité d'émigrée sans le sou, ils la relâcheraient immédiatement.

— Eh ben, puisqu'y a plus de doute, intervint l'un des hommes, j'espère que vous aurez assez de bon sens pour pas nous causer d'ennuis.

Muette, Nicole acquiesça d'un signe de tête. Elle saisit la main que l'homme lui tendait, glissa son pied dans l'étrier et se hissa à califourchon sur la selle devant lui.

— Ça ne m'étonne pas qu'une femme de cette

trempe, il désire qu'on la lui ramène, grogna-t-il avec un sifflement d'admiration, puis il passa un bras autour de sa taille et talonna le cheval pour le faire avancer.

Bianca les regarda s'éloigner sans bouger. Elle était à la fois ravie d'avoir échappé aux hommes grâce à sa présence d'esprit et contrite que ces imbéciles n'aient pas reconnu en *elle* la dame. Quand le silence fut retombé sur le parc, elle commença à s'inquiéter de son sort. Elle ne savait pas conduire l'attelage. Comment allait-elle rentrer chez elle ? A pied ? A peine eut-elle touché le sol de son talon, qu'elle se mit à maudire Nicole car ses chaussures trop fines la protégeaient mal des gravillons de l'allée. Elle maudit Nicole tout le long du chemin, tant et si bien qu'arrivée chez elle, elle en avait oublié l'enlèvement. C'est seulement après le dîner qu'elle songea à en informer son père. Jacob, à moitié endormi, déclara qu'il rapporterait les faits aux autorités dès le lendemain. Bianca monta dans sa chambre, désespérée à l'idée de rechercher une autre bonne. Elles étaient toutes si ingrates.

Le rez-de-chaussée de l'auberge était entièrement occupé par une grande salle dont les murs en pierre entretenaient la fraîcheur. Une agréable pénombre régnait dans la pièce où étaient éparpillées les tables à tréteaux. A l'une d'elles, assis sur un banc, étaient installés les quatre ravisseurs. Devant eux, on avait posé une assiette fumante de ragoût de mouton et une chope de bière glacée. Les hommes s'agitaient sur leur siège. La journée à cheval avait été longue, et ils payaient cher leur inexpérience.

— Je lui fais pas confiance, dit l'un d'eux. Avec son air de sainte nitouche et ses grands yeux, je suis sûr qu'elle nous prépare un mauvais coup qui va nous mettre dans le pétrin.

Les autres l'écoutaient, l'air sombre. Il poursuivit :

— Vous savez comment il est ! Il faut pas prendre de risques. Moi, tout ce que je veux, c'est la lui remettre là-bas en Amérique. Faut pas que ça tourne mal.

L'homme à la chemise rayée avala une rasade de bière.

— Joe a raison. Une petite dame qui vous mène un cheval comme ça a plus d'un tour dans son sac. Y a un volontaire pour faire le guet, cette nuit ?

Un grognement général accueillit la proposition. Les muscles endoloris se faisaient cruellement sentir. L'idée d'attacher leur prisonnière retint un instant leur attention, mais les ordres étaient formels : pas de violence physique.

— Joe, tu te rappelles la fois où le doc' t'a fait une couture sur la poitrine ?

Joe hocha la tête, étonné.

— Eh ben, y t'a pas donné une poudre blanche qui t'a fait dormir ? Tu pourrais pas nous en dégoter un peu ?

Joe fit le tour de la salle du regard. On ne pouvait rêver mieux. Il n'aurait aucun mal à trouver ce qu'il cherchait auprès des consommateurs.

— J'en fais mon affaire, dit-il.

Assise sagement sur son lit dans la petite chambre sale à l'étage, Nicole inspectait les lieux. Elle avait déjà jeté un coup d'œil par la fenêtre et remarqué le tuyau d'écoulement et le toit du hangar juste sous la gouttière. Quand la nuit serait tombée et la cour déserte, elle ferait une tentative d'évasion. Bien sûr, l'idée de révéler son identité lui traversa l'esprit, mais cela lui semblait un peu prématuré. N'étaient-ils pas seulement à quelques heures de Maleson House ?

La porte s'ouvrit soudain sur ses quatre geôliers.

— On vous a préparé quelque chose à boire. Du vrai chocolat d'Amérique du Sud. Y en a un de nous qui était sur le bateau qui l'a rapporté.

Des marins ! songea-t-elle en prenant la tasse. Comment ne s'en était-elle pas rendu compte plus tôt ! Voilà qui expliquait leur maladresse à cheval et la drôle d'odeur qui imprégnait leurs vêtements.

Tout en buvant le délicieux chocolat, elle essayait de mettre au point un plan d'évasion sans arriver à fixer ses pensées. Elle regarda les hommes anxieusement penchés sur elle comme des marionnettes géantes. Elle aurait voulu les rassurer sans bien savoir pourquoi. Elle ferma les yeux avec un sourire et se laissa gagner par le sommeil.

Nicole ne garda aucun souvenir des vingt-quatre heures qui suivirent, sinon la vague sensation d'avoir été transportée comme un bébé. De temps en temps, elle sentait que quelqu'un s'inquiétait pour elle. Elle tentait alors de sourire pour montrer que tout allait bien, car aucun son ne sortait de sa bouche. Elle ne cessait de rêver, revoyant ses parents, le château de son enfance, le saule pleureur sous lequel elle se balançait, la famille du meunier chez lequel elle s'était réfugiée avec son grand-père. Elle était étendue dans un hamac, oscillant doucement par une chaude journée.

Quand elle ouvrit les yeux, le hamac de son rêve ne disparut pas, mais les arbres qui la surplombaient furent remplacés par une rangée de poutres. C'est bizarre, se dit-elle, quelqu'un a construit une plate-forme.

— Enfin, vous voilà réveillée ! Ces marins vous ont donné trop d'opium. C'est un vrai miracle que vous vous en sortiez aussi bien. Il n'y a qu'un homme pour tout faire de travers ! Je vous ai préparé un peu de café, il est tout chaud !

Nicole leva les yeux au moment où la femme l'aidait à se redresser d'une main ferme. Elle n'était pas du tout dans un jardin, mais dans une pièce nue. Sans doute la drogue lui avait-elle donné cette sensation de balancement. Voilà pourquoi elle avait rêvé qu'elle se trouvait dans un hamac.

— Où sommes-nous ? Qui êtes-vous ? arriva-t-elle à articuler en avalant le breuvage chaud et fort.

— Vous êtes encore un peu patraque, n'est-ce pas ? Je m'appelle Janie. Mr. Amstrong m'a engagée pour prendre soin de vous.

Le nom d'Amstrong lui était familier, mais elle ne pouvait se souvenir pourquoi. Comme le café commençait à lui éclaircir l'esprit, elle regarda Janie avec attention. C'était une femme grande et bien charpentée. Elle lui rappelait une infirmière qui l'avait soignée autrefois. Tout son être respirait la sérénité et le bon sens. Elle donnait un sentiment de sécurité.

— Qui est Mr. Amstrong ?

Janie prit la tasse vide et la remplit de nouveau.

— Ils vous ont sûrement donné une trop forte dose de cette drogue. Mr. Amstrong ? Clayton Amstrong. Cela vous revient maintenant ? L'homme que vous devez épouser.

Nicole battit rapidement des paupières, reprit un peu de café, gardé au chaud dans un pot posé sur un petit brasero en cuivre, et commença à retrouver la mémoire.

— J'ai peur qu'il y ait eu une erreur. Je ne suis pas Bianca Maleson et encore moins la fiancée de Mr. Amstrong.

— Vous n'êtes pas... commença Janie avant de se laisser tomber sur le lit-couchette inférieur. Il vaudrait mieux que vous me racontiez tout depuis le début.

Quand Nicole eut terminé son récit, elle rit.

— Vous voyez bien. Je suis sûre qu'ils vont me relâcher quand ils auront entendu toute l'histoire.

Janie restait silencieuse.

— Vous ne croyez pas ?

— Il y a des détails que vous ignorez encore, déclara-t-elle. Nous sommes à douze heures de la côte anglaise et nous voguons vers l'Amérique.

2

Abasourdie, Nicole parcourut la pièce des yeux. Un bateau ! Voilà pourquoi tout était en chêne : cloisons, plafond, plancher. Sur l'une des parois étaient fixés deux lits-couchettes. En face s'ouvrait un petit hublot. Au fond de la cabine s'empilaient à une hauteur vertigineuse toutes sortes de malles et de coffres retenus par des cordages attachés au mur. Un petit meuble bas à tiroirs dans un coin supportait le brasero. Nicole comprit soudain que ce balancement permanent était le mouvement du bateau sur une mer calme.

— Mais je ne comprends pas, dit-elle enfin. Pourquoi quelqu'un voudrait-il m'emmener de force — moi ou Bianca — en Amérique ?

Janie se dirigea vers une des malles, souleva le couvercle et en sortit un petit portefeuille en cuir attaché par des rubans.

— Regardez donc à l'intérieur !

Intriguée, Nicole défit les liens et retira deux feuilles de papier couvertes d'une écriture autoritaire. Elle commença à lire.

Ma très chère Bianca,

J'espère que Janie vous a maintenant tout expliqué. Je souhaite que vous ne m'en vouliez pas trop pour les méthodes peu orthodoxes que j'emploie pour vous amener près de moi.

Je sais que vous êtes une fille soumise et combien vous vous inquiétez pour la santé de votre père. Je souhaitais différer votre arrivée jusqu'à son complet rétablissement, mais je ne peux plus attendre. J'ai choisi ce navire pour sa rapidité. Janie et Amos ont reçu des instructions relatives à l'achat des provisions nécessaires pour le voyage et la confection d'une nouvelle garde-robe puisque ma hâte vous prive de la vôtre. Janie est une excellente couturière.

Bien que vous soyez déjà en route pour me rejoindre, je veux m'assurer que rien ne viendra contrecarrer mes projets. Et c'est pourquoi j'ai demandé au capitaine de nous marier par procuration. Ainsi, même si votre père vous rattrapait avant votre arrivée ici, il ne pourrait plus nous séparer. Si vous trouvez ma conduite tyrannique, pardonnez-moi et n'oubliez pas que j'agis par amour.

Quand nous nous reverrons, vous serez ma femme. Je compte les heures qui me restent à vivre sans vous.

Votre Clay

Nicole tint la lettre un long moment, avec le pénible sentiment de pénétrer par effraction dans un jardin secret. Un sourire effleura ses lèvres. Elle avait toujours entendu dire que les Américains n'étaient pas romantiques... Et en voilà un qui élaborait un plan minutieux pour enlever sa bien-aimée.

Elle regarda Janie.

— Voilà un homme charmant... et très épris! J'envie Bianca. Qui est Amos ?

— Clay l'avait envoyé avec moi pour vous protéger, mais il est tombé malade pendant le voyage et il est mort.

Elle s'essuya furtivement les yeux en pensant aux cinq autres personnes qui avaient subi le même sort.

— Oh, je suis désolée, dit Nicole en se levant. Je

dois rencontrer le capitaine et éclaircir cette affaire avec lui.

Le miroir au-dessus du petit meuble à tiroirs lui renvoya son image. Elle s'immobilisa. Ses boucles défaites retombaient en désordre sur son front.

— Auriez-vous un peigne ?

— Asseyez-vous. Je vais arranger cela.

Ravie, Nicole se laissa faire.

— Il est... il est toujours aussi impétueux ?

— Qui donc ? Ah, Clay !

Son sourire s'élargit.

— Appelez cela comme vous voulez : impétueux ou tyrannique... disons qu'il a l'habitude d'obtenir ce qu'il veut. Je l'ai prévenu que son plan tournerait mal, et il s'est moqué de moi. Et nous voilà toutes les deux au milieu de l'océan. Ce sera mon tour de rire quand Clay vous verra.

Elle tourna la tête de Nicole et inclina son visage vers la lumière.

— Réflexion faite, je pense qu'aucun homme n'a jamais ri de vous, décréta-t-elle en regardant attentivement Nicole pour la première fois.

Si les yeux immenses retenaient immédiatement l'attention, Janie était persuadée que la bouche n'éveillerait pas moins l'étonnement de la gent masculine. Elle n'était pas vraiment grande, mais les lèvres étaient charnues comme un beau fruit rouge et celle du dessus, légèrement plus importante et bombée, donnait un piquant extraordinaire à l'ensemble.

Rougissant légèrement, Nicole se détourna.

— De toute façon, je ne verrai jamais Mr. Amstrong. Je dois rentrer en Angleterre. Ma cousine m'a proposé de gérer avec elle un magasin de mode et j'ai fini d'économiser la somme nécessaire.

— J'espère dans votre intérêt que nous pourrons rentrer. D'ailleurs, je n'aime pas ces marins, fit-elle avec un signe de tête en direction du plafond. Je l'ai dit à Clay, mais il n'a rien voulu écouter. C'est bien la personne la plus têtue que je connaisse.

Nicole jeta un coup d'œil à la lettre restée sur le lit.

— On peut pardonner certains excès à un homme amoureux.

— Hum ! On voit bien que vous n'avez jamais eu affaire à lui.

Nicole quitta la cabine et escalada l'étroit escalier qui menait au pont principal. La brise marine ébouriffa ses cheveux et elle respira à pleins poumons. Consciente des regards qui la dévisageaient, elle s'immobilisa et resserra son châle autour de ses épaules. Sa robe plaquée par le vent la moulait étroitement.

— C'est quoi que vous voulez, ma petite dame ? demanda l'un des hommes, les yeux avidement fixés sur elle.

Se faisant violence pour ne pas reculer, elle répondit :

— J'aimerais voir le capitaine.

— Pour sûr qu'il va aimer.

Elle ignora les rires qui fusèrent et suivit le marin jusqu'à une porte à l'avant du bateau. Il frappa un coup discret. Quand le capitaine les invita à entrer, il ouvrit le battant et poussa Nicole à l'intérieur avant de refermer le battant derrière elle.

Une fois ses yeux accoutumés à l'obscurité, elle scruta la cabine. Deux fois plus vaste que celle qu'elle partageait avec Janie, elle était éclairée par une grande fenêtre, mais si poisseuse que seule une lumière glauque filtrait au travers. Un lit crasseux et un bureau de belles dimensions, fixé au sol et recouvert de nombreuses cartes, complétaient le décor.

Un rat traversa la pièce et Nicole poussa un cri. Un gros rire lui répondit, attirant son attention sur l'homme assis dans l'ombre, une bouteille de rhum à la main. Sa tenue était négligée et ses favoris en bataille.

— Plus vite vous serez habituée aux rats sur ce

bateau, mieux cela vaudra ! L'espèce à quatre pattes comme celle à deux, bien entendu !

— Vous êtes le capitaine de ce bateau ? demanda-t-elle en s'avançant.

— Si on peut appeler bateau ce rafiot, oui, c'est moi le capitaine.

— J'aimerais vous parler. Puis-je m'asseoir ?

Il pointa sa bouteille de rhum vers une chaise.

Nicole lui raconta brièvement son histoire. Quand elle eut terminé, il resta silencieux.

— Quand pourrons-nous retourner en Angleterre ?

— Je ne retourne pas en Angleterre.

— Mais comment vais-je rentrer ? Vous ne comprenez donc pas... Il s'agit d'une affreuse méprise. Mr. Amstrong...

Il lui coupa la parole :

— Tout ce que je sais, moi, ma petite dame, c'est que Clayton Amstrong a retenu mes services pour enlever une certaine personne et la lui amener en Amérique.

Il loucha vers elle.

— Maintenant que je vous regarde bien, vous ne ressemblez guère à la description qu'il m'a faite.

— Bien sûr, puisque je ne suis pas sa fiancée.

Il agita la main en signe d'impuissance et reprit une rasade de rhum.

— Je ne veux pas le savoir ! Il m'avait prévenu que vous me donneriez peut-être du fil à retordre au sujet du mariage, mais je devais passer outre.

Nicole se redressa.

— Le mariage ! Puisque je vous dis... commença-t-elle tout à trac avant de poursuivre plus calmement : Mr. Amstrong aime Bianca Maleson et veut l'épouser. Moi, je suis Nicole Courtalain et je n'ai jamais rencontré ce monsieur.

— C'est ce que vous prétendez. Pourquoi avez-vous attendu si longtemps avant de révéler votre identité ?

— J'étais sûre qu'on me relâcherait dès qu'on saurait qui j'étais, mais je préférais être le plus loin possible de Bianca pour qu'elle ne risque plus rien.

— C'est la grosse fille qui vous a dénoncée.

— Elle savait que je ne courais aucun risque.

— Vous vous seriez tue pour protéger la garce qui vous a jetée dans la gueule du loup ? Vous me prenez pour un imbécile ?

Nicole ne trouva rien à ajouter pour sa défense.

— Allez, sortez maintenant pendant que je réfléchis à tout ça et dites à l'homme qui vous a accompagnée que je veux le voir.

Après le départ de Nicole, le capitaine s'entretint avec le second.

— Alors, t'en sais autant que moi, j'imagine ! Avec ta sale manie d'écouter aux portes.

Le second s'assit, un sourire aux lèvres. Depuis le temps qu'il naviguait avec le vieil homme, il avait pu apprécier combien il était utile d'être au courant de ce qu'il tramait.

— Quels sont tes projets ? Amstrong veut nous faire coffrer à cause de cette cargaison de tabac qui a disparu l'année dernière si nous ne lui ramenons pas *sa* femme.

Le capitaine reprit une rasade de rhum.

— Puisqu'il veut *sa* femme, il l'aura !

Après un moment de réflexion, le second remarqua :

— Et si elle disait la vérité ?

— Y a deux manières de voir le problème : si Bianca Maleson, c'est la petite garce de menteuse qui trahit sa meilleure amie, nous rendons un fier service à Amstrong. Si c'est l'autre, la jolie petite brune, peut-être qu'elle ment pour ne pas l'épouser. Dans tous les cas, la meilleure solution, c'est un mariage demain matin.

— Et Amstrong dans tout ça ? S'il se retrouve marié avec la mauvaise personne, j'aimerais mieux pas être dans les parages quand il s'en apercevra.

— C'est ce que je pense moi aussi. J'ai prévu de prendre l'argent et de filer avant qu'il l'ait vue.

— Dernière question : comment comptez-vous persuader la petite dame ?

Le capitaine passa sa bouteille au second.

— Je suis pas à court d'idées. T'en fais pas.

— Vous n'avez pas pu le convaincre de vous ramener en Angleterre, n'est-ce pas ? s'écria Janie quand Nicole retourna dans la petite cabine.

— Non, en effet, confirma-t-elle en s'asseyant sur le lit. Il avait l'air de croire que je mentais.

— C'est un fieffé menteur lui-même. Il ne peut pas imaginer que les autres disent la vérité. J'espère que vous n'êtes pas trop désespérée ?

Masquant sa déception, Nicole lui adressa un grand sourire.

— J'ai toujours voulu connaître l'Amérique. Peut-être pourrai-je même rester quelques jours avant de rentrer ? O mon Dieu !

— Qu'y a-t-il ?

— Comment vais-je payer mon billet de retour ?

— Payer ! explosa Janie. C'est Clayton Amstrong qui va vous le payer, je vous l'assure. Je lui avais bien dit que toute cette histoire était stupide, mais autant parler à un mur. Et peut-être que vous vous plairez chez nous ! Qui sait ? Nous avons plein de boutiques de mode, vous savez !

Nicole lui parla de l'argent qu'elle avait épargné sou par sou et caché.

Janie resta un moment silencieuse. Elle n'avait pas cru un seul instant à la version que Nicole lui avait donnée de l'enlèvement et où Bianca jouait un rôle honorable. Et maintenant, elle était persuadée que la malheureuse ne retrouverait jamais ses fonds.

— Avez-vous faim ? s'enquit-elle pour lui changer les idées en ouvrant une des cantines alignées contre le mur.

— Oh, oui !

Nicole s'approcha pour jeter un coup d'œil au contenu de la malle. Les passagers devaient en effet apporter leurs propres provisions. Pour la durée du voyage, ils étaient tributaires de l'habileté du navigateur, de la rapidité du bateau, et de toutes sortes d'impondérables comme les vents, les tempêtes ou les pirates. Encore heureux quand on arrivait à bon port après trente et même quelquefois quatre-vingt-dix jours de mer.

Janie avait bien fait les choses, et les coffres regorgeaient de victuailles.

— Clayton a aussi demandé au capitaine d'acheter des tortues, pour que je puisse vous préparer de la soupe.

— Mr. Amstrong est un homme attentionné. Je souhaiterais presque être sa femme.

— Et voilà la dernière surprise !

Janie retira d'un carton spécial une sorte de petit tub dans lequel on pouvait s'asseoir avec les jambes repliées.

— Quel luxe ! s'écria Nicole, les yeux brillants. Je n'imaginais pas qu'un voyage en bateau puisse être aussi confortable.

Les joues roses de plaisir, Janie sourit. Elle avait redouté cette traversée dans une petite cabine avec une dame anglaise affreusement snob. Il est vrai que Nicole était française.

— Nous allons être obligées d'utiliser de l'eau de mer, j'en ai bien peur, et cela risque d'être long de la chauffer sur ce petit brasero, mais c'est mieux qu'une friction avec une éponge.

Quelques heures plus tard, après un délicieux bain, Nicole était étendue sur sa couchette, propre, rassasiée et fatiguée. Elle avait insisté pour que Janie prenne un bain elle aussi et avait fini par la convaincre en arguant que puisqu'elle n'était pas la fiancée de Clayton, elle ne pouvait être que l'amie de Janie. Elle avait ensuite lavé et mis à sécher sa seule robe. Et maintenant, bercée par le mouvement du navire, elle commençait à s'endormir.

Tôt le lendemain matin, Janie disciplina l'épaisse chevelure de Nicole en un gros chignon sur la nuque. Puis exhibant un fer, elle repassa sa robe tandis que Nicole se moquait gentiment de l'extraordinaire prévoyance de Clayton.

Soudain, la porte s'ouvrit avec fracas devant l'un des ravisseurs de Nicole.

— Le capitaine veut vous voir tout de suite.

Toute réjouie à l'idée qu'il ait changé d'avis, elle se dépêcha de quitter la cabine avec Janie à sa suite. Le marin retint brutalement cette dernière par le bras.

— Il n'a pas besoin de vous. Juste elle.

Janie voulut protester, mais Nicole l'en empêcha.

— Tout se passera bien, j'en suis sûre.

A peine entrée dans la pièce, Nicole comprit qu'un piège se refermait sur elle. Tout le monde semblait dans l'expectative. Le capitaine prit la parole :

— Voici notre médecin de bord. Il peut vous faire n'importe quelle couture. Et Franck, mon second, que vous connaissez déjà.

Un sixième sens acquis pendant la Terreur l'avertissait du danger. Et son émotion, comme d'habitude, se refléta dans son regard.

— Où reculez-vous ainsi ? dit Franck. Nous avons à vous parler. C'est une grande date aujourd'hui, le jour de votre mariage !

Elle commençait à comprendre.

— Je ne suis pas Bianca Maleson. Je sais que Mr. Amstrong a donné des instructions pour célébrer un mariage, mais je ne suis pas la personne en question.

Franck loucha sur elle avec convoitise.

— Vous êtes exactement la personne que tout homme rêverait de posséder.

Le docteur vint à son secours.

— Avez-vous une preuve de votre identité ?

Tout en se reculant imperceptiblement vers la porte, elle secoua la tête. Son grand-père avait détruit le peu de documents qu'ils avaient pu sauver de l'incendie, car leur sécurité dépendait en grande partie de leur anonymat.

— Je m'appelle Nicole Courtalain. Je suis une émigrée et je vivais chez Bianca Maleson. Voilà d'où vient l'erreur.

— Peu m'importe qui vous êtes, intervint le capitaine. Mon contrat stipule que je dois ramener Madame Clayton Amstrong en Amérique. C'est donc ce que je vais faire.

Nicole se redressa.

— Vous ne pouvez pas me marier contre ma volonté !

Le capitaine fit un signe à Franck qui traversa la pièce en quelques secondes, et attira Nicole brutalement à lui. D'une main, il lui tenait fermement les poignets dans le dos et de l'autre, il la plaquait contre son torse.

— Votre drôle de bouche me rend fou depuis que je vous ai rencontrée, murmura-t-il en écrasant ses lèvres contre les siennes.

L'étonnement cloua Nicole au sol. Personne ne l'avait jamais traitée ainsi. L'homme sentait le poisson et la sueur. Son bras lui coupait la respiration. Elle eut un haut-le-cœur et réussit à tourner la tête.

— Oh, mais ce n'est pas fini !

Il fit courir ses doigts malpropres sur ses épaules et, d'une violente secousse, arracha son corsage, offrant sa poitrine dénudée aux caresses et aux regards concupiscents des autres hommes. Il saisit un sein dans sa main.

— Assez ! hurla Nicole en se débattant de toutes ses forces.

— Cela suffit, ordonna le capitaine.

Franck mit un certain temps à la relâcher.

— J'espère bien que vous n'épouserez pas Amstrong, lui souffla-t-il dans le visage avant de reculer.

Nicole remonta sa robe et, les genoux tremblants, se laissa tomber sur une chaise tout en passant le dos de sa main sur sa bouche, sûre qu'elle n'arriverait jamais à effacer cet ignoble baiser.

— On dirait que tu ne lui plais pas, remarqua le capitaine en riant avant de s'asseoir en face de Nicole. C'est un échantillon de ce qui risque de vous arriver si vous persistez dans votre refus. Ou vous épousez Amstrong, ou je vous considère comme un passager clandestin que je peux utiliser comme bon me semble. Et tout d'abord, je jette cette grosse femme qu'a envoyée Amstrong par-dessus bord.

— Janie ? Mais elle ne vous a rien fait. Ce serait un meurtre !

— Cela m'est bien égal ! Un témoin des sévices que les hommes vous feront subir est la dernière chose que je désire !

Nicole se recroquevilla sur sa chaise.

— Et encore, reprit Franck sans quitter des yeux la robe qui bâillait sur la poitrine, vous avez de la chance qu'on vous laisse le choix : ou vous épousez Amstrong, ou vous partagez mon lit. Quand le capitaine en aura fini avec vous, bien entendu.

Le capitaine la regardait.

— Alors ? C'est Amstrong ou Franck et moi ?

Nicole s'efforçait de respirer calmement, elle essayait de réfléchir. Elle savait combien il était important de ne pas s'affoler.

— J'accepte d'épouser Clayton Amstrong.

— Enfin ! dit le capitaine, voilà une bonne décision. Venez, qu'on en finisse vite. Je suis sûr que vous avez hâte de retrouver la... la sécurité de votre cabine.

Nicole acquiesça et se leva, tenant sa robe à deux mains.

— Franck va remplacer Amstrong. Tout doit être fait dans les règles.

Sans un mot, Nicole se plaça à côté de Franck, face au capitaine qui présidait la cérémonie et au docteur qui devait servir de témoin.

Franck répondait avec assurance aux questions traditionnelles, mais quand le capitaine demanda : « Bianca, voulez-vous prendre cet homme pour légitime époux ? » Nicole se rebella. Tout cela était tellement injuste. Elle avait été enlevée, arrachée à son pays d'adoption, et maintenant, on la mariait de force dans une cabine malodorante, vêtue d'une robe déchirée, la bouche meurtrie et la nausée au bord des lèvres. Depuis trois jours, elle était emportée par un tourbillon. Le seul luxe qu'elle pouvait encore s'offrir, c'était de ne pas renoncer à son identité.

— Je m'appelle Nicole Courtalain, articula-t-elle avec fermeté.

— Aucune importance ! grommela le capitaine qui remplaça malgré tout le nom de Bianca par celui de Nicole.

Puis il exhiba cinq alliances en or de différentes tailles et enfila la plus fine au doigt de Nicole.

— Dois-je embrasser la mariée ? jeta Franck avec un regard égrillard.

Le docteur prit fermement le bras de Nicole et la conduisit devant la table au milieu de la pièce. Il signa un registre qu'il passa à Nicole. Ses yeux s'emplirent de larmes quand elle vit que son vrai nom figurait sur le certificat. Elle, Nicole Courtalain, était maintenant Madame Clayton Amstrong. Elle traça un paraphe en bas de la page. Immobile, comme engourdie, elle regarda Franck apposer une croix à côté de sa signature.

Le docteur la poussa résolument hors de la pièce, et elle se retrouva devant sa porte avant de s'en être rendu compte.

— Ma chère enfant, entendit-elle le médecin dire dans un nuage, je suis sûr que vous n'êtes pas Miss Maleson et je suis désolé de toute cette affaire. Mais croyez-moi, il valait mieux un mariage que Amstrong pourra faire annuler à votre arrivée en Amérique. L'autre solution était... bien pire. Maintenant, je vais vous donner un conseil. Sortez le moins possible de votre cabine. Ne laissez pas les marins vous voir sur le pont. Le capitaine ne vaut pas mieux qu'eux, mais il contrôle ses hommes... jusqu'à un certain point. Vous devez l'aider en leur faisant oublier le plus possible votre présence. Avez-vous compris ?

Nicole inclina la tête.

— Et souriez. Ce n'est pas aussi terrible qu'il vous semble. L'Amérique est un pays magnifique. Peut-être même ne voudrez-vous jamais retourner en Angleterre.

Elle se força à sourire.

— Janie prétend la même chose.

— Voilà qui est mieux. Et souvenez-vous, ne pensez plus qu'à votre arrivée.

— Je vous le promets.

Elle se détourna et rentra dans sa cabine.

Le docteur resta un moment immobile. Amstrong serait bien fou s'il laissait échapper une telle femme, constata-t-il pour lui-même.

— Vous êtes partie si longtemps ! s'écria Janie quand Nicole ouvrit la porte. Mais votre robe est déchirée. Que vous ont-ils fait ?

Nicole s'affaissa sur son lit, un bras replié sur son visage. Soudain, Janie s'empara de sa main gauche où brillait l'alliance en or.

— J'étais avec Clay quand il l'a achetée. Il en a pris de cinq tailles différentes. Je parie que le capitaine a gardé les autres ?

Sans répondre, Nicole tendit sa main devant elle et étudia la bague avec Janie. Que signifiait ce mince anneau d'or ? Etait-ce un gage d'amour et de fidélité envers un homme qu'elle n'avait jamais vu ?

— Ne me dites rien, poursuivit Janie en se redressant. Le capitaine est un fieffé coquin. Il n'a pas dû hésiter à l'idée que l'argent de Clay pouvait lui passer sous le nez. Ah, ce Clay, il est têtu comme une bourrique ! Personne n'a pu lui faire entendre raison. Figurez-vous qu'il a été voir quatre capitaines avant d'en trouver un qui accepte d'enlever Bianca. Et voyez le résultat ! Une pauvre innocente brutalisée par une bande de crapules, forcée à épouser un homme qu'elle ne connaît pas et qu'elle n'a plus du tout envie de connaître.

— Allons, Janie, ce n'est pas si terrible. Le docteur m'a affirmé qu'ils ne m'importuneraient plus maintenant que j'étais Mme Amstrong, et ils n'oseront pas vous faire mal...

— Me faire mal ! Voilà de quoi ils vous ont menacée ! Je comprends tout maintenant. Vous avez accepté à cause de moi ! Et dire que vous me connaissez à peine !

Elle mit un bras autour des épaules de Nicole.

— Tout ce que vous voudrez — une annulation, ou autre chose — je vous promets que vous l'obtiendrez. Ah, il va m'entendre ! Il vous dédommagera aussi du temps perdu sur l'océan, de l'argent économisé pour le magasin de robes et...

Elle s'arrêta brusquement au milieu de sa phrase et jeta un regard amusé sur les cantines empilées le long du mur.

Nicole se mit sur son séant.

— Que se passe-t-il ?

Une expression ravie illumina la physionomie de Janie.

— Achetez ce qu'il y a de mieux, Janie, m'a-t-il ordonné.

— De quoi parlez-vous ?

Janie gardait les yeux tournés vers les malles, comme hypnotisée.

— Rien n'est trop beau pour ma femme, répétait-il, murmurait Janie avec un sourire épanoui. Oh, Clayton Amstrong, vous allez nous le payer cher !

Nicole ne comprenait toujours rien. Elle posa les pieds par terre et fixa Janie qui était en train de défaire fébrilement les cordages qui retenaient les coffres.

— Clay m'a donné un sac d'or pour acheter les

étoffes les plus belles et les plus chères afin que je puisse aider sa femme à se constituer un trousseau digne d'elle pendant le long voyage. Quant aux fourrures...

— Les fourrures ? la coupa Nicole se rappelant soudain la lettre. Tout cela appartient à Bianca.

— Je n'ai pas l'intention de confectionner des robes à une inconnue. Clay m'a dit que ces vêtements seraient pour sa femme, et pour autant que je sache, vous êtes sa femme.

— Non, je ne peux pas utiliser des tissus qui ne m'appartiennent pas.

Janie fouilla sous le traversin de la couchette du haut et retira un anneau avec de nombreuses clefs.

— C'est moi qui prends cette responsabilité. Pour une fois que les choses ne tournent pas comme il veut. Toutes les filles de Virginie lui courent après, et il faut qu'il aille en chercher une en Angleterre.

Elle déverrouilla la malle et souleva le couvercle avec précaution. Nicole ne put résister longtemps à la curiosité. Elle rejoignit Janie et se pencha au-dessus de son épaule. Le contenu de la malle lui arracha un cri d'émerveillement. Cela faisait longtemps qu'elle n'avait pas vu des soies d'une si belle qualité.

— Qu'en pensez-vous ? s'enquit Janie qui passa un coupon d'un délicat bleu saphir autour des épaules de Nicole et, le laissant retomber sur le dos, le noua à la hauteur des hanches.

Nicole le regarda un moment à la lumière, puis elle glissa sensuellement la soie contre sa joue.

D'un autre coffre, Janie tira une large bande de satin d'un bleu plus profond. Elle l'enroula autour de la taille de Nicole.

— Je crois que cette malle est pleine de rubans et de ceintures, commenta-t-elle déjà courbée sur une autre d'où elle tira une extraordinaire variété de châles : en cachemire d'Angleterre, en coton des Indes, en dentelles de Chantilly.

Nicole poussait des petits cris d'émerveillement

devant la variété et la richesse du contenu des caisses que Janie ouvrait l'une après l'autre: des velours, des soies brochées, du tulle, de l'organdi, de moelleux mohairs, des crêpes, de fines batistes, de délicates dentelles françaises.

— Par quoi commençons-nous ?

Nicole ne put retenir un éclat de rire devant le spectacle qu'offrait Janie gesticulant au milieu de toutes ces richesses.

— Tout à la fois, répondit-elle jetant quelques plumes d'autruche en l'air.

Janie tira une pile de catalogues de la dernière malle.

— Choisissez votre arme, chère Madame Amstrong !

— Je ne peux pas accepter, fit cette dernière sans conviction.

— Je n'écouterai pas un mot de plus. Aidez-moi donc à ranger et mettons-nous tout de suite au travail. Après tout, nous n'avons qu'un mois devant nous.

3

On était au tout début d'août 1774 quand le vaisseau entra dans le port de Virginie. Janie et Nicole, toutes deux accoudées au bastingage de tribord, regardaient avec intérêt les docks installés à la lisière d'une épaisse forêt. Durant la dernière semaine, elles n'avaient parlé que de légumes verts et de fruits mûrs, tant les produits frais leur manquaient.

Elles avaient occupé leurs longues journées de réclusion à confectionner des vêtements pour l'une ou l'autre, utilisant pratiquement toutes les luxueuses étoffes. Nicole, les bras nus dans sa robe de mousseline brodée de minuscules violettes, profitait des derniers rayons du soleil couchant.

Tout en cousant, les deux femmes avaient échangé des souvenirs d'enfance, mais Nicole était restée muette sur l'époque où on lui avait arraché ses parents, puis son grand-père. Janie s'était montrée plus loquace. Elle raconta comment elle avait connu Clay tout enfant, car elle était née à quelques kilomètres de Arundel Hall, la maison de famille des Amstrong. De retour à Arundel après quelques années à Philadelphie, elle avait trouvé de nombreux changements. Les parents de Clay étaient morts du choléra, et lors d'un séjour du jeune homme en Angleterre, son frère James et sa jeune épouse, une amie d'enfance, avaient été tués tous les deux dans un tragique accident. Clay lui-même était devenu un homme exigeant et sûr de lui qui travaillait comme quatre et ne cessait d'agrandir son domaine.

— Regardez ! lança Nicole désignant un canot sur l'eau. N'est-ce pas le capitaine ?

Un homme corpulent était assis à l'avant. Derrière lui, un marin ramait.

— Il se dirige vers ce navire.

A quelque distance de leur bateau, se dressait une imposante frégate, armée de deux rangées de canons. Des hommes montaient et descendaient l'appontement, chargés de ballots. A cet instant, le capitaine atteignit la terre ferme. Escaladant la passerelle, il sauta à bord du bâtiment et rejoignit quelqu'un sur le pont arrière. De loin, les deux hommes semblaient minuscules.

— C'est Clay ! cria soudain Janie.

A cette distance, Nicole était incapable de distinguer ses traits.

— Comment le reconnaissez-vous ?

Janie rit. Elle était si heureuse d'être de retour.

— Quand vous le connaîtrez, vous comprendrez, fit-elle en quittant brusquement Nicole.

S'abîmant les yeux à essayer de distinguer l'homme qui était son mari, Nicole tournait nerveusement son alliance.

— Tenez ! dit Janie en lui tendant une longue-vue. Regardez bien !

Même à travers les verres, les hommes restaient petits, mais celui qui parlait au capitaine avait une prestance peu commune. Un pied posé sur un ballot de coton, le coude appuyé sur sa jambe repliée, il demeurait plus grand que son interlocuteur. Il portait de confortables pantalons marron clair et des bottes en cuir noir qui lui montaient jusqu'aux genoux. Une large ceinture lui encerclait la taille, et sa chemise largement ouverte sur la poitrine et aux manches remontées jusqu'au coude laissait apercevoir une peau tannée. Ses cheveux châtains étaient attachés sur la nuque.

Laissant retomber sa longue-vue, Nicole se retourna.

— Non, pas vous ! implora Janie. J'ai vu si souvent cette expression. Ce n'est pas parce qu'un homme est grand et beau qu'il faut se laisser prendre au piège. Il va être fou furieux quand il va apprendre ce qui s'est passé. Et si c'est vous qu'il rencontre en premier, c'est vous qui allez essuyer l'orage.

Nicole sourit.

— Vous ne m'avez jamais dit qu'il était grand et beau.

— Je n'ai jamais dit non plus le contraire. Maintenant, allez dans votre cabine et attendez. Si je connais bien Clay, il sera là dans une minute, et je préfère subir l'assaut seule.

Nicole avait à peine regagné sa petite cabine et ses yeux s'habituaient tout juste à la pénombre quand la porte s'ouvrit à la volée. Un homme qui ne pouvait être que Clayton Amstrong jaillit dans la pièce, sa haute stature emplissant l'espace.

Sans prendre le temps de percer l'obscurité, et persuadé qu'il ne pouvait s'agir que de sa femme, il attira Nicole contre lui.

Elle voulut protester, mais il s'était déjà emparé de sa bouche dans un baiser exigeant. Bien que ses lèvres fussent tendres et douces, elle essaya faiblement de se libérer. Son étreinte se resserra et il la souleva littéralement du sol, la pressant si fort contre son torse qu'elle sentait son cœur prêt à éclater.

De sa langue, il se mit à lui agacer le lobe de l'oreille. Quand sa bouche descendit le long de son cou, ses jambes se dérobèrent sous elle. Il la saisit alors dans ses bras, la serrant à l'étouffer. Nicole n'avait plus aucune envie de lui échapper, et elle ne protesta pas quand il l'allongea sur le lit et s'étendit à ses côtés. Quand il caressa sa poitrine à travers son corsage, elle gémit et s'arqua contre lui.

— Bianca, souffla-t-il contre son oreille, ma douce, ma tendre Bianca.

Nicole retrouva lentement ses esprits, mais la passion était trop forte. Elle reprenait peu à peu conscience de son identité.

— Oh, s'il vous plaît, murmura-t-elle d'une voix faible en le repoussant sans conviction.

— Tout va bien, mon amour.

Son timbre était profond, ses cheveux sentaient l'herbe fraîche qu'elle avait envie depuis si longtemps de respirer. Elle ferma momentanément les yeux.

— Je languis depuis si longtemps, ma tendre aimée. Des mois, des années, des siècles. Nous voilà enfin ensemble pour l'éternité.

Nicole se réveilla soudain de sa léthargie. Ces mots d'amour si tendres étaient destinés à une autre femme.

— Clay, s'efforça-t-elle de prononcer d'un ton neutre.

— Oui, mon amour.

Il pesait de tout son poids sur elle, lui donnant un sentiment de sécurité, comme si elle avait attendu toute sa vie cet instant. Elle fut sur le point de l'attirer à elle, repoussant sa confession au lendemain, mais l'idée lui parut égoïste.

— Clay, je ne suis pas Bianca, je suis Nicole.

Elle hésita à ajouter qu'elle était sa femme.

Il se redressa brutalement, et elle sentit son corps se raidir tandis qu'il la dévisageait dans la pénombre. D'un bond, il fut hors du lit. Nicole redoutait les minutes à venir.

Il semblait être familier des lieux, car il trouva sans peine une bougie. Clignant des yeux, Nicole s'assit. Elle découvrait pour la première fois les traits de son mari. Son visage était régulier : d'épais sourcils bruns au-dessus du regard assombri par la colère, un nez droit, une mâchoire volontaire.

— Qui diable êtes-vous, et où est donc ma femme ? s'enquit-il, la bouche dure.

Nicole, l'esprit encore embrumé, bredouilla :

— Il y a eu une terrible méprise. Vous voyez...

— Je vois juste quelqu'un d'autre dans la cabine de ma femme, remarqua-t-il d'un ton mordant en élevant la bougie et en regardant les cantines contre la cloison. Ces malles sont à moi, n'est-ce pas ?

— Si vous me laissez parler, je vais tout vous expliquer. Bianca et moi étions ensemble quand...

— Elle est là ? Vous avez voyagé ensemble ?

Comment lui exposer les faits, s'il la coupait à tout bout de champ !

— Non, elle n'est pas là. Elle ne m'a pas accompagnée...

Posant la chandelle sur le meuble à tiroirs, il s'approcha d'elle, la dominant de toute sa taille.

— Elle ne *vous* a pas accompagnée. Qu'est-ce que cela signifie ? J'ai payé le capitaine de ce navire pour célébrer un mariage par procuration et emmener ma femme en Amérique. Je veux savoir où elle est !

Nicole se redressa de toute sa taille, nullement intimidée de lui arriver tout juste à hauteur d'épaule.

— J'essaie de vous renseigner depuis tout à l'heure. Mais votre manque total de savoir-vivre m'en empêche. Aussi...

— Je veux une explication, pas un sermon !

Nicole sentait la colère la submerger.

— Vous êtes... vous êtes un grossier... fit-elle, cherchant ses mots avant de se reprendre : Ecoutez, je vais vous expliquer. *Je* suis votre femme. Dans le cas, bien entendu, où vous êtes Clayton Amstrong. Car votre manque de civilité empêche toute forme de conversation.

Il se recula avec stupéfaction et s'assit sur une cantine.

— Mais vous n'êtes pas Bianca ! Comment diable avez-vous su que le capitaine ne l'avait jamais vue ?

— Je ne comprends pas.

— Je suis sûr que si. Vous avez dû apprendre qu'il ne la connaissait pas et vous faire passer pour elle.

Une femme en vaut bien une autre, n'est-ce pas ? Je dois admettre que vous vous y entendez pour accueillir un homme. Mais de là à imaginer que vos appas me feraient oublier ma Bianca...

Nicole s'écarta, l'estomac noué. Clay la dévisagea des pieds à la tête.

— J'aurais pu plus mal tomber, reconnaissons-le. Je vous fais confiance pour avoir su convaincre le capitaine de nous marier sans trop de mal.

Nicole baissa la tête en silence, la gorge serrée, les yeux voilés de larmes.

— Vous portez une nouvelle robe ? Auriez-vous par hasard renouvelé votre garde-robe à mes frais ? s'enquit-il en se levant. Très bien, conservez-la donc. Cela m'apprendra à être moins naïf la prochaine fois. Mais vous n'aurez pas un centime de plus. Je vous ramène chez moi. Et dès que ce mariage sera annulé, vous reprendrez le premier bateau pour l'Angleterre. Est-ce clair ?

Nicole déglutit avec peine.

— Je préférerais coucher dans les rues que de passer une minute de plus auprès de vous.

Il se pencha et effleura la lèvre supérieure de Nicole d'un doigt nonchalant.

— Je suis certain que la rue ne vous fait pas peur, persifla-t-il avant de quitter brusquement la cabine sans lui laisser le temps de répondre.

Elle s'adossa au chambranle, son cœur battait à coups redoublés, les larmes inondaient son visage. Elle s'était conduite avec Clay comme une fille des rues. Et pourtant, son grand-père lui avait fait promettre de ne jamais oublier que du sang royal coulait dans ses veines. Elle avait appris à marcher la tête haute, et sa mère, même bousculée par la populace, n'avait jamais plié la nuque.

Ce que la Terreur n'avait pu obtenir d'un membre de la noble famille Courtalain, un Américain suffisant y était arrivé. La honte la submergea au souvenir de sa complète reddition à la première caresse.

Décidée à faire de son mieux pour reconquérir son honneur, Nicole ôta sa légère robe de mousseline et en enfila une plus pratique en calicot bleu pâle. Puis elle tira une feuille de papier d'une cantine et, s'appuyant sur le meuble à tiroirs, elle se mit à écrire :

Cher Monsieur Amstrong,

J'espère que Janie a pu enfin vous exposer les circonstances de ce malheureux mariage.

Vous avez, bien sûr, raison au sujet des vêtements. Seule ma vanité a pu me dicter une telle conduite, et je vais essayer de vous rembourser le plus vite possible. Comme premier paiement, acceptez ce médaillon. C'est la seule chose de valeur que je possède. Je suis désolée que cela représente si peu. Quant à notre mariage, je m'occupe de l'annulation. Le plus tôt sera le mieux. Je vous enverrai la notification.

Croyez à mes sincères regrets.

Nicole Courtalain Amstrong

Nicole relut la missive et la plaça sur le meuble. Les mains tremblantes, elle retira le médaillon. Même en Angleterre, quand elle avait tellement besoin d'argent, elle s'était toujours refusée à se séparer du bijou en or ciselé. A l'intérieur, se trouvaient des miniatures représentant ses parents. Elle ne l'avait jamais quitté.

Embrassant les portraits, le dernier souvenir qui lui restait de sa famille, elle déposa le pendentif sur sa lettre. Peut-être valait-il mieux faire table rase du passé et prendre seule un nouveau départ dans un nouveau pays.

La nuit était tombée, mais d'énormes flambeaux éclairaient le quai. Nicole traversa le pont et descendit l'échelle de coupée. Les marins étaient trop occupés à décharger les cales pour la remarquer. L'autre côté des docks était plongé dans la pénombre et peu engageant. Au moment où elle atteignait la lisière du bois, elle aperçut Janie en grande conversation avec Clayton sous une torchère. Elle gesticulait, et il l'écoutait sans un mot.

Ce n'était pas le moment de faiblir. Elle se laissa résolument happer par la forêt. Les arbres apparaissaient particulièrement grands et redoutables. Toutes les histoires qu'elle avait entendues au sujet de l'Amérique lui revinrent à l'esprit. C'était un pays peuplé par des Indiens sauvages et cruels qui tuaient les gens pour s'emparer de leurs biens.

Le silence était comme habité par toutes sortes de bruissements, de craquements furtifs.

Elle marcha pendant des heures. Au bout de quelque temps, elle se mit à fredonner une vieille chanson française que son grand-père lui avait apprise, mais la fatigue ne tarda pas à se faire sentir. Elle chercha vainement du regard un abri. De chaque côté de l'étroit sentier qu'elle suivait, c'était le noir le plus absolu. Elle s'assit adossée à un tronc, les genoux remontés contre la poitrine, la tête sur les bras, et s'endormit.

Elle s'éveilla le lendemain, courbatue mais revigorée par ces quelques heures de sommeil, et se remit en route avec une nouvelle énergie. Vers midi, la faim la tenaillait quand elle repéra un verger d'une centaine de pommiers. Nicole avait presque enjambé la clôture, la voix de Clayton Amstrong l'accusant d'être une voleuse l'empêcha de poursuivre son geste. A contrecœur, elle redescendit.

Au milieu de l'après-midi, elle atteignit un petit ruisseau aux berges escarpées. Ses jambes et ses pieds la faisaient cruellement souffrir. Il lui semblait qu'elle marchait depuis des jours sans rencontrer la moindre trace de civilisation. En dehors du verger, aucun signe humain.

Elle descendit prudemment au bord du ruisseau, s'assit sur un rocher, retira ses chaussures et plongea ses pieds dans l'eau fraîche.

Un animal sortit des buissons et déboula vers le courant. Effrayée, Nicole se retourna. Sans demander son reste, le petit raton laveur détala. Riant de sa peur, elle voulut récupérer ses chaussures et eut juste le temps de les voir partir à la dérive. Sa jupe relevée sur le bras, elle se précipita. Mais le ruisseau était plus profond qu'il ne paraissait et elle perdit pied. Quelque chose de pointu la blessa à l'intérieur de la cuisse.

Il lui fallut beaucoup de temps pour démêler ses jupes. Quand elle arriva enfin à se redresser, elle retomba lourdement. Attrapant une branche, elle se hissa hors de l'eau. De nouveau sur la rive, elle souleva sa jupe pour voir l'étendue du désastre. Une profonde estafilade entaillait sa cuisse gauche. Elle déchira le bas de sa chemise et le pressa très fort en tampon contre la blessure pour arrêter le sang. Serrant les dents de douleur, elle arracha un autre morceau de toile pour se faire un bandage sommaire.

Rompue de fatigue et de douleur, l'estomac dans les talons, la tête vide, elle s'affala sur la rive et s'endormit. C'est la pluie qui la réveilla. Le soleil était bas à l'horizon, et l'obscurité envahissait de nouveau les bois. D'un sursaut, elle se redressa et passa sa main sur son front pour chasser sa migraine. Elle eut toutes les peines du monde à se lever. Ses pieds douloureux étaient engourdis, mais elle ne chercha même pas à récupérer ses chaussures dans le noir.

Elle marcha un long moment, les pieds en sang. La pluie s'était transformée en une bruine froide et pénétrante. Soudain, deux formes sombres s'approchèrent d'elle.

— Des loups, murmura-t-elle, folle de terreur, en reculant contre un arbre.

Les deux bêtes avançaient vers elle, les yeux brillants, les babines retroussées. Elle se pressa contre le tronc, consciente de vivre ses derniers instants. C'est alors qu'apparut une silhouette d'homme à cheval. Mais elle avait la tête qui tournait et fut incapable de discerner s'il s'agissait de la réalité ou de son imagination.

L'homme — réel ou imaginaire — descendit de sa monture et ramassa quelques pierres qu'il jeta sur les chiens. Ils déguerpirent.

— Pourquoi ne les avez-vous pas chassés ? demanda-t-il.

Même dans le noir, elle reconnut tout de suite le ton autoritaire de Clayton Amstrong.

— Je croyais que c'étaient des loups.

— Des loups ! Ce sont juste des bâtards en mal d'affection. Bon ! J'en ai assez de vos absurdités. Je vous ramène avec moi.

Sans attendre sa réponse, il se détourna. Trop fatiguée pour discuter, elle voulut le suivre, mais ses jambes se dérobèrent sous elle et elle s'écroula.

4

Clay eut à peine le temps de la rattraper avant qu'elle ne touche le sol. Il se retint de prononcer une tirade sur la stupidité de la gent féminine quand il vit qu'elle était au bord de l'évanouissement. S'agenouillant, il la cala contre son torse, et enleva son manteau qu'il lui passa autour des épaules. Puis il la souleva dans ses bras, amusé de voir combien elle était légère. Il la mit à califourchon sur son cheval et monta derrière elle.

Le chemin était long jusqu'à la plantation.

Nicole se tenait le plus droite possible pour éviter tout contact avec lui, consciente du peu de sympathie qu'elle lui inspirait.

— Détendez-vous donc. Je ne vais pas vous mordre.

— Vous me détestez. Vous auriez dû m'abandonner aux loups, murmura-t-elle. Cela aurait été mieux pour tout le monde.

— D'abord, ce n'étaient pas des loups, je vous l'ai déjà dit, et ensuite, je ne vous déteste pas. Aurais-je fait tout ce chemin à votre recherche si je vous détestais ? Maintenant, décontractez-vous.

Ses bras étaient fermes autour d'elle. Elle se laissa aller contre sa poitrine. Les événements des derniers jours tourbillonnaient dans sa tête. Elle avait l'impression de nager dans la rivière au milieu d'une multitude de chaussures rouges. Les chaussures avaient des yeux et s'enchevêtraient autour d'elle.

— Chut ! Vous êtes à l'abri, maintenant. Ni les chaussures, ni les loups ne peuvent vous attraper. Auprès de moi, vous êtes en sécurité.

Elle l'entendit dans son sommeil et s'apaisa. Quand il arrêta son cheval, elle ouvrit les yeux et regarda l'imposante demeure qui se dressait devant eux. Sautant à terre, il lui tendit les bras. Revigorée par ce petit somme, Nicole décida de se débrouiller sans son aide. Mais à peine avait-elle passé sa jambe par-dessus l'encolure que son corps épuisé et affamé la trahit. Elle s'effondra lourdement contre lui, la respiration coupée. Il la recueillit dans ses bras comme si elle ne pesait pas plus qu'un fétu.

— Vous êtes plus encombrante que six femmes à la fois, décréta-t-il en se dirigeant vers la porte.

A l'intérieur de la maison, il la déposa dans un profond fauteuil de cuir et remonta le manteau sur ses épaules avant de lui tendre un grand verre de cognac.

— Maintenant, restez tranquille et buvez. Je reviens dans quelques instants. Je dois m'occuper de mon cheval. Si vous bougez pendant mon absence, je vous donne une fessée. C'est bien compris ?

Elle inclina la tête, mais il était déjà parti. La pièce était plongée dans la pénombre. Une agréable odeur de cuir, de tabac et d'huile de lin régnait. Elle respira profondément et commença à siroter le délicieux breuvage. Après deux jours de diète, l'alcool lui montait à la tête. Quand Clay revint, elle souriait béatement, le verre en cristal en équilibre au bout des doigts.

— Envolé ! dit-elle en accentuant lourdement chaque syllabe. Il ne reste plus une goutte.

Clay lui retira le verre des mains.

— Depuis combien de temps n'avez-vous rien mangé ?

— Des jours, chantonna-t-elle. Des semaines, des années, jamais, toujours.

— Il ne manquait plus que cela, marmotta-t-il. Il est deux heures du matin et j'ai une femme grise sur les bras. Venez vous restaurer.

Il lui prit la main et la tira vers lui. Nicole chancela et s'effondra contre lui avec un sourire d'excuse.

— Pardonnez-moi. Je me suis blessée à la jambe.

Il la souleva dans ses bras en demandant sarcastiquement :

— A qui la faute ? Les chaussures rouges ou les loups ?

Elle rit nerveusement.

— C'étaient bien des chiens ? Les chaussures rouges me poursuivaient-elles bel et bien ?

— C'étaient des chiens. Et les chaussures rouges n'existaient que dans votre rêve. Maintenant, un peu de silence, sinon vous allez réveiller toute la maison.

Elle mit les bras autour de son cou, la tête délicieusement vide. Les lèvres contre son oreille, elle marmonna :

— Etes-vous vraiment l'affreux Monsieur Amstrong ? Vous ne lui ressemblez pourtant pas du tout. Vous êtes mon chevalier sauveur, vous. Pas cet horrible bonhomme.

— Il est si horrible que cela ?

— Oh, oui. Il m'a dit que j'étais une voleuse, que j'avais dérobé des vêtements destinés à une autre. Et il avait raison ! Mais je lui ai montré le contraire.

— Comment ?

— Eh bien, je mourais de faim quand j'ai aperçu des pommes dans un verger. Mais je n'en ai pris aucune. Je ne suis pas une voleuse.

— Vous vous êtes laissée mourir de faim pour lui prouver que vous n'étiez pas une voleuse ?

— A moi aussi. Je compte quand même.

Sans répondre, il ouvrit la porte du vestibule et emporta Nicole vers la cuisine qui se trouvait dans un autre bâtiment. Elle écarta la tête de son épaule et huma l'air.

— Du chèvrefeuille ! Pourrais-je en cueillir ?

Avalant la riposte qui lui montait aux lèvres, il la mena jusqu'à un mur de briques roses couvert de fleurs. Elle eut le temps d'en cueillir quelques branches avant qu'il ne l'emporte de force dans la cuisine où il l'assit sur la grande table au milieu de la pièce. Il ranima le feu.

A la lueur des flammes, il remarqua que sa robe était mouillée, ses pieds nus couverts d'ampoules. Avec ses cheveux dénoués dans le dos, on ne lui donnait pas plus de douze ans. Une tache sombre maculait sa jupe.

— Que vous est-il arrivé ? On dirait du sang.

Elle jouait paresseusement avec le chèvrefeuille et sursauta comme si elle avait oublié sa présence.

— Je suis tombée, répondit-elle simplement en le regardant. *Vous* êtes bien Monsieur Amstrong. Je vous reconnais à votre air sombre. Vous ne souriez donc jamais ?

— Uniquement quand on m'en donne l'occasion, ce qui n'est pas le cas pour le moment.

Il souleva sa jambe gauche et lui appuya la cheville à sa ceinture. Puis il remonta sa jupe jusqu'à sa blessure.

— Suis-je un tel fardeau pour vous ?

— Depuis votre arrivée, ma vie a basculé dans le chaos.

Il retira le bandage ensanglanté avec précaution. Elle grimaça sous la douleur et s'agrippa à son épaule. La coupure n'était pas jolie à voir, mais peu profonde. La cicatrisation se ferait mieux si on la nettoyait. Il fit effectuer un demi-tour à sa jambe qui se retrouva allongée sur la table et mit l'eau à chauffer.

— D'après Janie, la moitié des femmes de Virginie vous courent après, c'est vrai ?

— Janie parle trop. Je vais vous chercher quelque chose à manger. Vous êtes saoule, vous le savez, n'est-ce pas ?

— Je n'ai jamais été saoule de ma vie, alléguat-elle en rassemblant toute sa dignité.

— Prenez cela, ordonna-t-il en lui tendant une tranche de pain généreusement beurrée dont elle s'empara sans se faire prier.

Après avoir rempli une bassine d'eau chaude, Clay, armé d'un linge, commença à nettoyer la coupure. Il était penché sur elle quand la porte s'ouvrit.

— Monsieur Clay, où avez-vous passé la nuit et que faites-vous dans la cuisine ? Vous savez que je n'aime pas cela.

Recevoir une autre leçon d'une femme à son service était bien la dernière chose que Clay désirait. Ses oreilles bourdonnaient encore des invectives de Janie, furieuse de le voir écrire une lettre d'explications à Bianca avant le départ de la frégate alors que Nicole errait seule dans les bois.

— Maggie, voici ma... femme.

C'était la première fois qu'il prononçait ces mots.

— Oh ! fit Maggie avec un sourire. Est-ce celle que vous aviez perdue ?

— Retournez au lit, Maggie, ordonna Clay avec toute la patience dont il était capable.

Nicole pivota et salua la femme corpulente d'un joyeux :

— *Bonjour, Madame.*

— Elle ne parle donc pas anglais ? demanda Maggie tout bas.

— Non, répliqua Nicole, les yeux brillants de malice.

Avec un regard d'avertissement à Nicole, Clay prit fermement le bras de Maggie et l'entraîna vers la porte.

— Retournez vous coucher. Je vais m'occuper d'elle, j'en suis tout à fait capable.

— Oh, cela, je n'en doute pas ! Quelle que soit la langue qu'elle parle d'ailleurs... Elle a l'air aussi heureuse qu'une femme peut l'être.

Sur un coup d'œil irrité de Clay, elle disparut, et il s'inclina de nouveau sur Nicole.

— J'imagine que nous sommes bien mariés, après

tout ? déclara-t-elle en avalant la dernière bouchée de pain. Trouvez-vous que j'ai l'air heureuse ?

Il se redressa, vida la bassine dans un seau en bois et la remplit encore une fois.

— Toutes les femmes saoules ont l'air heureuses, la taquina-t-il en reprenant sa tâche.

Elle lui caressa les cheveux et il leva un instant la tête.

— Je suis désolée pour toute cette affaire. J'ai bien essayé de dissuader le capitaine, mais sans succès.

— Je sais. Janie m'a tout raconté. Ne vous inquiétez pas. J'en parlerai à un juge et vous pourrez bientôt rentrer chez vous.

— Chez moi, murmura-t-elle. Je n'ai plus de chez moi. Ces hommes ont brûlé ma maison.

Elle s'arrêta et inspecta la pièce.

— C'est votre maison ?

Il se raidit.

— Une partie.

— Etes-vous riche ?

— Non. Et vous ?

— Non.

Elle lui sourit, mais il l'avait déjà quittée pour prendre une poêle accrochée au mur à côté de l'énorme cheminée. Elle le regarda tranquillement y mettre du beurre et frire une demi-douzaine d'œufs. Il ajouta plusieurs tranches de bacon et fit griller du pain sur une tôle. Quelques minutes plus tard, il plaçait un plat fumant sur la table.

— Je ne pourrai jamais ingurgiter tout cela.

— Dans ce cas, je vais vous aider car je n'ai pas dîné.

Il la souleva et l'installa sur une chaise.

— A cause de moi ?

— Non, à cause de mon mauvais caractère, reconnut-il en emplissant deux assiettes.

— Vous avez un terrible caractère, n'est-ce pas ? Vous avez eu des mots très durs pour moi.

— Mangez ! commanda-t-il.
Les œufs étaient délicieux.
— La seule chose gentille, murmura-t-elle d'un air rêveur, c'est que je savais accueillir un homme. C'était un compliment, n'est-ce pas ?
La manière dont il fixa sa bouche la fit rougir et raviva les souvenirs de leur première rencontre.
— Dites-moi, Monsieur Amstrong, existez-vous aussi le jour ou êtes-vous seulement un fantôme ? Une création de mon esprit ?
Il ne répondit pas, mais continua à la dévisager tout en poursuivant son dîner. Quand ils eurent fini, il rangea la vaisselle et ajouta de l'eau dans la bassine. Puis toujours sans un mot, il la prit sous les bras et l'assit sur la table.
— Vous me donnez l'impression d'être une poupée sans bras ni jambes.
— Rassurez-vous ! Vous avez les deux, et ils sont très sales.
Il lui savonna un bras.
— Comment vous êtes-vous fait cela ? demanda-t-elle en indiquant une petite cicatrice en forme de croissant sous son œil.
— En tombant quand j'étais petit. Donnez-moi votre autre bras.
Elle soupira.
— J'espérais entendre une explication plus romantique. Une blessure pendant la guerre d'Indépendance, par exemple...
— Désolé de vous décevoir, mais j'étais encore un enfant à l'époque.
Elle laissa courir un doigt savonneux le long de sa mâchoire.
— Pourquoi ne vous êtes-vous jamais marié ?
— Ne vous ai-je pas épousée ?
— Pas pour de vrai. Vous n'étiez même pas là. Il y avait à votre place un homme nommé Franck. Il m'a embrassée, pouah ! Il espérait que je ne vous épouserais pas pour pouvoir embrasser encore

ma drôle de bouche. Qu'est-ce qu'elle a de drôle, ma bouche ?

Caressant ses lèvres du regard, il commença sans un mot à lui laver le visage.

— Personne ne m'avait jamais dit qu'elle était laide auparavant, protesta-t-elle, les yeux emplis de larmes. Je parie que vous avez détesté m'embrasser !

— Taisez-vous donc un peu ! Non, votre bouche n'est pas laide du tout, ajouta-t-il en remarquant que de nouvelles larmes roulaient sur ses joues.

— Elle n'est pas bizarre ? insista-t-elle.

Il lui essuya les bras et la figure.

— Non, elle est unique. Maintenant, je vais vous emmener dans votre chambre pour que vous puissiez vous reposer.

Il la souleva dans ses bras.

— Mes fleurs !

Il secoua la tête en soupirant et se pencha pour qu'elle puisse les attraper sur la table. Il regagna ensuite le bâtiment principal. Tandis qu'il montait l'escalier, elle murmura en se pelotonnant contre lui :

— J'espère bien que vous resterez aussi gentil, que vous n'allez pas redevenir cet autre homme. Je vais m'arrêter de voler, je vous le promets.

Sans répondre de nouveau, il ouvrit une chambre du premier étage et la déposa sur le lit. Elle ferma immédiatement les yeux, incapable d'ôter sa tenue mouillée. Pestant entre ses dents, il se mit à la déshabiller, arrachant les boutons qui lui résistaient. Il ne restait pas grand-chose d'ailleurs ni de la robe, ni de la fine chemise de batiste.

Elle avait un corps magnifique. Des hanches étroites, une taille de guêpe et des seins impudents. Tout en continuant de fulminer, il alla chercher une serviette sur la table de toilette. Il n'était pas de pierre, que diable ! D'abord elle lui montrait ses cuisses et maintenant, il devait l'essuyer comme un enfant. Mais c'est qu'elle n'avait pas du tout l'air d'un enfant !

La friction vigoureuse de Clay réveilla Nicole qui s'amusa beaucoup de la situation. Il retira prestement l'édredon en piqué et l'en couvrit, retenant sa respiration tout au long de l'opération. Au moment où il s'apprêtait à partir, elle le retint par la main.

— Merci d'être allé à ma recherche.

Se penchant sur elle, il écarta ses cheveux de son visage.

— C'est moi qui devrais m'excuser de vous avoir obligée à vous enfuir. Maintenant, dormez. Nous parlerons demain.

Sans relâcher sa main, elle demanda :

— Quel effet cela vous a-t-il fait d'embrasser une bouche comme la mienne ?

Un rayon de lumière filtrait dans la chambre, et Clay en déduisit que le jour était déjà levé. Sa chevelure en désordre sur l'oreiller, elle était terriblement séduisante. Il voulut effleurer ses lèvres d'un baiser, mais Nicole s'empara avidement de sa bouche, refermant ses bras derrière son cou pour mieux le retenir. Il eut toutes les peines du monde à lui résister, mais s'arrachant fermement à son étreinte, il glissa ses bras sous l'édredon.

Les yeux mi-clos, elle murmura :

— Désormais, je sais que vous ne la détestez pas.

C'est la caresse du soleil sur son visage qui réveilla Nicole le lendemain. Une terrible migraine lui vrillait les tempes. Elle s'assit lentement, passa sa main sur son front et, comme les couvertures étaient tombées, elle les remonta hâtivement, se demandant pourquoi elle avait dormi nue. Ses vêtements formaient un petit tas au pied du lit.

Certains souvenirs traversaient son esprit engourdi. Elle voyait Clay jetant des pierres aux chiens et l'installant sur son cheval. Après leur retour à la plantation, c'était le vide complet.

Elle jeta un coup d'œil autour d'elle. Elle se trouvait dans une pièce de belles proportions, lumineuse. Le parquet était en chêne, et des frontons sculptés ornaient les trois fenêtres et les deux portes. Le même tissu en lin avec des motifs bleus avait servi pour les rideaux, le capitonnage de la banquette dans l'embrasure de la fenêtre et le baldaquin du lit à colonnes. Une bergère bleue était devant la cheminée, et de l'autre côté, une chaise Chippendale en face d'un métier à broder en palissandre. Une commode en noyer incrusté à l'avant bombé et une armoire assortie composaient le reste du mobilier.

Après s'être étirée, Nicole se sentit beaucoup mieux. Elle repoussa ses couvertures et se dirigea vers l'armoire. Tous les vêtements qu'elle avait confectionnés avec Janie étaient suspendus à l'intérieur. Elle sourit, se sentant accueillie.

Elle enfila une fine chemise de batiste au corsage brodé de boutons de roses et passa par-dessus une robe de mousseline, serrée à la taille par une large ceinture. Le décolleté en pointe était voilé d'une gaze transparente. Elle brossa rapidement ses cheveux en arrière et les attacha avec un ruban du même vert que sa ceinture.

Avant de quitter la pièce, elle se pencha à la fenêtre qui donnait au sud et poussa un cri d'étonnement devant le nombre des bâtiments qui entouraient la maison principale. Un vrai village ! La plupart d'entre eux étaient cachés par d'énormes noyers.

Juste devant elle s'étendait un ravissant jardin. Des allées bordées de buis menaient à un bassin en pierre et, sur la droite, on apercevait un pavillon blanc masqué par deux magnolias. Le potager était séparé du jardin d'agrément par un mur en briques recouvert de chèvrefeuille.

Plus loin, les champs descendaient en pente douce jusqu'à la rivière. Elle put identifier du coton, du blé, de l'orge et sans doute du tabac. Un peu partout, des granges, des hangars, et tout un petit peuple qui vaquait à sa tâche.

Elle aspira profondément l'air gorgé des parfums de l'été. Son mal de tête s'était envolé, et elle était impatiente de découvrir le parc.

— Nicole !

Elle sourit et agita la main en direction de Janie.

— Descendez vite déjeuner.

Comme elle ouvrait la porte, elle se rendit compte qu'elle mourait de faim. Plusieurs portraits étaient accrochés sur le palier. Il y avait aussi quelques chaises et deux petites tables. Partout où elle posait son regard, elle ne rencontrait que calme et beauté. Elle descendit les escaliers jusqu'au hall où elle fut tirée d'embarras sur le choix de la direction à prendre par l'arrivée de Janie.

— Avez-vous bien dormi ? Où Clay vous a-t-il retrouvée ? Pourquoi vous êtes-vous enfuie ? Clay n'a pas voulu me le dire, mais j'imagine qu'il n'a pas dû vous ménager. Vous êtes vraiment un peu trop menue.

Nicole éclata de rire et leva les mains en signe de reddition.

— Je meurs de faim. Je promets de répondre si vous me donnez quelque chose à manger.

— Bien sûr ! Venez.

Nicole la suivit par la porte du jardin jusqu'à la cuisine où officiait Maggie.

— Comment va votre jambe, ce matin ? s'enquit-elle, les yeux pétillants de malice. Pour sûr qu'elle est guérie après tout le tintouin de la nuit dernière.

Nicole la regarda sans comprendre et voulut demander des explications.

— Tais-toi donc, Maggie ! intervint Janie avec un air de conspiratrice, et elle poussa Nicole vers la table sans la laisser parler.

Maggie déposa un choix de mets autour de Nicole : des œufs au bacon, des beignets aux pommes, du cake au raisin, du pudding, des biscuits. Nicole en avala à peine la moitié et s'excusa de ne pas finir, mais Maggie rit et protesta qu'avec soixante personnes à nourrir trois fois par jour, il n'y avait jamais de restes.

Après le petit déjeuner, Janie montra à Nicole les dépendances. La laiterie, tout d'abord, où on faisait le beurre et le fromage. De l'autre côté de la cuisine, l'étroit et long bâtiment où trois métiers à tisser étaient à l'ouvrage. Puis, la buanderie où se trouvaient d'énormes cuves et des barils de savon. L'étage supérieur était occupé par les quartiers des employés de la plantation : un mélange d'esclaves de Haïti, de travailleurs à gages et d'apprentis. Ensuite venaient la malterie et le séchoir à tabac.

Dans le potager, un homme et trois enfants sarclaient des rangées de légumes. Janie présenta Nicole à tout le personnel comme Mme Amstrong sans écouter ses protestations.

Elles finirent leur visite par le bureau de Clay, un bel édifice de briques roses ombragé par des érables. Janie ne proposa pas à Nicole d'entrer à l'intérieur et s'amusa de la surprendre à épier les fenêtres. Elle lui indiqua un peu plus loin, sous des cèdres, les dernières dépendances : glacière, entrepôts, écurie et remise, menuiserie, tannerie, tonnellerie, la maison du régisseur et le pavillon du jardinier.

Quand elles s'arrêtèrent enfin à la lisière des champs cultivés, Nicole avait les oreilles qui tintaient après toutes ces informations.

— C'est un vrai village ! déclara-t-elle.

— Il le faut. Nous devons être autonomes, répondit Janie avec fierté. Tout le trafic est fluvial, dit-elle en indiquant du doigt le quai sur la rivière, au loin. Clay a un sloop de six mètres cinquante amarré là-bas. Dans le nord, nous avons des villes comme en Angleterre, mais ici, chaque planteur doit subvenir à ses propres besoins. Vous n'avez pas encore tout vu — il y a encore les étables, le poulailler et le pigeonnier — ni rencontré tous les hommes. La plupart sont là, au travail dans les champs.

Nicole pouvait apercevoir une cinquantaine d'hommes dont certains à cheval.

— Voici Clay ! jeta Janie, désignant une silhouette avec un large chapeau de paille qui chevauchait un superbe bai-brun. Il est sorti dès l'aube, ce matin, ajouta-t-elle avec un regard de côté à Nicole, cherchant visiblement à en savoir plus sur leur tête-à-tête de la nuit dernière.

Nicole aurait été bien en peine de lui donner des informations, car elle-même n'avait aucun souvenir.

— Quelle est votre fonction dans la maison ?

— Maggie supervise la cuisine et moi la filature. Je m'occupe des métiers à filer, à tisser, des teintures. On ne chôme pas ici. Nous faisons nous-mêmes les tapis de selle, l'étamine et la toile plus solide, et aussi les vêtements et les couvertures des employés.

Nicole se retourna vers la maison. C'était un bâtiment de deux étages, long et étroit, dont la simplicité faisait l'élégance.

— Que voulez-vous voir maintenant ? demanda Janie.

— J'aimerais beaucoup visiter l'intérieur. Les autres pièces sont-elles aussi jolies que ma chambre ?

— C'est la mère de Clay qui a commandé le mobilier juste avant la guerre, commença Janie en remontant vers l'édifice. Clay a cessé de l'entretenir depuis plus d'un an. Ce n'est pas son domaine. D'ailleurs peu lui importe ce qu'il mange, et où il dort. Le plus souvent il passe la nuit dehors sous un arbre, plutôt que de rentrer à cheval.

Une fois dedans, Janie s'excusa, prétextant du travail en retard à la filature. Nicole fut ravie de pouvoir mener la visite à son rythme. Il y avait quatre pièces au rez-de-chaussée, en plus du hall central d'où partait l'escalier et du petit vestibule, entre le boudoir et la salle à manger, dont on utilisait la porte pour aller directement à la cuisine. Il donnait sur le jardin comme le salon et le boudoir. La bibliothèque et la salle à manger s'ouvraient au nord. Après un rapide tour d'horizon, Nicole fut enthousiasmée par la décoration et le mobilier qui étaient simples et de bon goût.

Chaque pièce avait son caractère propre. La bibliothèque était typiquement masculine avec ses rayonnages en noyer et son bureau massif. La salle à manger était dans le style Chippendale chinois, le salon respirait la sérénité avec ses deux grandes fenêtres sur le jardin et la tonalité rose de ses murs.

Mais la pièce préférée de Nicole restait le boudoir. Elle aimait les rideaux de coton blanc brodé de boutons de rose, la méridienne et les deux fauteuils de soie jaune, et l'épinette en merisier sur laquelle était posée une partition ouverte.

Une couche de poussière épaisse recouvrait malheureusement toutes ces merveilles. Elle regarda sa robe de mousseline et décida d'emprunter à Maggie un tablier et un chiffon. Chemin faisant, elle se souvint d'avoir aperçu dans la laiterie une vieille sorbetière. Avec un peu de crème, des œufs, et un enfant pour tourner la manivelle, elle pourrait collaborer au dîner et peut-être éveiller l'intérêt de Clay.

Il était assez tard quand Nicole se changea pour le dîner. Elle se glissa dans une robe de soie bleu saphir aux longues manches étroites et au corsage ajusté. Clay Amstrong la verrait enfin dans une tenue civilisée.

On frappa à la porte et, comme elle sursautait, la voix de Clay retentit :

— Je vous attends dans la bibliothèque.

Aussitôt elle entendit le bruit des bottes sur le parquet, puis les pas décrurent tandis qu'il retournait au rez-de-chaussée.

Elle se sentait étrangement nerveuse à la pensée de ce tête-à-tête qui serait en fait leur première véritable rencontre. Redressant les épaules, et se remémorant les conseils de sa mère, selon lesquels une femme devait toujours se tenir droite et affronter le danger en face, elle descendit.

La porte de la bibliothèque était ouverte, et le soleil couchant illuminait la pièce de ses derniers feux. Clay se tenait debout derrière son bureau, un livre à la main.

— Bonsoir, Monsieur, dit Nicole d'une voix claire.

Il étudia la jeune femme un long moment avant de refermer son livre et de le poser.

— Asseyez-vous, s'il vous plaît. Que désirez-vous boire avant le dîner ? Un peu de porto, peut-être ?

— Rien du tout, merci. Je supporte très mal l'alcool, refusa-t-elle, étonnée de voir Clay hausser ostensiblement les sourcils devant sa réponse.

Elle prit un siège de cuir rouge en face de lui et le regarda se servir un verre de brandy. C'était un homme grave. Des petites rides marquaient sa bouche et le sillon qui creusait son front lui donnait un air presque malheureux.

— Vous parlez pratiquement sans accent, dit-il au bout d'un moment.

— Merci. Je reconnais que cela me donne parfois beaucoup de mal. Je continue à penser en français et je traduis ensuite en anglais.

— Parfois vous oubliez, n'est-ce pas ?

Elle parut étonnée.

— En effet, cela m'arrive, quand je suis très fatiguée... ou en colère, je passe spontanément à ma langue maternelle.

Il s'assit à son bureau, prit un portefeuille de cuir et en tira quelques papiers.

— Je voudrais éclaircir certains points le plus vite possible. Aussitôt que Janie m'a appris la vérité, j'ai envoyé un messager à un ami de famille — un juge — pour lui demander son avis.

Nicole fit un signe de la tête. Il n'avait même pas attendu d'être rentré chez lui pour entreprendre la procédure d'annulation.

— J'ai reçu la réponse aujourd'hui. Avant de vous la communiquer, je voudrais vous poser quelques questions. Combien de personnes étaient-elles présentes durant la cérémonie ?

— Nous étions trois : le capitaine, le second qui vous remplaçait et le médecin comme témoin.

— Et le second témoin ? Il y a une autre signature sous celle du médecin.

— Non, nous étions seulement quatre dans la pièce.

Clay acquiesça. Sans aucun doute, on avait apposé le nom après coup. Une nouvelle illégalité à rajouter à une liste déjà longue. Il poursuivit :

— Et cet homme, Franck, qui vous a menacée, l'a-t-il fait devant le docteur ?

Nicole se demanda comment il connaissait tous ces détails.

— Tout a eu lieu dans la cabine du capitaine en quelques minutes.

Clay vint s'asseoir sur le siège à côté du sien. Il portait encore sa tenue de travail : de solides pantalons noirs, de hautes bottes et une chemise de lin blanc largement ouverte.

— C'est ce que je craignais.

Il fit tourner le liquide ambré dans son verre avant de poser de nouveau son regard sur elle en clignant légèrement des yeux devant son profond décolleté qui laissait deviner la rondeur des seins.

Elle dut se faire violence pour ne pas cacher sa poitrine de ses mains comme un enfant pris en flagrant délit.

— Le juge m'a envoyé le code anglais du mariage. Je crois malheureusement que nous appliquons le même. Il existe plusieurs motifs d'annulation, comme la folie ou l'incapacité d'avoir des enfants. Vous êtes saine de corps et d'esprit, j'imagine ?

Il lui décocha une petite grimace, et elle sourit.

— Je l'imagine aussi.

— Notre seul espoir reste de prouver que vous

avez été acculée à ce mariage. Je dis bien : *prouver*, continua-t-il sans laisser Nicole l'interrompre. Il nous faut donc trouver un témoin qui puisse certifier l'usage de la force.

— Ma parole n'est pas suffisante ? Ni la vôtre ? Le fait que je ne sois pas Bianca Maleson n'a-t-il aucun poids ?

— Si vous aviez utilisé le nom de Bianca au lieu du vôtre, sûrement. Mais j'ai vu le certificat qui est à votre nom. Est-ce vrai ?

Elle se souvint de son sentiment de rage impuissante dans la cabine du capitaine.

— Et le docteur ? Il a été très gentil à mon égard. Ne pourrait-il témoigner ?

— J'espère qu'il pourra. Mais pour le moment, il vogue vers l'Angleterre. J'ai envoyé un homme à sa recherche. Cela peut prendre des mois.

Il finit la dernière goutte de brandy et posa son verre à l'extrémité du bureau. Puis, comme il n'avait rien à ajouter, il resta silencieux à l'observer.

La tête penchée, elle fixait ses mains.

— Vous êtes prisonnier de ce mariage pour quelque temps encore ?

— *Nous* sommes prisonniers. J'ai appris que vous aviez économisé de l'argent pour participer à la création d'une boutique de mode. Je sais que mes excuses sont peu de chose, mais je vous demande de les accepter.

Elle se redressa et posa les main sur les accoudoirs de son siège.

— J'y suis très sensible. Mais j'ai une requête à vous adresser.

Une ombre voila son regard.

— Tout ce que vous voudrez.

— Si je reste quelque temps en Amérique, je vais être obligée de gagner ma vie. Je ne connais personne ici. Auriez-vous la gentillesse de m'aider à trouver un travail ? J'ai reçu une bonne éducation et je parle quatre langues. Je ferais, me semble-t-il, une gouvernante acceptable.

Clay se redressa brutalement et s'écarta d'elle.

— C'est hors de question ! Peu importent les circonstances de notre mariage, vous êtes légalement ma femme. Je ne vous autoriserai jamais à moucher le nez de petits imbéciles. Non ! Vous resterez ici jusqu'à ce que nous mettions la main sur ce médecin. Et après, nous verrons.

L'étonnement perçait dans sa voix quand elle remarqua :

— Essayez-vous d'assurer mon avenir ?

— Pourquoi pas, puisque vous êtes à ma charge, répliqua-t-il avec amusement.

Elle releva le menton.

— Ce n'est pas par choix. Et j'aimerais justement vous rembourser plusieurs factures.

— Des factures ?

Il remarqua qu'elle palpait la soie de sa robe et prit une feuille de papier sur son bureau. C'était la lettre qu'elle lui avait écrite du bateau.

— Vous parlez de vos vêtements ? Je suis désolé de vous avoir accusée de vol. Je vous prie de les accepter avec mes excuses.

— Je ne peux pas. Ils valent une fortune.

— Votre temps et le dérangement que je vous ai causé ne sont-ils rien ? Ces quelques robes représentent un dédommagement bien modeste. D'ailleurs, qu'en ferais-je ? Elles font plus d'effet sur vous que dans un placard.

— *Merci beaucoup*, murmura-t-elle, les yeux pétillants.

Il lui tendit la main pour l'aider à se relever.

— Je vois que votre jambe va mieux.

Nicole ne put cacher sa surprise. La coupure était tout en haut de sa cuisse. Comment pouvait-il être au courant...

— Me suis-je comportée bizarrement, hier soir ?

— Vous ne vous souvenez de rien ?

— Seulement que vous avez chassé les chiens et m'avez prise en croupe.

Il la scruta si intensément qu'elle se mit à rougir.

— Vous étiez charmante, éluda-t-il, et, passant sa main sous son bras, il ajouta : venez dîner. Cela fait bien longtemps que je n'ai pas eu une aussi ravissante femme à ma table.

5

Pendant que Nicole s'habillait pour le dîner, Maggie avait disposé de nombreux plats sur la table en acajou de la salle à manger : de la bisque d'écrevisse, du pigeonneau rôti farci de riz, du crabe reconstitué dans sa carapace écarlate, des esturgeons pochés, du cidre et du vin français. Nicole était confondue par cette abondance, mais elle semblait toute naturelle à Clay. D'ailleurs la plupart des produits venaient de la plantation.

À peine s'étaient-ils assis que la porte du vestibule s'ouvrit avec fracas et des voix excitées s'écrièrent :

— Oncle Clay ! Oncle Clay !

Clay jeta sa serviette sur la table et, en deux enjambées, il atteignit la porte de la salle à manger.

Nicole le regardait avec amusement. Son visage, si sérieux d'habitude, était illuminé de joie. Il mit un genou par terre et ouvrit les bras aux enfants qui s'y précipitèrent, s'accrochant à son cou, nichant leurs têtes contre son torse.

Nicole s'approcha d'eux avec un sourire. Clay s'était relevé. Serrant les deux enfants contre lui, il leur posait des questions :

— Avez-vous été sages ? Vous êtes-vous bien amusés ?

— Oh, oui, oncle Clay ! répondit la petite fille en le regardant avec adoration. Miss Ellen m'a laissé monter *son* cheval. Quand est-ce que j'aurai mon cheval à moi ?

— Quand tes jambes seront assez longues pour atteindre les étriers !

Il se tourna vers le petit garçon.

— Et toi, Alex ? Miss Ellen t'a-t-elle laissé monter son cheval ?

Alex haussa les épaules comme si le cheval ne l'intéressait pas vraiment.

— Roger m'a montré comment me servir d'un arc et de flèches.

— C'est vrai ? Peut-être pourrons-nous en fabriquer un pour toi. Et toi, Mandy ? Tu veux aussi un arc ?

Mais Mandy n'écoutait pas son oncle, elle fixait Nicole par-dessus son épaule. Elle se pencha et lui murmura à l'oreille :

— Qui est-ce ?

Clay se retourna avec les deux enfants, et Nicole put enfin les voir de près. De toute évidence, ils étaient jumeaux, ils avaient tous les deux des boucles blond foncé, d'immenses yeux bleus et sans doute pas loin de sept ans.

— Voici Nicole, la présenta Clay aux enfants qui la dévoraient des yeux.

— Elle est jolie, dit Mandy, et Alex opina solennellement du chef.

Avec un sourire, Nicole leur fit une petite révérence.

— Merci beaucoup.

Clay déposa les jumeaux par terre, et Alex s'inclina devant elle en déclinant son identité.

— Je suis Alexander Clayton Amstrong. Je vous offrirais bien ma main, mais ce serait... comment dit-on déjà ?

— Présomptueux, souffla Clay.

— C'est cela, poursuivit Alex. Un gentleman doit attendre le bon vouloir d'une dame.

— Très honorée, fit Nicole en tendant sa main à Alex qui la serra.

Mandy surgit derrière son frère.

— Je suis Amanda Elisabeth Amstrong, annonça-t-elle avec une révérence.

— Ah, je vous retrouve, tous les deux. Vous auriez pu m'attendre pour me montrer le chemin.

Ils se tournèrent tous les quatre vers la femme d'une quarantaine d'années qui venait d'entrer. Elle était grande et brune avec de pétillants yeux noirs.

— Oh ! je croyais que vous étiez seul. Je suis Ellen Backes, se présenta-t-elle en tendant sa main. Nous vivons avec Horace, mon mari, et nos trois garçons à quelques kilomètres d'ici. Les jumeaux ont passé quelques jours chez nous.

— Nicole Courtalain...

Elle hésita et jeta un regard à Clay derrière son épaule.

— Amstrong, finit-il. Nicole est ma femme.

Ellen resta un moment silencieuse en gardant la main de Nicole dans la sienne, puis elle serra la jeune femme avec exubérance contre son cœur.

— Sa femme ! Je suis tellement heureuse ! C'est l'homme le plus merveilleux de la terre après Horace.

Elle étreignit Clay à son tour.

— Pourquoi ne nous avez-vous rien dit ? Un mariage aurait été une occasion merveilleuse de faire revivre cette maison. Vous ne recevez plus personne depuis la mort de James et Beth.

Clay resta impassible en apparence, mais Nicole sentit combien ces mots le bouleversaient.

Une corne de brume retentit au loin.

— C'est Horace, fit Ellen en se tournant vers Nicole. Nous allons nous revoir bientôt, j'espère. J'ai tellement de choses à vous dire sur Clay. Il a pris beaucoup de mauvaises habitudes, dont l'une est d'être peu sociable, mais cela va changer maintenant.

Un nouveau coup de corne de brume résonna.

Ellen embrassa les jumeaux et sortit en courant

pour rejoindre le sloop amarré au quai où son mari l'attendait.

Après son départ, la maison sembla soudain vide. Nicole regarda le trio qui continuait à fixer la porte ouverte par laquelle leur amie avait disparu et éclata de rire.

— Allons, s'écria-t-elle en prenant les jumeaux par la main. Je ne suis pas Ellen, mais je vais essayer de mettre encore un peu de soleil dans cette journée. L'un de vous sait-il ce qu'est une glace ?

Elle les entraîna dans la salle à manger, puis fit un rapide aller et retour à la glacière. Elle revint chargée d'un plateau et déposa deux bols glacés devant les jumeaux qui dès la première bouchée arborèrent un air ravi.

— Vous les avez séduits, remarqua Clay en attaquant sa glace.

Quelques heures plus tard, quand les jumeaux furent couchés, son estomac lui rappela qu'elle n'avait pas beaucoup dîné. En descendant l'escalier, elle tomba sur Clay un plateau à la main.

— J'ai encore un peu faim. Vous m'accompagnez ?

Ils s'installèrent dans la bibliothèque, et Nicole apprécia cette dînette improvisée, même si le menu était original : des huîtres fumées dans d'épaisses tranches de pain avec de la moutarde de Dijon !

— Qui sont-ils ? demanda Nicole entre deux bouchées.

— Les jumeaux ?

Il s'installa sur l'un des sièges de cuir rouge et appuya ses jambes étendues sur l'angle du bureau.

— Ce sont les enfants de mon frère.

— Serait-ce le James auquel Mme Backes a fait allusion ? Et Beth est sa femme ?

— C'est cela, confirma-t-il brièvement.

— Pourriez-vous me parler d'eux ?

— Ils ont sept ans. Vous connaissez leurs noms et...

— Non, je voulais dire de votre frère et de votre belle-sœur. Ils sont morts pendant votre séjour en Angleterre, m'a raconté Bianca ?

Il prit une gorgée de bière, et Nicole devina qu'il luttait contre quelque chose à l'intérieur de lui-même. Quand il répondit enfin, sa voix semblait venir de loin.

— Le bateau de mon frère a chaviré. Ils se sont noyés ensemble.

Nicole avait aussi connu l'épreuve de perdre ses proches. Elle murmura simplement :

— Je crois que je comprends.

Clay se leva brutalement, renversant presque sa chaise.

— Non, vous ne comprenez pas ! Personne ne comprend ! s'écria-t-il, et il quitta la pièce.

Stupéfaite de sa véhémence, elle se souvint des propos de Bianca sur l'indifférence de Clay lors de la mort de son frère. Etait-ce le même homme qui réagissait aussi violemment ?

Le lendemain matin, alors que Nicole cherchait une tenue dans sa penderie, elle entendit du bruit derrière la deuxième porte de sa chambre. La première donnait sur le palier. Celle-ci devait communiquer avec la chambre des jumeaux. Toute souriante, elle l'ouvrit et se trouva nez à nez avec Clay à moitié vêtu.

— Bonjour, fit-il sans prêter attention à son embarras.

— Je suis désolée, je ne savais pas... je pensais que les jumeaux...

Il attrapa sa chemise.

— Voulez-vous du café ? demanda-t-il en indiquant la cafetière sur la table.

Intimidée, elle traversa la pièce. Elle se trouvait de toute évidence dans une chambre d'homme avec ses panneaux de noyer et son immense lit qui occupait tout l'espace. Les vêtements jetés un peu partout l'empêchaient de voir le mobilier. Sur le plateau, il y avait deux tasses. Sûrement une initiative de Maggie, persuadée qu'ils partageraient ce café matinal. Emplissant une tasse, elle la lui apporta.

Assis au pied du lit, la chemise ouverte, il enfilait une botte. Elle ne put s'empêcher de contempler le torse bronzé et musclé.

— Merci, dit-il en prenant la tasse. Je vous effraie toujours ?

Sans le regarder, elle retourna à la cafetière et se servit une tasse.

— Vous ne m'avez jamais effrayée.

— Peut-être serait-ce votre intérêt... j'aime vos cheveux comme ils sont en ce moment. Et cette chose que vous portez, elle me plaît aussi beaucoup.

Faisant demi-tour, elle lui dédia un sourire radieux. Ses cheveux dénoués lui arrivaient à la taille.

— C'est une chemise de nuit.

Elle était heureuse de ne pas avoir passé sa robe de chambre. Le corsage était en dentelles de Bruxelles de couleur crème et la jupe en soie à la taille haute était presque transparente.

— Je suis en retard, ce matin. Tenez, fit-il d'un ton impératif en lui tendant tasse et soucoupe.

Toujours souriante, elle s'en empara. Il enfila sa seconde botte.

— D'où vient cette cicatrice, près de l'œil ?

Il voulut dire quelque chose, mais il s'arrêta, les yeux pétillants de malice.

— Une blessure de baïonnette pendant la révolution.

— J'ai comme le sentiment que vous vous moquez de moi.

Il se pencha vers elle.

— Jamais je ne me moquerais d'une jolie femme en chemise de nuit au pied de mon lit, se récria-t-il en faisant courir un doigt sur sa lèvre supérieure. Maintenant, posez cette tasse et filez.

Elle obéit, mais s'arrêta, la main sur le chambranle.

— Nicole ?

Elle frissonna.

— J'ai deux heures de travail devant moi, ensuite je prendrai mon petit déjeuner vers neuf heures dans la cuisine.

Elle répondit d'une inclinaison de tête, puis s'enfuit dans sa chambre et referma la porte derrière elle. Elle resta un moment appuyée contre le battant. Il lui avait dit qu'elle était belle et l'avait appelée par son prénom...

Elle s'habilla d'une robe de calicot taupe en se moquant de sa réaction d'écolière et descendit au rez-de-chaussée.

Elle passa un long moment à la recherche des jumeaux. Elle pensait les trouver endormis, mais leurs lits étaient vides. Elle questionna tout le monde, mais ne recueillit que des haussements d'épaules. Personne ne savait où ils étaient.

Vers sept heures et demie, elle alla préparer des crêpes et laissa la pâte reposer. Après une heure de nouvelles recherches, elle retourna faire les crêpes pendant que Maggie pelait des pêches et les coupait en morceaux. Nicole laissa macérer les fruits dans de la liqueur d'amande distillée sur la plantation, les enveloppa dans une fine crêpe, ajouta quelques gouttes de miel et une bonne cuillerée de crème fouettée.

Quand Clay fit son apparition dans la cuisine, Maggie disparut instantanément avec ses trois aides. Nicole plaça une assiette de crêpes aux pêches devant lui. A peine avait-il avalé une bouchée qu'elle lui posa la question vingt fois répétée ce matin.

— Où sont les jumeaux ?

— Ils traînent quelque part. Ils reviennent d'habitude quand ils ont faim.

— Personne ne les surveille donc ! Mais enfin,

c'est de la folie... Et si jamais ils se blessaient, on ne saurait même pas où les chercher ?

— Je connais la plupart de leurs cachettes. C'est délicieux ! C'est votre œuvre ?

— Mais oui, répliqua-t-elle impatiemment. Et leurs études ?

Tout occupé par le contenu de son assiette, il ne prit pas la peine de répondre. Marmonnant quelque chose en français, Nicole saisit son assiette et fit mine de la vider dans la poubelle pour les cochons.

— Je réclame toute votre attention et quelques réponses. Je suis fatiguée de votre mutisme.

Il bondit par-dessus la table, attrapa Nicole par la taille et plaqua fermement son dos contre lui. Hoquetant, elle finit par se rendre. Il attrapa l'assiette et la posa en sécurité sur la table.

— Il ne faut jamais brusquer un homme, la taquina-t-il gentiment. Surtout dans le domaine culinaire.

Sans la relâcher, il lui fit faire demi-tour et la tint un moment serrée contre lui. Elle aurait voulu que cet instant dure toujours, mais il l'écarta doucement et l'aida à s'asseoir.

— Vous avez sûrement encore faim, mangez donc cela.

Il mit une autre crêpe devant elle avant de se resservir.

Nicole poussa un soupir tandis que Clay lui décochait une petite grimace ironique.

Après le petit déjeuner, il emmena Nicole dans le quartier des employés et s'arrêta devant un vieil homme assis à l'ombre d'un cèdre.

— Où sont les jumeaux, Jonathan ?

— Dans ce vieux noyer devant la maison de l'intendant.

Clay le remercia d'un signe de tête et s'apprêtait à partir, Nicole sur les talons, quand Jonathan interrogea :

— C'est notre nouvelle maîtresse ?

— C'est cela, confirma Clay sur un ton presque chaleureux.

Le vieil homme sourit de toute sa denture ébréchée.

— Je ne sais pas pourquoi, je vous voyais avec une femme blonde et plus enrobée.

Attrapant Nicole par la taille, il s'éloigna à grandes enjambées tandis que le rire de Jonathan résonnait dans leur dos. Nicole brûlait de lui poser des questions, mais elle n'en avait pas le courage.

Les jumeaux étaient bien installés dans le vieil arbre. Mais quand Nicole leur demanda de descendre, ils grimpèrent plus haut en poussant de petits cris.

— Peut-être qu'ils vous obéiront ?

Clay haussa les épaules.

— Moi, je n'ai aucun besoin d'eux. J'ai du travail à faire.

Elle le toisa d'un regard méprisant, et réitéra son ordre dont les enfants ne tinrent pas davantage compte. Si elle voulait imposer son autorité, ce n'était pas le moment de flancher.

— Que feriez-vous si vous vouliez qu'ils descendent ? s'enquit-elle auprès de Clay.

— Ils ne se soucient pas plus de moi que de vous, fit-il avec un clin d'œil en direction de ses neveux. Si j'étais vous, je grimperais les chercher.

L'oncle et les neveux voulaient la bagarre, elle relèverait le défi, car elle ne doutait pas un instant que Clay sache se faire respecter. Retroussant sa jupe et ôtant ses chaussures, elle ordonna :

— Donnez-moi un coup de main, s'il vous plaît.

— Avec plaisir, répliqua-t-il avec un rire moqueur en joignant les mains pour lui faire la courte échelle.

Elle savait qu'il aurait pu la hisser jusqu'à la première branche, mais il limitait exprès son aide. Peu importe ! Elle allait tous les étonner car elle était une excellente grimpeuse. Elle se propulsa sur une branche basse d'où elle aperçut en se redressant l'échelle posée de l'autre côté de l'arbre. Clay, les mains sur les hanches, les pieds écartés, jouissait du spectacle.

Elle grimpa méthodiquement de branche en branche en tournant autour du tronc. Ses jupes relevées aux genoux dévoilaient de ravissantes jambes pour le plus grand plaisir du public... Elle s'empara d'abord d'Alex et le fit glisser dans les bras de Clay qui consentit enfin à collaborer.

Du faîte, Mandy continuait à la provoquer. Nicole rampa vers elle. Un craquement retentit et Mandy cria :

— Vous êtes trop lourde. Attrape-moi, oncle Clay, ajouta-t-elle en se précipitant dans les bras de son oncle, déployés à cette intention.

Nicole se rendit compte trop tard du désastre : la branche sur laquelle elle se tenait était en train de se briser.

— Sautez ! ordonna une voix impérative.

Sans réfléchir, elle se laissa tomber dans les bras de Clay.

— Tu l'as sauvée, oncle Clay ! Tu l'as sauvée ! se mit à chantonner Alex.

Nicole était plus effrayée qu'elle ne voulait le reconnaître.

— Allez, on recommence, hurla Mandy en partant chercher l'échelle.

— Non, cela suffit !

Son ton était sans réplique.

— Elle vous a attrapés, vous êtes maintenant à sa disposition. Gare à vous, si je reçois un mauvais rapport.

Il les fusilla du regard, et ils se reculèrent prudemment.

— Vous pouvez me déposer, maintenant, le pria Nicole.

— Je serais curieux de savoir si vous vous mettez toujours dans des situations aussi délicates ?

Elle lui adressa un regard vengeur.

— Je me suis sans doute enlevée moi-même et contrainte toute seule à ce mariage forcé pour votre seul plaisir.

Les yeux fixés sur les jambes que dévoilait indiscrètement la jupe relevée jusqu'aux genoux, Clay répliqua sans se laisser désarçonner :

— Je ne sais pas comment je vous préfère. Maintenant, ou tout à l'heure, devant la fenêtre, dans votre chemise de nuit.

Elle rougit furieusement tandis qu'il la déposait à terre.

— Je voudrais bien assister au prochain épisode mais le travail m'attend.

Et avec un sourire moqueur, il partit à travers champs.

Cette nuit-là, Nicole fut incapable de trouver le sommeil. Après avoir enfilé une légère robe de chambre de soie et descendu l'escalier sur la pointe des pieds, elle sortit dans le jardin. La nuit embaumait le chèvrefeuille. Elle marcha jusqu'au bassin en pierres et, s'asseyant sur la margelle, plongea ses pieds dans l'eau fraîche.

Elle commença à se détendre et mille pensées l'envahirent. Pendant la Terreur, quand elle vivait avec son grand-père chez le meunier, elle ne s'était jamais menti à elle-même. Elle savait qu'un jour cela aurait une fin, et c'est ce qui était arrivé.

Aujourd'hui, elle était confrontée à un autre désastre, et elle se mentait à elle-même. Elle devait reconnaître qu'elle était tombée passionnément amoureuse de Clayton. Toute sa vie maintenant tournait autour de cet homme. Elle était prête à toutes les compromissions pour un baiser.

Et lui ? Il se lasserait vite d'elle, et elle ne pourrait supporter de le voir partir avec Bianca, la femme qu'il aimait vraiment.

Jetant un coup d'œil sur la façade noire de la maison, elle remarqua une petite lueur rouge derrière une fenêtre. Sans doute le bout incandescent du cigare de Clay. Il savait qu'elle était là et qu'elle pensait à lui.

Se levant, elle rentra dans la maison. Le palier du premier étage était vide, mais une forte odeur de tabac emplissait l'air.

6

Par-dessus le livre qu'elle tenait à la main, Nicole observait Clayton qui se dirigeait vers la maison. Sa chemise était déchirée, ses pantalons et ses bottes couverts de boue. Il jeta un coup d'œil dans sa direction, et elle se replongea dans sa lecture comme si elle ne l'avait pas vu.

Elle était assise avec les jumeaux sous l'un des magnolias du jardin. Ces trois dernières semaines depuis la nuit où elle était restée près du bassin, elle avait passé beaucoup de temps avec les enfants, et très peu auprès de Clay. Parfois, elle en aurait pleuré : il lui proposait un dîner ou un petit déjeuner en tête-à-tête et elle se forçait à refuser sous de fallacieux prétextes. Au bout d'un moment, il avait cessé de l'inviter. Désormais, il prenait de plus en plus souvent ses repas à la cuisine, avec Maggie pour seule compagnie, et parfois même ne rentrait pas de la nuit.

Après avoir regagné sa chambre, Clay resta un long moment derrière la fenêtre à contempler Nicole assise avec les jumeaux. Il ne comprenait pas sa soudaine froideur à son égard.

Tout en se dirigeant vers la commode, il enleva sa chemise et la jeta négligemment sur une chaise. Le tiroir qu'il ouvrit était plein de chemises propres et bien repassées. Il en prit une et s'arrêta un moment pour regarder autour de lui. Pour la première fois depuis la mort de son frère, la pièce était impeccable.

Il enfila sa chemise et entra dans la chambre de Nicole. Là aussi tout étincelait. Un petit vase de roses rouges était posé sur la table près du lit. Un ouvrage commencé attendait sur le métier à broder. Il toucha les fils de soie brillants.

Depuis à peine un mois qu'elle était ici, c'était la révolution. La veille, les jumeaux lui avaient montré fièrement comment ils savaient écrire leur nom. Chaque jour, elle ajoutait de nouveaux plats aux menus copieux mais simples servis à la plantation.

Clay avait toujours cru qu'il se souciait peu de la maison, et que seuls les champs l'intéressaient. Et il se rendait soudain compte qu'il aimait l'odeur de la cire et était content de voir les enfants propres et pris en mains. La seule ombre au tableau était l'absence de Nicole. La façon dont elle riait et le faisait rire lui manquait.

Comment avait-elle pu trouver de l'aide ? songea-t-il tout à coup en descendant l'escalier. Chacun ici avait sa tâche. Et pour autant qu'il sache, personne ne la négligeait. La vérité se fit jour dans son esprit : Nicole entretenait toute seule la maison. Il n'y avait rien d'étonnant à ce qu'elle soit tout le temps fatiguée !

Il passa immédiatement à la cuisine demander à Maggie de faire le nécessaire pour trouver quelqu'un et se rendit au jardin.

— L'école est finie, annonça-t-il en enlevant son livre à Nicole, tandis que les jumeaux s'égaillaient dans la nature.

— Mais ce n'est pas encore l'heure, protesta-t-elle.

— Ils ont besoin de vacances. Vous aussi.

Elle s'éloigna légèrement de lui.

— S'il vous plaît ! J'ai une foule de choses à faire.

Clay la regarda d'un air désapprobateur.

— Que vous arrive-t-il ? Pourquoi vous conduisez-vous comme si vous aviez peur de moi ?

— Je n'ai pas peur de vous. Je pense juste que l'on n'a pas le temps de chômer dans un endroit aussi vaste.

— Dois-je en conclure que vous me poussez à reprendre le harnais ?

— Bien sûr que non. Je...

— Puisque vous n'arrivez pas à terminer votre phrase, je vais le faire pour vous. Vous travaillez comme mes esclaves, à la seule différence que moi, je n'oserais jamais exiger d'eux la tâche que vous vous imposez.

Il l'aida à se lever d'une poigne ferme.

— Maggie nous prépare un pique-nique, nous allons passer le reste de la journée à flâner. Vous savez monter à cheval ?

— Oui, mais...

— Je vous interdis de dire non, aussi vaut-il mieux vous taire.

Sans lui lâcher la main, il l'entraîna jusqu'aux écuries où il plaça une selle d'amazone sur une jument pommelée, puis il l'aida à s'installer et mit le cap sur la cuisine. Maggie arbora un grand sourire en lui tendant les sacoches bourrées.

Ils chevauchèrent pendant une heure, laissant derrière eux le coteau sur lequel se dressaient la maison et ses dépendances, et se dirigèrent vers les champs en contrebas. A l'est s'étendait une zone de pâturage où paissaient séparément vaches et moutons. Partout, on voyait des granges et des hangars à outils. La fierté du propriétaire se lisait dans le regard de Clay tandis qu'il lui parlait de la qualité du coton ou de la manière de cultiver le tabac. Elle comprit combien cette terre, et ceux qui la travaillaient, étaient importants pour lui.

Le soleil était haut dans le ciel quand Nicole aperçut de l'autre côté de la rivière un moulin à eau. A cette vue, les souvenirs affluèrent.

— C'est bien un moulin ? demanda-t-elle à Clay en pointant son doigt vers l'édifice.

— Tout à fait, dit-il sans prêter grande attention à sa question.

— A qui est-il ? Pourquoi est-il arrêté ? Pourrions-nous le visiter ?

Clay la considéra avec surprise.

— A quoi dois-je répondre en premier ? Il m'appartient, et s'il ne fonctionne pas, c'est parce que les Backes moulent mon grain. Nous allons le voir de plus près, si vous voulez. Il y a une maison juste au-dessus qu'on distingue à peine à travers les arbres.

Un petit canot était amarré sur la rive, Clay y lança les sacoches, aida Nicole à monter et rama jusqu'à l'autre berge. Il resta en arrière tandis qu'elle escaladait le chemin envahi par les mauvaises herbes et faisait le tour du moulin.

— Il a l'air en bon état. Puis-je examiner les meules à l'intérieur ?

Il sortit la clef du gros verrou de sa cache et observa Nicole fureter un peu partout. Elle inspecta les rainures sur les meules et marmonna quelque chose au sujet du tamis. Quand elle eut fini, elle se mit à assaillir Clay de questions jusqu'à ce qu'il lève les mains en signe de reddition.

— Ce serait peut-être plus rapide que je vous explique. Du temps de mon frère, le moulin était nécessaire. Maintenant que je suis seul, je n'en ai plus besoin. Aussi quand le meunier est mort l'année dernière, je ne lui ai pas cherché de successeur.

— Mais votre grain ? Les Backes ont un moulin ?

— Un petit, oui. C'est plus facile d'envoyer le grain chez eux que de garder un endroit comme celui-ci en activité.

— Et les fermiers ! Que font-ils ? Vont-ils aussi chez les Backes ? Ou est-ce trop loin ?

Clay lui prit la main et l'emmena dehors.

— Déjeunons et je répondrai à vos questions. Il y a un endroit agréable au sommet de cette côte.

Quand ils eurent disposé sur une nappe leurs provisions : du rôti froid, des huîtres marinées et de la tarte aux abricots, ce fut Clay qui posa les questions. Il voulait savoir pourquoi Nicole s'intéressait tant au moulin.

La conscience de sa proximité dans ce lieu retiré éveillait en elle d'étranges sensations.

— Mon grand-père et moi avons travaillé dans un moulin pendant un certain temps. J'y ai appris beaucoup de choses.

— Votre grand-père ? dit-il en étendant les bras derrière la nuque. Nous vivons sous le même toit depuis quelque temps, et je ne sais rien de vous. Avez-vous toujours été auprès de lui ?

Les yeux fixés sur ses mains, elle resta un moment silencieuse. Elle ne voulait pas parler de sa famille.

— Non, pas longtemps, éluda-t-elle en se tournant vers le moulin. Avez-vous jamais envisagé de le vendre ?

— Non, jamais. Et vos parents ? Etaient-ils aussi meuniers ?

Nicole mit un moment à comprendre. Le spectacle de sa mère si raffinée en meunière déclencha son hilarité.

— Pourquoi riez-vous ?

— L'évocation de ma mère dans un moulin. N'avez-vous pas parlé d'une maison dans le coin ? J'aimerais la visiter.

Ils réunirent rapidement les restes de leur pique-nique, et Clay lui montra la maisonnette qui se composait d'une seule pièce avec une mansarde à l'étage. Le tout était sommaire mais encore solide.

— Retournons de l'autre côté de la rivière, je veux vous emmener quelque part.

Clay ne traversa pas directement la rivière, mais remonta légèrement le courant pour s'arrêter à un endroit qui paraissait inabordable. La rive était couverte de buissons et les saules pleureurs entrecroisaient leurs branches dans l'eau.

Clay sauta du canot et l'amarra à un pieu caché par

les broussailles. Puis il offrit sa main à Nicole pour l'aider à mettre le pied sur l'étroite bande de sable dégagée. Il écarta alors une touffe de myrte, révélant un sentier.

— Après vous, dit-il en passant à sa suite avant que la touffe ne se remette en place.

La sente menait à une clairière herbeuse encerclée par une profusion d'arbres et de plantes de toutes sortes. Partout s'épanouissait une multitude de fleurs.

— C'est ravissant, fit-elle en tournoyant. Qui a créé cette merveille ?

Clay s'assit sur l'herbe et s'adossa à un rocher qui semblait avoir été spécialement installé là pour son confort.

— Enfants, nous passions tous nos instants de liberté ici.

Ses yeux se perdirent dans le vague.

— Ma mère croyait que les chiens emportaient ses plants. Un jour, elle avait abandonné cinq boutures pour faire une visite. A son retour, il n'en restait que quatre. Je me suis souvent demandé si elle nous soupçonnait.

— *Nous* ? Vous voulez dire votre frère et vous ?

— Oui, c'est cela.

— J'imagine mal, pourtant, deux gamins risquant une punition pour avoir volé des bulbes d'iris. Une fille était sûrement impliquée dans tout cela ?

Le visage de Clay se durcit, et il resta un moment silencieux.

— Elisabeth plantait les fleurs.

A sa façon de prononcer ce prénom, Nicole comprit que cette Elisabeth avait beaucoup compté pour lui, mais elle ne distinguait pas encore s'il l'avait beaucoup aimée ou haïe.

— James et Beth, articula-t-elle d'une voix calme en s'asseyant auprès de lui. Leur mort est-elle la cause de votre tristesse, la raison pour laquelle vous ne souriez jamais ?

Il tourna vers elle un visage furieux :

— Pourquoi cherchez-vous à m'arracher des confidences, alors que vous-même ne parlez jamais de votre passé ?

Nicole fut stupéfaite. Elle croyait avoir évité avec adresse les questions sur sa famille.

— Pardonnez-moi, souffla-t-elle. Je ne cherchais pas à être indiscrète.

Ils restèrent un moment en silence. Puis Clay s'étira, décidant d'aborder un sujet plus agréable.

— J'ai beaucoup pensé à Bianca ces derniers temps, commença-t-il. Vous vous souvenez de la frégate qui est arrivée au port juste après votre bateau ? Eh bien, elle repartait pour l'Angleterre, et j'ai confié au capitaine une lettre à son intention où je lui explique tout.

Nicole n'écoutait que d'une oreille tant le sujet la faisait souffrir. Elle laissait ses pensées vagabonder autour du moulin. Peut-être pourrait-elle s'y installer ?

— Je lui envoie aussi de l'argent pour sa traversée, poursuivait-il. Je lui demande de me pardonner et de venir me rejoindre en Amérique pour m'épouser dès que notre mariage sera annulé.

Il se leva et se mit à marcher de long en large.

— Du diable si je comprends comment cet imbroglio a pu se produire. Maintenant, elle ne recevra pas ma lettre avant un certain temps, et il se passera encore des mois avant que je ne sache si elle accepte ma requête ou non. A ce sujet, j'ai une proposition à vous faire.

Il se tut un instant, espérant que Nicole poserait des questions.

— Je ne sais pas quels sont vos sentiments à mon égard, reprit-il. Tout d'abord, j'ai cru que vous appréciiez ma compagnie, par la suite... vous voyez, je sais si peu de chose de vous. Je vous... respecte infiniment. Grâce à vous, ma maison revit. Les jumeaux vous aiment, les domestiques vous obéissent, vous avez une excellente éducation et...

— Que cherchez-vous à dire ?

Il prit une profonde inspiration.

— Si Bianca décline mon offre, je propose que nous ne fassions pas annuler notre mariage.

Les yeux de Nicole virèrent au noir.

— Et vous désirez aussi des enfants, je suppose !

Un sourire se joua sur ses lèvres.

— Bien sûr. Je dois reconnaître que je vous trouve très attirante.

De sa vie, Nicole n'avait jamais éprouvé une telle colère. Elle se leva et fit un effort surhumain pour murmurer :

— Non, je crois que cela ne collera pas du tout.

Il l'attrapa par le bras au moment où elle se détournait.

— Pourquoi dites-vous cela ? Arundel Hall n'est pas assez grand pour vous peut-être ? Avec votre distinction et votre allure, vous pouvez sans doute prétendre à mieux ?

De toutes ses forces, elle le frappa sur la joue.

Il ne bougea pas, mais ses doigts s'enfoncèrent dans son avant-bras.

— Vous me devez une explication !

Elle se libéra d'une secousse brutale.

— Vous n'êtes qu'un porc ! Comment osez-vous me faire une pareille proposition ?

— Mais je vous demande en mariage ! Jusqu'à présent, je ne vous ai jamais manqué de respect.

— Du respect ! Vous ne connaissez pas le sens de ce mot. Si nous faisons chambre à part, c'est uniquement pour que vous puissiez assurer votre bien-aimée Bianca de votre totale fidélité, n'est-ce pas ?

L'expression qui se peignit sur le visage de Clay était suffisamment éloquente. La voix de Nicole monta en crescendo :

— Regardez-moi ! Je suis Nicole Courtalain. Je suis un être humain avec ses sentiments et ses émotions. Voyez un peu ce que vous m'offrez : tout le monde m'appelle aujourd'hui Mme Amstrong, mais mon avenir ne tient qu'à un fil. Si Bianca vous accepte, on me jette au rebut. Si elle vous éconduit, vous vous contenterez du second choix. Non ! Que dis-je ! Même pas un second choix ! Je me suis juste trouvée à la mauvaise place, au mauvais moment !

Elle passa la main sur son front.

— Et vous êtes aussi persuadé que je resterai chez vous comme gouvernante des jumeaux si Bianca débarque un jour.

— Qu'y aurait-il de mal à cela ?

Elle était si en colère que, incapable d'émettre le moindre son, elle se mit à lui donner des coups de pied dans les tibias. Peu lui importait si ses orteils souffraient davantage de ce traitement que ses bottes à lui. Après l'avoir agoni d'injures en français, elle se retourna vers le sentier.

Furieux lui aussi, il l'attrapa de nouveau par le bras.

— Je ne vous comprends pas ! Si Bianca refuse, je pourrais épouser la moitié des femmes de la région, mais c'est vous que j'ai choisie. Je ne vois pas ce qu'il y a de si injurieux ?

— Devrais-je en être honorée ? Honorée que vous m'autorisiez, moi, une pauvre petite chose, à rester auprès de vous ? Devrai-je demeurer toute mon existence un objet de charité ? Cela vous surprend-il donc tant, Monsieur Amstrong, que je désire un peu d'amour dans ma vie ? Que je désire être aimée par un homme de la même façon que vous aimez Bianca ? Je ne ferai jamais un mariage de raison, mais un mariage d'amour ! Cela répond-il à votre question ? Je préférerais mourir de faim auprès d'un homme que j'aime, que mourir d'amour dans votre somptueuse demeure.

Il la regarda si étrangement qu'elle fut incapable de deviner ses pensées.

— Quoi que vous imaginiez, déclara-t-il d'une voix

grave, je n'ai jamais eu l'intention de vous offenser. Vous êtes une femme merveilleuse. Vous avez illuminé notre horizon à tous par votre seule présence. Je suis désolé d'apprendre seulement maintenant que vous étiez si malheureuse.

— Je ne suis pas malheureuse, commença-t-elle, mais les larmes l'empêchèrent de poursuivre.

Encore un instant et elle allait se jeter dans ses bras, lui demander de rester auprès de lui à n'importe quel prix.

— Rentrons, vous voulez bien ? Laissez-moi un peu de temps pour vous trouver une situation plus adaptée à vos désirs.

Elle descendit le sentier à sa suite comme une somnambule.

7

Clay l'abandonna devant les écuries, et Nicole regagna sa chambre complètement découragée. A peine eut-elle fermé la porte qu'elle se jeta sur son lit, étouffée par les sanglots.

Quand Maggie et Janie frappèrent un coup discret pour s'informer de son état, Nicole prétexta un rhume qu'elle ne voulait pas propager. Ses sinus enflés donnaient à sa voix un accent de vérité. Un peu plus tard, elle entendit les jumeaux chuchoter derrière le battant, mais ils ne la dérangèrent pas. Elle se leva et décida qu'elle s'était suffisamment apitoyée sur son sort. Elle se lava le visage et enleva sa robe. Les pas de Clay résonnèrent sur le palier, et Nicole s'arrêta, retenant sa respiration. Elle était incapable de l'affronter en ce moment, d'autant plus que ses yeux ne cachaient rien de ses sentiments. Elle retira sa chemise et se glissa dans le déshabillé en dentelles et en soie que Clay avait admiré l'autre jour. Elle ne savait pas l'heure, mais épuisée, elle décida de se coucher. Un orage s'annonçait. Au premier coup de tonnerre dans le lointain, elle ferma les yeux très fort. Le souvenir de son grand-père l'obsédait soudain.

Elle revivait l'horrible nuit. La pluie battait les fenêtres du moulin, et les éclairs sillonnaient le ciel. On y voyait comme en plein jour. A leur lueur, elle aperçut son grand-père.

Elle s'assit en hurlant, les mains sur les oreilles. Elle n'entendit pas la porte s'ouvrir ni Clay s'approcher du lit.

— Chut ! Vous êtes en sécurité ici. Calmez-vous, personne ne peut vous faire de mal, chuchota-t-il en la prenant dans ses bras.

Elle enfouit son visage au creux de son épaule nue. Il la berça tout doucement et lui caressa les cheveux.

— Racontez-moi ! Quel était cet affreux cauchemar ?

Elle secoua la tête et s'accrocha désespérément à ses bras. Eveillée maintenant, elle savait que son rêve était bien réel. Un éclair illumina la pièce, et Nicole sursauta, essayant d'attirer Clay plus près d'elle.

— Il est temps que nous parlions, dit-il en la soulevant dans ses bras, une couverture enroulée autour d'elle.

Il la porta dans sa propre chambre et l'installa sur une chaise. Puis il lui versa un grand verre de sherry. Il savait qu'elle était à jeun depuis le déjeuner et que l'alcool lui monterait tout de suite à la tête.

Quand elle commença à se détendre, il lui enleva le verre vide des mains, le remplit et le posa sur la table auprès d'elle. Il se versa alors un second verre. Puis il la prit dans ses bras et s'assit de nouveau sur la chaise en la tenant serrée contre lui, la couverture autour d'eux. La tempête, à l'extérieur, faisait rage, les isolant encore du monde extérieur.

— Pourquoi avez-vous quitté la France ? Que s'est-il passé au moulin ?

— Oh, non ! Non ! souffla-t-elle.

— Très bien. Alors, parlez-moi des jours heureux. Avez-vous toujours vécu avec votre grand-père ?

Le sherry avait un effet apaisant, elle sourit l'air vague.

— La maison était magnifique. Elle appartenait à mon grand-père, mais mon père devait la recevoir un jour en héritage.

— Vous viviez alors avec vos parents ?

— Mon grand-père était installé dans l'aile est, mes parents dans le bâtiment principal, et nous réservions l'aile ouest aux visites du roi.

— Bien entendu, ratifia Clay. Qu'est-il arrivé à vos parents ?

Les larmes se mirent à couler sur ses joues. Clay lui tendit son verre et elle avala une gorgée de sherry.

— Racontez-moi.

— Grand-père était de retour de la Cour avec de mauvaises nouvelles. Paris était de moins en moins sûr, et mon père était d'avis qu'il fallait quitter la France, mais mon grand-père l'en dissuada. Cela faisait des siècles que les Courtalain avaient bâti ce château, ils ne bougeraient pas. Il était grand et fort, et sa voix seule était capable d'effrayer n'importe qui.

— Que s'est-il passé ce jour-là ?

— Nous sommes allés faire une promenade à cheval avec mon grand-père. Puis nous avons vu de la fumée à travers les arbres, et nous sommes rentrés au grand galop. La maison... brûlait. Je ne pouvais pas m'arracher à ce spectacle, mais mon grand-père m'a emmenée dans les écuries et demandé de l'attendre.

— Et vos parents ?

— Ils étaient partis en visite et devaient s'absenter jusqu'au soir. J'ignorais alors que ma mère avait déchiré sa robe et qu'ils étaient revenus plus tôt.

Les sanglots l'étouffèrent, et il la serra très fort dans ses bras en la pressant de poursuivre.

— Grand-père est arrivé en courant, ses vêtements en désordre, une petite boîte en bois sous le bras. Il a alors vidé un coffre rempli de foin et m'a poussée à l'intérieur. A peine s'était-il installé à côté de moi que nous avons entendu la populace pousser des cris. Les chevaux piaffaient, terrorisés par l'odeur du feu.

Elle s'arrêta, et Clay lui fit boire un peu de sherry.

— Ensuite mon grand-père a ouvert le coffre et

nous sommes sortis. Il faisait nuit, mais les flammes éclairaient comme en plein jour. Comme je me retournais pour regarder la maison, grand-père me poussa en avant en me disant : « Regarde toujours devant toi, mon enfant, jamais derrière. » Nous avons marché toute la nuit et le jour suivant. Au coucher du soleil, grand-père ouvrit la boîte et en sortit un collier en émeraudes et des papiers de famille. Il enterra les papiers en m'expliquant que par les temps actuels, il valait mieux qu'on ignore notre identité, mais que je ne devais jamais oublier que du sang royal coulait dans les veines des Courtalain.

— Vous êtes alors allés chez le meunier ?

— Oui.

Clay lui tendit son verre. L'idée de la saouler lui déplaisait, mais c'était le seul moyen de la libérer de son passé en l'obligeant à parler. Il ramena doucement ses boucles brunes mouillées de transpiration en arrière. Elle était si menue pour ce si lourd secret. Cet après-midi, sa colère l'avait ému et il avait compris combien elle avait raison.

— Pourquoi avez-vous quitté le moulin ? demanda-t-il tendrement en lui retirant son verre vide.

— Ils étaient très gentils.

Sa voix n'était plus qu'un murmure.

— Grand-père voulait que j'apprenne un métier. Pourquoi pas celui de meunier.

Elle se tut et sourit.

— Je suis capable de faire marcher votre moulin.

— Nicole, l'interrompit-il fermement, pourquoi avez-vous si peur de l'orage ?

Elle fixa la fenêtre battue par la pluie.

— Un jour le meunier est rentré de la ville sans même avoir vendu son grain pour nous avertir que des émeutiers étaient descendus de la capitale. Il voulait absolument que mon grand-père se cache quelque part en sécurité. Un orage a éclaté, et avec lui est arrivée la populace. J'étais dans le grenier en train de compter les sacs. Je les ai vus par la fenêtre à la lueur de l'éclair. Ils portaient des fourches et des faux.

Elle frissonna, et il la serra plus fort dans ses bras.

— Votre grand-père les a vus ?

— Il a grimpé l'échelle du grenier quatre à quatre, et refusant d'écouter mes protestations, car je voulais rester auprès de lui, il m'a poussée dans un sac vide qu'il a attaché au-dessus de ma tête, m'a fait promettre de ne bouger sous aucun prétexte et a empilé des sacs de grain autour de moi. Je l'ai entendu redescendre. Quelques minutes plus tard, la foule envahissait le moulin. Ils ont fouillé le grenier et ont bien failli me trouver.

Clay lui déposa un baiser sur le front et chuchota :

— Et votre grand-père ?

— Quand ils sont partis, j'ai réussi à me libérer. Comme je regardais par la fenêtre...

Elle se contracta violemment.

— Qu'avez-vous vu ?

Elle se dégagea brutalement de son étreinte.

— Mon grand-père était là. Il me souriait.

Clay la fixa d'un air égaré.

— Vous ne comprenez donc pas ? J'étais dans la mansarde. Ils lui avaient coupé la tête et l'avaient mise sur une pique. Ils la portaient comme un trophée. Un éclair a zébré le ciel, et je l'ai vu !

— Mon Dieu ! gémit Clay en l'attirant fermement à lui.

Elle se débattait, mais il se mit à la bercer tendrement.

— Ils ont tué le meunier aussi, dit-elle au bout d'un moment. Sa femme a cousu les trois dernières émeraudes dans ma robe et m'a mise sur un bateau pour l'Angleterre.

— Ensuite, vous êtes arrivée chez Bianca, et je vous ai fait enlever.

Elle réprima un hoquet.

— A vous entendre, on dirait que toute ma vie a été

un cauchemar. C'est faux ! J'ai eu une enfance très heureuse dans une grande maison avec une multitude de cousins.

Il était content de la voir reprendre le dessus.

— Combien de cœurs avez-vous volés ?

— Aucun. Un cousin m'a embrassée une fois, mais cela ne m'a pas plu du tout. Vous êtes le seul...

Elle s'arrêta et laissa courir un doigt sur les lèvres de Clay. Il le prit et l'embrassa.

— Stupide, stupide Nicole, chuchota-t-elle en regardant son doigt.

— Pourquoi stupide ?

— Toute cette histoire est plutôt drôle, n'est-ce pas ? Un jour, je me promène à cheval dans un parc. Le lendemain, je me réveille sur un bateau en route pour l'Amérique. Puis on me force à épouser un homme qui me traite de voleuse.

Il lui pinça gentiment la joue.

— Cela ferait une excellente pièce, non ? reprit-elle. Bianca et Clayton s'aiment d'amour tendre, mais la vilaine Nicole les sépare. L'assistance sera suspendue aux lèvres des protagonistes jusqu'au dénouement où, bien entendu, l'amour l'emporte, et Bianca et Clayton se retrouvent.

— Et Nicole ?

— Un juge lui prouve par a + b que les merveilleux instants passés auprès du héros n'ont jamais existé.

— C'était le souhait de Nicole ?

— Pauvre petite fille amoureuse ! N'est-ce pas comique... Elle mendie un peu d'amour, le héros répond sur le plan pratique et il énumère tout ce qu'elle sait faire, comme un maquignon...

— Nicole ! la coupa-t-il.

Elle rit nerveusement.

— Vous savez, j'ai déjà vingt ans. La moitié de mes cousines se sont mariées avant dix-huit ans. Mais j'ai toujours été différente. On prétendait que j'étais froide et qu'aucun homme ne voudrait jamais de moi.

— Ce n'est pas vrai ! Dès que vous serez libre, vous aurez tous les hommes à vos pieds.

— Vous avez hâte de vous débarrasser de moi, n'est-ce pas ? Vous préférez rêver de Bianca, et ma présence vous gêne ? Je suis une idiote... une idiote, une petite pucelle frigide, amoureuse d'un homme qui ne sait même pas que j'existe.

Elle le regarda. Il avait un sourire moqueur aux lèvres.

— Laissez-moi ! Je veux être seule ! Demain, vous pourrez rire de moi, pas maintenant ! cria-t-elle les larmes aux yeux en essayant de se dégager de son étreinte.

— Je ne me moque pas de vous, voyons, dit-il en la tenant fermement. Mais vous utilisez pour vous décrire des termes si inadéquats. Comment une femme aussi rayonnante que vous peut-elle ignorer sa beauté ?

Elle voulut parler, mais il l'en empêcha d'un doigt sur la bouche.

— Ecoutez-moi ! La première nuit sur le bateau... murmura-t-il en souriant à ce souvenir. Jamais aucune femme ne m'a embrassé comme vous. Vous n'exigiez rien, vous donniez tout. Quand je vous ai retrouvée un peu plus tard, terrorisée par les chiens, j'aurais marché sur des charbons ardents pour vous sauver. Vous ne voyez donc pas comme votre présence me bouleverse ?

— Je suis jolie ! Avec une bouche comme la mienne... Et puis les femmes belles sont toutes blondes aux yeux bleus.

Il se pencha pour l'embrasser, déposant d'abord de tout petits baisers autour de sa bouche, puis faisant courir ses lèvres sur les siennes. Il s'empara enfin de sa lèvre supérieure dont il goûta la tendre fermeté.

— Cela répond-il à votre question ? J'ai passé plusieurs nuits à la belle étoile, car votre présence dans la chambre voisine m'empêchait de dormir.

— Pourquoi n'êtes-vous pas venu dans ma chambre ? Je ne suis pas sûre que je vous aurais jeté dehors.

— Tant mieux ! Car ce soir, je suis décidé à un nouvel enlèvement pour passer la nuit auprès de vous.

Ses bras noués autour du cou de Clay, elle chuchota :

— Je vous aime.

Il la souleva dans ses bras et la porta sur le lit. Il alluma une chandelle qu'il posa sur la table de nuit. La délicieuse odeur du cirier se répandit dans la pièce.

— Je veux vous voir, dit-il en s'asseyant à côté d'elle, et il commença à détacher un à un les petits boutons recouverts de satin du corsage.

Nicole ferma les yeux au contact de ses mains sur sa poitrine.

— C'est moi qui vous ai déshabillée la première nuit. Quel mal j'ai eu à vous quitter !

— Voilà pourquoi j'ai retrouvé ma robe déchirée.

Sans répondre, il ouvrit le corsage, l'écarta pour faire passer les épaules, puis retourna la chemise peu à peu, dévoilant un corps merveilleusement proportionné.

Il se pencha et frotta sa joue contre son estomac.

— Clay, souffla-t-elle en lui caressant les cheveux. J'ai peur.

Il releva la tête et lui sourit.

— L'inconnu fait toujours peur. Avez-vous déjà vu un homme nu ?

— Un de mes petits cousins de deux ans !

— Il y a une grosse différence, fit-il en commençant à déboutonner son pantalon, le seul vêtement qu'il portait.

Quand il le laissa tomber sur le sol, elle rougit, les yeux fixés sur son visage, mais il l'encouragea d'un sourire. La lumière de la chandelle découpait des ombres sur son torse large et musclé, tanné par le soleil, son estomac plat, sa taille étroite. Vite ses yeux glissèrent jusqu'aux pieds. Des mollets forts, comme le sont toujours ceux des cavaliers. Des cuisses puissantes. Elle le scruta de nouveau des yeux, mais il attendait autre chose.

Elle abaissa alors son regard, et ce qu'elle vit ne l'effraya pas. C'était bien Clayton, l'homme qu'elle aimait, et elle n'avait pas peur de lui. Elle lui ouvrit les bras :

— Viens !

Clay lui sourit tendrement tout en s'étendant auprès d'elle.

— Quel merveilleux sourire ! fit-elle en laissant courir un doigt sur ses lèvres. Vous m'expliquerez peut-être un jour pourquoi il est si rare.

— Peut-être ! répondit-il fiévreusement en s'emparant de sa bouche.

Nicole se sentait toute petite et féminine à côté de Clay.

Comme il l'embrassait dans le cou, elle laissa remonter sa main sur son bras jusqu'à l'omoplate, sensible à la chaleur de ce corps qui lui appartenait.

Elle se pencha vers lui et couvrit de petits baisers les ridules autour de ses yeux et à la commissure des lèvres. Puis ce fut le tour des oreilles dont elle mordilla délicatement le lobe.

Etonné par son audace, Clay murmura dans un rire de gorge :

— Venez ici, petite friponne !

Il l'attira à lui et roula avec elle de l'autre côté du lit. Nicole rit de bonheur tandis qu'il la tenait contre lui, caressant ses cheveux éparpillés.

Soudain son expression changea, s'assombrit.

— Nicole, chuchota-t-il d'une voix assourdie de désir, et il la fit basculer doucement sous lui.

L'alcool sur son estomac vide, le sentiment de libération qu'elle éprouvait après s'être confiée pour la première fois à quelqu'un, tout concourait à la détendre. Elle ne ressentit aucune crainte quand Clay la pénétra, juste une petite douleur qu'elle oublia immédiatement, car au même instant une immense félicité l'envahit.

— O Clay ! souffla-t-elle, et elle renversa la tête en arrière pour mieux s'arquer contre lui.

Il commença à bouger tout doucement au-dessus d'elle, mais ses réactions l'enflammèrent. Elle s'agrippait à ses hanches, faisait courir ses doigts le long de son dos. Elle lui montrait tout le plaisir qu'il lui donnait, et c'était pour lui la première fois.

Elle le serra contre elle de toutes ses forces et enroula ses jambes autour de sa taille. Alors plus rien n'exista que leurs deux corps emmêlés qui bougeaient au même rythme, toujours plus fort, toujours plus vite vers le paradis.

Nicole s'endormit dans les bras de Clay.

Clay la tenait tout contre lui, émerveillé. De toutes les expériences qu'il avait eues avec les femmes, il avait le sentiment que c'était la première. Et pour la première fois depuis des années, il s'endormit un sourire aux lèvres.

Quand Nicole s'éveilla le lendemain matin, elle resta quelques instants les yeux fermés. Elle s'étira délicieusement, heureuse à la pensée de découvrir bientôt la chambre aux boiseries sombres de Clay. Elle pressentait qu'il était parti, mais son bonheur était trop grand pour être assombri par quoi que ce soit.

Quand elle ouvrit enfin les yeux, elle fut surprise de voir les murs blancs de sa chambre. Elle repoussa fermement l'idée que Clay ne voulait pas qu'elle reste dans son lit. Non ! Tout simplement, il ne désirait pas que n'importe qui l'y trouve sans son assentiment ! C'était de la délicatesse...

Elle se dirigea vers sa penderie. Au moment où elle tirait le battant, une note tomba. Elle la ramassa et lut : « Petit déjeuner à neuf heures. Clay ». Elle enfila une ravissante robe de mousseline bleue à la taille haute en chantonnant.

La pendule du hall sonna sept heures. Comment

diable allait-elle attendre si longtemps avant de le revoir ! Un rapide coup d'œil dans la chambre des jumeaux lui confirma qu'ils s'étaient déjà égaillés dans la nature.

Elle quitta la maison par la porte du vestibule et une soudaine impulsion lui fit prendre la direction du bureau de Clay au lieu de celle de la cuisine.

C'était la première fois qu'elle s'y rendait. Elle frappa un coup discret, et comme aucune réponse ne venait, elle souleva le loquet, curieuse de découvrir l'endroit où l'homme qu'elle aimait passait tant de temps.

Les deux fenêtres qui s'ouvraient en face d'elle étaient encadrées par des bibliothèques qui montaient jusqu'au plafond. Elles débordaient de livres sur les lois virginiennes, la topographie et la culture de différents plants. Elle laissa courir son doigt sur les reliures de cuir, amusée de ne trouver aucune poussière. Comme elle voyait mal Clay armé d'un chiffon, elle devait en déduire qu'il consultait régulièrement cette énorme documentation.

Elle fit un demi-tour sur la droite, et son sourire se figea immédiatement. Au-dessus de la cheminée était suspendu un gigantesque portrait... de Bianca. Bianca à sa meilleure époque, un peu plus mince que dans le souvenir de Nicole. Ses yeux d'un bleu profond pétillaient, un sourire malicieux se jouait sur ses lèvres. Un sourire que Nicole ne lui avait jamais vu, un sourire destiné à l'homme qu'elle aimait.

Abasourdie, Nicole s'approcha du manteau de la cheminée. Un petit béret en velours rouge voisinait avec un bracelet en or qui portait l'inscription : « B avec tout mon amour, C ». Elle avait vu Bianca porter l'un et l'autre de nombreuses fois.

Nicole se rejeta en arrière. Le portrait, les objets, tout cela formait comme un reliquaire. Presque un autel dressé à la mémoire d'une morte.

Comment combattre une telle dévotion ! Et il avait osé lui dire des mots d'amour, la nuit dernière. Le diable l'emporte ! Il savait qu'elle réagissait à la moindre goutte d'alcool. Ce matin, elle devait sauver coûte que coûte les débris de sa fierté. Elle traversa le jardin jusqu'à la cuisine et prit son petit déjeuner malgré les exhortations de Maggie qui voulait lui faire attendre le retour de Clay.

Ensuite, elle se munit de torchons et monta enfiler une tenue plus pratique dans sa chambre. Puis elle redescendit et se mit à astiquer le petit salon.

Elle frottait l'épinette quand Clay lui déposa un baiser dans le cou. Elle sursauta comme si on l'avait brûlée.

— Vous m'avez manqué, murmura-t-il tendrement. Je serais resté auprès de vous si nous n'étions pas si près de la moisson.

Nicole prit une profonde inspiration. Si elle restait ici avec lui, elle passerait toutes ses nuits auprès de lui, jusqu'à l'arrivée de la femme qu'il aimait.

— J'ai à vous parler.

Il réagit immédiatement à sa froideur. Il se raidit, et son sourire déserta son visage.

— De quoi s'agit-il ?

— Je ne peux pas rester ici, annonça-t-elle tout à trac en essayant de cacher son chagrin. Bianca, poursuivit-elle avec effort, va bientôt arriver.

— Vous devez rester ici.

C'était un ordre.

— Et être votre maîtresse ? s'emporta-t-elle.

— Vous êtes ma femme ! Comment pouvez-vous l'oublier quand vous me rappelez constamment que je vous y ai forcée.

— Votre femme ! Pour combien de temps encore ? Ne me répudieriez-vous pas à l'instant même si Bianca apparaissait à la porte ?

Il ne répondit pas.

— Je veux une réponse ! Je la mérite bien. La nuit dernière, vous m'avez saoulée à dessein. Vous saviez que je ne supportais pas l'alcool.

— Je le savais, en effet. Mais c'était le seul moyen

pour vous faire parler. Je n'avais pas d'autre idée en tête.

Elle se détourna un moment.

— Je veux bien vous croire. N'empêche que je me suis conduite comme une gourgandine, à implorer vos faveurs.

— Vous savez bien que ce n'était pas le cas. Souvenez-vous...

Il s'approcha d'elle.

— Je me souviens de tout, répéta-t-elle en tentant de se calmer. Ecoutez, je conserve encore un peu d'amour-propre. Vous me demandez trop. Je ne peux pas demeurer votre femme en pensant que chaque instant peut être le dernier.

Elle enfouit son visage dans ses mains.

— Il y a eu trop de dénouements tragiques dans ma vie.

— Nicole, chuchota-t-il en lui caressant les cheveux.

Elle se recula.

— Ne me touchez pas ! Vous avez déjà trop joué avec mes sentiments. S'il vous plaît, ne me faites pas souffrir davantage. Je vous en prie.

— Croyez-moi, je n'ai jamais voulu vous faire souffrir. Dites-moi ce que vous voulez. Tout ce qui m'appartient vous appartient.

« Je veux votre cœur », aurait voulu crier Nicole, mais elle dit d'une voix ferme :

— Le moulin. Ce sera bientôt la moisson, et je suis capable de le faire tourner en moins de deux semaines. La maison est solide, je peux m'y installer tout de suite.

Clay ouvrit la bouche pour refuser, mais il se tut. Il prit son chapeau et se dirigea vers la porte.

— Il est à vous. Je vais faire établir l'acte et j'engagerai pour vous aider deux hommes et une femme.

Il mit son chapeau et sortit.

Nicole avait l'impression d'avoir été emportée par un tourbillon. Elle s'assit lourdement sur un siège. Une nuit d'amour suivie d'un matin d'horreur...

8

Nicole ne perdit pas de temps à quitter la maison. Elle savait que sinon sa détermination l'abandonnerait vite. Elle passa la rivière à l'aide du canot. Le moulin était installé sur une petite éminence. Un long conduit en bois recueillait l'eau et la menait au sommet de la roue. C'était un bâtiment en briques, haut et étroit. Une galerie courait tout le long de la façade.

Une fois à l'intérieur, elle monta au second étage où deux portes donnaient sur un balcon qui surplombait la roue. Les augets semblaient en bon état.

Les énormes meules mesuraient bien un mètre et demi de diamètre et quelque vingt centimètres d'épaisseur. Elle fit courir sa main le long de la pierre et reconnut le grain du quartz. C'était du grès français, le meilleur du monde. Elles avaient servi de lest dans les cales d'un bateau jusqu'en Amérique, puis avaient été transportées par voie fluviale à la plantation des Amstrong.

Comme elle se dirigeait vers la petite maison, elle entendit un brouhaha du côté de la rivière. Janie grimpait péniblement la colline. Elle éprouvait toujours du plaisir à rencontrer la corpulente femme à la mine joviale. Elles se serrèrent dans les bras.

— Cela n'a pas marché ?

— Non, cela n'a pas marché du tout, répondit Nicole.

— J'espérais que comme vous étiez déjà mariés et...

— Que faites-vous ici ? interrogea Nicole pour changer de sujet.

— Clay m'a demandé de vous rejoindre avec deux hommes et tous les outils nécessaires pour vous aider. Il me permet de rester auprès de vous pour le même salaire.

Nicole se détourna, Clay était trop généreux.

— Hé, vous deux ! cria Janie. Au travail !

Elle présenta les hommes à Nicole. Vernon était grand et roux, Luke, petit et brun. Ils arrachèrent les planches qui condamnaient la porte, et Nicole découvrit l'unique pièce du rez-de-chaussée. Une cheminée gigantesque occupait tout un panneau. Dans un coin, un escalier avec une balustrade de bois sculpté menait à l'étage. Il y avait une vieille commode en pin sous une fenêtre et une table au milieu de la pièce.

— Pouah ! s'exclama Janie quand les hommes eurent débloqué les volets. Un bon récurage ne sera pas un luxe !

Au coucher du soleil, ils avaient bien avancé. Vernon qui reclouait les bardeaux du toit annonça qu'un radeau traversait la rivière. Un des hommes de Clay le poussait sur la berge à l'aide d'une perche. Il était chargé de meubles.

— Attends, Janie ! Je ne peux pas accepter.

— Ce n'est pas le moment de faire la fière. Nous avons bien besoin de tout ce mobilier. D'ailleurs, il vient seulement du grenier. Allons donner un coup de main. Howard ! J'espère que tu as pensé à la chaux et aux matelas.

— Ce n'est que le premier chargement. Quand j'aurai fini, vous aurez tout Arundel Hall de ce côté-ci de la rivière.

Janie, Nicole et les deux hommes travaillèrent pendant trois jours. Les hommes dormaient dans le moulin tandis que les femmes s'effondraient, épuisées, sur des matelas emplis de paille dans la mansarde.

Le quatrième jour, un petit homme tordu se présenta.

— On prétend qu'il y a une femme qui se croit capable de faire tourner un moulin.

Janie s'apprêtait à lui chauffer les oreilles quand Nicole s'approcha :

— Je suis Nicole Amstrong. Je vais remettre ce moulin en marche. Que puis-je pour vous ?

L'homme la dévisagea un instant, puis il lui tendit sa main gauche, paume tournée vers le bas. Nicole la prit entre les siennes et la retourna. Janie grimaça devant les petits grumeaux gris dont elle était couverte.

— Topez là ! jeta Nicole en frappant joyeusement sa paume de la sienne. Vous êtes engagé.

Il cligna des yeux d'un air entendu.

— Y va tourner, votre moulin. On voit que vous êtes de la partie.

Quand il se fut éloigné, Nicole expliqua à Janie qu'il était apprêteur. Il utilisait des ciseaux spéciaux pour affûter les rainures de la meule. Il protégeait sa main droite d'un gant de cuir et laissait l'autre nue. Au fil des années, des éclats s'enfonçaient sous la peau, et sa paume devenait le symbole de son expérience.

Janie retourna au travail en marmonnant qu'il existait aussi des gants pour la main gauche.

Quand la conduite qui venait de la rivière fut dégagée, et que l'eau mit en marche la grande roue, on entendit leurs cris de victoire à des kilomètres.

Nicole ne fut pas surprise de voir dès le lendemain son premier client descendre la rivière sur un chaland chargé de sacs de grain. Clay avait envoyé un homme le long des berges pour prévenir de la réouverture du moulin.

Un matin, alors que le moulin marchait depuis trois jours, elle se réveilla à l'aube. Le jour n'était pas encore levé, et elle entendait la respiration régulière de Janie. Elle s'habilla rapidement dans la pénombre, laissant ses cheveux dans le dos.

Elle trouva Clay devant la roue à eau. Il lui tournait le dos et sa chemise faisait une tache claire dans la demi-obscurité, comme son large chapeau aux bords relevés.

— Vous avez fait du bon travail, dit-il sans bouger. J'aimerais obtenir de mes hommes la moitié de ce que vous obtenez.

— C'est une nécessité pour moi.

Il se retourna et la couva d'un regard brûlant.

— Non, vous pouvez revenir chez moi quand vous voulez.

— Non, souffla-t-elle. C'est mieux ainsi.

— Les jumeaux vous demandent.

— Ils me manquent, reconnut-elle avec un sourire. Envoyez-les-moi.

— Et si vous veniez plutôt les voir ! Je vous invite à dîner ce soir. Un bateau a accosté hier. Il a apporté des tas de produits français. Il y a du brie, du bourgogne et du champagne. On va me les apporter aujourd'hui.

— C'est tentant, mais...

Il la prit par les épaules.

— Vous ne pourrez pas m'éviter continuellement. Que cherchez-vous ? A m'entendre dire combien vous me manquez ? Tout le monde m'en veut de vous avoir laissée partir. Maggie me sert mes repas brûlés ou crus. Les jumeaux ont pleuré la nuit dernière car j'étais incapable de leur raconter un conte de fées où l'héroïne tombe amoureuse d'une bête.

— *La Belle et la Bête*, fit-elle avec un sourire. Ainsi, vous voulez me faire revenir uniquement dans l'espoir d'améliorer votre menu de tous les jours.

Il fronça les sourcils.

— Ne dénaturez pas mes propos. Alors, vous venez dîner ?

— Oui.

Il l'attira contre lui et déposa un rapide baiser sur ses lèvres avant de la quitter.

— Moi qui croyais que cela ne marchait pas, lança Janie derrière le dos de Nicole.

Sans répondre, Nicole remonta vers la maison. Elle fut particulièrement nerveuse tout au long de la journéc, fit répéter à Vernon le poids des sacs de grain, mais n'oublia pas d'envoyer à Maggie la recette du dindonneau en daube, car elle savait que la cuisinière mettait tout son honneur dans la confection des nouveaux plats.

A six heures, le canot de Clay vint la prendre avec Anders à son bord. L'intendant vivait avec sa femme dans une maison tout près du bureau de Clay. Ses deux enfants jouaient souvent avec les jumeaux, et Nicole demanda de leurs nouvelles.

— Tout le monde va bien, mais vous nous manquez. Vous avez l'air d'avoir déjà quelques clients.

— Monsieur Amstrong a fait passer le mot.

— Clay est un homme respecté, acquiesça-t-il avec un regard qui en disait long.

Ils avaient déjà accosté, pourtant Anders gardait les yeux fixés en amont.

— Que se passe-t-il ? interrogea-t-elle.

— Le sloop n'est pas encore rentré. Il est parti très tôt ce matin pour un chargement au port.

— C'est ennuyeux ?

— Non. Cela n'a rien de grave. Mais depuis que James et Beth se sont noyés, Clay s'inquiète du moindre retard.

Il l'aida à mettre pied à terre, et ils remontèrent ensemble jusqu'à la maison.

— Vous les connaissiez bien, poursuivit-elle. Clay était très proche de son frère, n'est-ce pas ?

Anders prit son temps pour répondre.

— Ils étaient comme les doigts de la main tous les trois. Clay a complètement changé depuis leur mort.

Nicole n'osa pas poursuivre son interrogatoire. D'ailleurs, cette méthode d'information lui parut malhonnête. Elle voulait laisser à Clay le loisir de se confier s'il le jugeait utile.

Anders l'abandonna devant la porte du vestibule. Les jumeaux surgirent immédiatement d'on ne sait où et la poussèrent dans l'escalier. Ils avaient établi une longue liste de contes qu'ils désiraient entendre avant de s'endormir.

Clay l'attendait au pied de l'escalier.

— Vous êtes encore plus jolie que dans mon souvenir.

Il lui prit la main et la conduisit vers la salle à manger. Elle portait une robe de soie abricot rehaussée de rubans de satin d'une teinte plus soutenue. Le profond décolleté et les manches ballons étaient soulignés d'une rangée de perles. Ses cheveux étaient entremêlés de perles et de rubans. Clay ne la quittait pas des yeux.

Maggie s'était surpassée, la table croulait sous les victuailles.

— Elle veut me montrer ce que je gagnerais à votre retour.

Ils s'étaient à peine installés qu'un homme entra en courant.

— Monsieur Clay ! Je ne sais pas quoi faire !

Il roulait son chapeau entre ses mains.

— Elle m'a dit qu'elle avait fait tout ce chemin pour vous voir et que vous m'étriperiez si je ne l'amenais pas.

— Calmez-vous, Roger. De qui parlez-vous ? s'enquit Clay en jetant sa serviette sur son assiette.

— Je ne savais pas s'il fallait la croire. Je l'ai prise pour une de ces filles qui essaient de vous donner le change. Mais à y regarder de plus près, elle ressemblait tant à Miss Beth !

Ni Clay, ni Nicole ne l'écoutèrent, car devant eux se tenait Bianca. Une petite moue plissait sa bouche, ses cheveux blonds lui tombaient autour du visage. Nicole se rendit compte qu'elle avait oublié jusqu'à son physique. Et puis, l'Angleterre lui paraissait si lointaine après tout ce qu'elle venait de vivre.

Elle se tourna vers Clay et fut surprise de son expression. Il regardait Bianca comme s'il voyait un fantôme. Puis l'incrédulité et l'émerveillement se peignirent sur son visage. Elle comprit soudain qu'elle avait toujours espéré qu'il cesserait d'aimer Bianca en la revoyant, et des larmes de déception lui montèrent aux yeux.

Nicole se força à respirer calmement, puis traversa la pièce à la rencontre de Bianca. Elle lui tendit la main :

— Bienvenue à Arundel Hall.

Bianca toisa Nicole d'un regard haineux sans prendre sa main.

— Vous faites comme si vous étiez chez vous ? siffla-t-elle à mi-voix, puis elle adressa à Clay son plus radieux sourire : N'êtes-vous pas content de me voir ? J'ai fait un long voyage pour vous rejoindre.

Clay se précipita vers elle, renversant presque sa chaise dans son impatience. Il la prit par les épaules et la couva d'un regard brûlant.

— Bienvenue ! souffla-t-il en déposant un baiser sur sa joue sans remarquer son mouvement de recul. Montez les valises, Roger, s'il vous plaît !

Roger était suffoqué. Il venait de passer six heures sur le sloop en compagnie de cette hystérique, et avait manqué vingt fois la jeter par-dessus bord. Plus il approchait de la plantation, plus il était sûr de s'être trompé. Comment Clay pouvait-il la regarder ainsi alors que Miss Nicole avait le cœur au bord des lèvres ? Il haussa les épaules et emporta les valises.

— Clayton ! fit Bianca d'une voix aiguë en se dégageant de son étreinte, vous ne m'invitez pas à m'asseoir après ce long voyage ?

Il voulut lui prendre le bras, mais elle l'évita. Il lui avança une chaise à sa gauche.

— Je suis impardonnable. Vous devez mourir de faim.

Nicole les observait de la porte. Bianca avait bien pris dix kilos depuis leur dernière rencontre. Elle arrivait à les dissimuler grâce à sa taille. Mais sa robe de gaze verte sans manches dévoilait des avant-bras impressionnants.

— Racontez-moi votre traversée, murmurait Clay penché sur elle.

— Un cauchemar ! s'écria-t-elle en abaissant ses cils pâles. Quand mon père a reçu votre lettre, j'étais désolée. J'ai pris le premier bateau.

Elle lui sourit. La vérité était qu'elle s'était réjouie de la mauvaise plaisanterie jouée à Nicole. Mais deux jours plus tard, elle recevait une autre lettre. Un lointain cousin de Virginie la congratulait pour son heureuse prise et essayait de lui emprunter de l'argent. Comment Clay avait-il oublié de lui dire qu'il était riche ? Elle tourna bientôt sa fureur contre Nicole qui était sûrement au courant, elle. Bianca décida alors d'aller en Amérique et en avertit son père qui ne fit nulle opposition, du moment qu'elle gagnait l'argent de son passage.

Elle se tourna vers Nicole qui n'avait toujours pas bougé.

— Vous ne vous joignez pas à nous ? minauda-t-elle. Une de vos cousines est venue demander de vos nouvelles, poursuivit-elle quand Nicole se fut assise. Elle m'a raconté une histoire à dormir debout au sujet d'une affaire que vous vouliez monter ensemble. D'après elle, vous aviez économisé sou par sou... Tout cela était absurde, mais j'ai quand même jeté un coup d'œil dans votre chambre.

Ses yeux étincelaient.

— Un voyage en Amérique, c'est si cher ! Le même prix, j'imagine, qu'une participation dans une boutique de mode.

Nicole redressa la tête. Elle ne voulait pas laisser voir à Bianca combien ses mots la touchaient.

— Comme je suis heureux de vous avoir de nouveau à côté de moi ! dit Clay. C'est comme un rêve.

— De nouveau ? demanda Bianca intriguée.

Il regardait Bianca d'une façon étrange. Il se reprit soudain :

— Je veux dire que je vous ai si souvent imaginée à cette table. Vous devez avoir faim, ajouta-t-il en saisissant un bol d'ignames caramélisés.

— Pas du tout ! fit-elle sans quitter les victuailles des yeux.

Nicole l'observa un moment. Bianca grappillait à droite et à gauche sous un air innocent. Elle avait un art consommé de cacher sa gloutonnerie.

— D'où tenez-vous cette robe ? demanda Bianca à brûle-pourpoint.

Nicole se sentit rougir des pieds à la tête en se remémorant les accusations de Clay.

— Nous en discuterons plus tard, intervint ce dernier, bientôt interrompu par l'arrivée impromptue de Maggie.

— Il paraît que vous avez de la visite, Mrs. Amstrong ?

— Mrs. Amstrong ? releva Bianca en dévisageant Nicole. C'est à vous qu'elle s'adresse ? De qui se moque-t-on ?

— Maggie, laissez-nous, s'il vous plaît, dit Clay.

Maggie mourait d'envie de voir cette femme que Roger agonissait d'injures en buvant de la bière dans la cuisine. Elle annonça :

— Je voulais savoir si je pouvais apporter les desserts. J'ai préparé un gâteau aux amandes et de la tarte aux pêches.

— Pas maintenant, Maggie ! Nous devons discuter de choses importantes.

— Cela fait si longtemps que je n'ai rien mangé de frais, déclara Bianca. Peut-être qu'un peu de tarte aux pêches...

— Bien sûr, acquiesça-t-il immédiatement. Apportez donc le tout !

Plus que tout au monde, Nicole désirait quitter

l'homme qu'elle aimait. Il s'était brusquement transformé en un parfait étranger. Elle se leva :

— Excusez-moi, je suis incapable d'avaler un dessert. Je vais rentrer chez moi.

Clay se leva en même temps qu'elle.

— S'il vous plaît, Nicole. Je...

Il s'interrompit, car Bianca avait posé sa main sur la sienne. L'estomac de Nicole se retourna devant l'air heureux de Clay. Elle quitta la pièce sur-le-champ, impatiente de se retrouver à l'air frais.

Dès que Nicole fut sortie, Bianca retira sa main. Clay la dégoûtait autant que par le passé, et tout au long du chemin depuis le quai, elle se donnait du courage en se répétant que toutes ces maisons lui appartenaient. Cela valait bien quelques caresses !

Maggie apporta un plateau copieusement garni.

— Où est partie Mrs. Amstrong ?

— Au moulin, répliqua brièvement Clay.

Elle lui adressa un regard soupçonneux avant de sortir.

Bianca, persuadée qu'elle avait à peine dîné, se servit copieusement de dessert avant d'annoncer sèchement :

— Je mérite quelques explications, me semble-t-il.

Quand Clay termina son exposé, elle finissait son second morceau de gâteau aux amandes.

— Et maintenant, vous m'écartez ? Tout mon amour pour vous, tout ce que j'ai souffert pour vous rejoindre, n'a donc aucune signification ?

Les larmes qui lui montaient aux yeux n'étaient pas simulées, car la pensée de perdre toutes ces richesses la mettait en rage.

— Ne dites pas cela, voyons. Vous appartenez à cette maison. Vous lui avez toujours appartenu.

Ces mots lui semblèrent étranges, mais elle ne posa pas de questions.

— Vous annulerez ce mariage dès le retour du témoin. Vous ne m'accueillez pas ici pour... me renvoyer ensuite ?

— Bien sûr que non ! protesta-t-il en portant ses mains à ses lèvres.

Bianca se leva avec un sourire.

— Je suis fatiguée. Puis-je me retirer ?

Il la prit par le bras pour l'aider à monter l'escalier, mais elle se libéra.

— Où est ma femme de chambre ?

— Nous n'en avons jamais eu jusqu'à présent, l'informa Clay en montant à sa suite.

Elle s'arrêta sur le palier, le cœur battant sous l'effort.

— Les choses vont changer, désormais.

— Comme vous voudrez, dit-il en ouvrant la porte de la chambre que Nicole avait occupée et en se dirigeant vers la commode où il effleura une figurine de porcelaine. C'était la chambre de Beth, ajouta-t-il, et il tourna vers Bianca un visage désespéré.

— Clay ! bredouilla-t-elle en portant la main à sa gorge. Vous me faites peur.

— Pardon ! Je vous laisse seule, murmura-t-il brièvement, et il quitta la pièce.

— Quel odieux personnage, fit Bianca à mi-voix, puis elle haussa les épaules, ravie d'être débarrassée de lui.

Elle retira une chemise de nuit de sa cantine et l'enfila rapidement. Le matelas était un peu dur à son goût, mais elle s'en contenterait pour la nuit. Elle s'endormit un sourire aux lèvres à la pensée de tous les changements qu'elle allait apporter.

Clay sortit rapidement dans le jardin. Le clair de lune se reflétait dans le bassin. Il alluma un cigare et resta un moment à l'ombre de la haie. En voyant Bianca, il avait presque cru Beth de retour. Mais cette fois, rien ne la lui enlèverait, ni son frère, ni la mort. Elle serait à lui pour l'éternité.

Il laissa tomber son cigare et l'écrasa sous son pied. Il tendit l'oreille pour entendre la roue du moulin, mais il était trop loin. Même maintenant, alors que Bianca était tout près de lui, il pensait à Nicole.

Il se souvenait de son sourire, et surtout de sa gentillesse envers chacun. Même ce vieux paresseux de Jonathan avait fait son éloge.

Il regagna la maison à pas lents.

A son réveil, le lendemain matin, Bianca n'eut aucun mal à se rappeler l'endroit où elle se trouvait. Elle avait passé la nuit à tirer des plans. Elle rejeta ses draps de coton avec une grimace. A l'avenir, elle les choisirait en soie rose.

Vêtue d'une robe de coton fraise, elle se dirigea vers la cuisine dont on lui avait indiqué le chemin la veille, pestant d'avoir à marcher autant. Elle avait toujours rêvé de commander et soigna particulièrement son entrée dans les lieux.

— Bonjour ! la salua Maggie avec affabilité. Puis-je vous aider ? ajouta-t-elle les bras dans la farine jusqu'aux coudes, car elle préparait une galette pour le déjeuner.

La grande pièce bruissait d'activités.

— Oui, affirma Bianca, impatiente de faire acte d'autorité. Pouvez-vous demander à tout le monde de s'aligner pour attendre mes instructions ?

Les six personnes présentes s'arrêtèrent pour la contempler, la bouche ouverte.

— Vous m'avez entendue ? répéta-t-elle.

Lentement, maladroitement, tout le monde se rangea en file, excepté Maggie qui interrogea :

— Qui êtes-vous donc pour donner des ordres ?

— Depuis quand les domestiques posent-ils des questions ? Je prendrai désormais mon petit déjeuner à onze heures dans la salle à manger. Je bois du chocolat. Je désirerais aussi quelques-unes de ces tartes d'hier. Le déjeuner sera servi à midi et demi...

— Vous croyez pouvoir continuer longtemps à vous empiffrer de la sorte ? s'enquit sarcastiquement Maggie en retirant son tablier et en le jetant sur la table. Je vais de ce pas chercher Monsieur Clay et lui demander qui vous êtes, ajouta-t-elle en passant devant Bianca.

— Je suis la maîtresse de la plantation.

— Je travaille pour Clay et sa femme. Et, Dieu merci, ce n'est pas vous !

— Insolente ! Je veillerai à ce que Clay vous renvoie.

— Je le quitterai sans doute avant, fit Maggie en se dirigeant vers les champs.

Elle trouva Clay dans une grange où de longues feuilles de tabac séchaient.

— J'ai à vous parler, annonça-t-elle sans préambule.

Maggie, depuis tout le temps qu'elle était au service de la famille, n'avait jamais créé aucun ennui. Elle avait certes son franc-parler mais s'en servait davantage pour donner des idées que pour se plaindre.

Clay essayait vainement de nettoyer ses mains rendues poisseuses par le jus de tabac.

— Pourquoi êtes-vous dans cet état ? Le conduit de la cheminée s'est encore bouché ?

— Qui est cette femme ?

Clay s'arrêta et regarda Maggie attentivement.

— Pour qui se prend-elle ? Elle ne peut pas avaler son petit déjeuner à la cuisine comme tout le monde ?

Furieux, Clay jeta son chiffon sale par terre.

— Vous avez vécu en Angleterre. Vous savez bien que cela ne se fait pas de prendre ses repas à la cuisine dans une certaine société. Sa requête n'est pas dramatique, non ?

— Requête ! ricana Maggie. Mais cette femme ne connaît pas le sens de ce mot ! Clay, mon garçon, ajouta-t-elle brusquement d'un ton câlin, je vous connais depuis que vous êtes tout petit. Que vous arrive-t-il donc ? Vous êtes marié à la plus délicieuse des créatures, elle s'enfuit de l'autre côté de la rivière. Et vous nous amenez une espèce de pimbêche qui est le portrait de Beth.

Elle posa sa main sur son bras.

— Je sais que vous les aimiez tous les deux, mais vous ne pouvez pas les ressusciter.

— Mêlez-vous de vos affaires ! Et donnez à Bianca ce qu'elle veut, dit-il d'un ton sans réplique, avant de s'éloigner la tête haute, le large rebord de son chapeau voilant la peine de ses yeux.

En fin d'après-midi, les oreilles de Bianca tintaient de tous les éloges entendus sur Nicole, que tout le monde, à la plantation, appelait Mme Amstrong. Elle décida de s'en plaindre à l'intéressée.

Roger lui fit passer la rivière en canot sans prononcer un mot, et elle se sentit excédée par son insolence.

Elle remonta péniblement le chemin escarpé jusqu'à la maison. La porte était ouverte. Une femme corpulente était penchée sur un minuscule feu dans une gigantesque cheminée. Elle entra et demanda d'une voix forte :

— Où est Nicole ?

Janie se redressa et contempla la femme blonde. Nicole était rentrée de bonne heure de son dîner de la veille, et tout ce que Janie avait pu lui soutirer était l'arrivée de Bianca. L'expression de son visage en disait bien plus que toutes les paroles du monde. Et quand elle était partie ce matin au travail, Janie l'avait trouvée complètement abattue.

— Entrez donc ! s'écria Janie. Vous devez être Bianca. Je viens de faire du thé. En voulez-vous une tasse avec nous ?

Bianca fit le tour de la pièce d'un regard méprisant. Ni les murs blanchis à la chaux, ni les poutres du plafond ne trouvaient grâce à ses yeux. Elle essuya sa chaise du bout des doigts avant de s'asseoir.

— Allez me chercher Nicole. Je n'ai pas de temps à perdre.

Janie posa la théière sur la table. Ainsi, voici la ravissante Bianca dont Clay était fou. Elle voyait une femme au visage sans éclat et au corps bouffi.

— Nicole a du travail, dit-elle. Elle reviendra quand elle aura fini.

— Les domestiques de Clay m'ont suffisamment abreuvée d'insolences. Je vous préviens que si...

— Si ? Je vous signale que je suis au service de Nicole, pas de Clayton. En outre...

— Janie ! jeta Nicole de la porte. Que puis-je vous offrir, Bianca ? s'enquit-elle en traversant la pièce. Il nous reste quelques brioches du petit déjeuner, en désirez-vous ?

Comme Bianca ne répondait pas, Janie marmonna entre ses dents qu'elle était de taille à ingurgiter tout le grain du moulin.

Bianca buvait son thé et avalait la délicieuse pâtisserie avec des mines de martyre.

— Alors vous vivez ici ? Quelle déchéance ! Je suis sûre que Clayton n'aurait pas refusé de vous garder sur la plantation. Comme fille de cuisine, par exemple ?

Nicole posa une main apaisante sur le bras de Janie.

— C'est moi qui ai choisi de quitter Arundel Hall, et comme je sais diriger un moulin, Monsieur Amstrong m'a donné cet endroit.

— Donné ! Il était à lui, et il vous l'a donné ! Mon Dieu ! Après tout ce que vous nous avez fait ?

— Que vous a-t-elle donc fait ? intervint Janie. C'est elle la victime dans toute cette affaire !

— La victime ! ricana Bianca. Comment avez-vous découvert que Clayton était riche ?

— Je ne comprends pas ce que vous voulez dire.

— Pour quelle autre raison vous seriez-vous précipitée dans les bras des ravisseurs ? Et le capitaine ? Comment l'avez-vous convaincu de vous marier ? A l'aide de ce petit corps maigrichon ?

— Non, Janie ! intervint fermement Nicole. Vous feriez mieux de partir maintenant, ajouta-t-elle à l'intention de Bianca.

Bianca se leva, souriante.

— Je voulais juste vous prévenir. Arundel Hall m'appartient. La plantation des Amstrong aussi, et je ne supporterai aucune ingérence de votre part. Restez à l'écart !

— Et Clay ? Il est à vous aussi ?

Bianca fit la moue.

— A moi, à moi, que le monde est petit ! Oui, il est à moi. Si je pouvais avoir l'argent sans lui... mais c'est impossible. Et même si je peux me débarrasser de lui, jamais je ne vous le laisserai. Cela vous fait mal de voir comment il me regarde, hein ? Je le tiens comme ça, dit-elle, et elle tendit sa petite main grassouillette et la referma lentement jusqu'à ce qu'elle ne forme plus qu'un poing.

Puis toujours avec le sourire, elle quitta la pièce.

Janie s'assit à la table à côté de Nicole. Elle secoua la tête.

— Voilà l'ange que Clay m'a envoyée chercher en Angleterre ! Les hommes manquent complètement de jugeote à l'égard des femmes... Mais que peut-il bien lui trouver !

Nicole regardait fixement la porte ouverte. Elle aurait accepté de perdre Clay pour une femme qui l'aimait. Mais avec Bianca, il serait malheureux un jour ou l'autre.

Les jumeaux entrèrent en coup de vent.

— Qui est cette grosse dame ? demanda Alex.

— Alex ! le réprimanda Nicole, mais le rire de Janie l'interrompit. Alex, reprit-elle essayant de garder son sérieux. Tu ne dois pas qualifier les gens de gros.

— Même s'ils le sont ?

Janie rit de plus belle, et Nicole décida de laisser cette question de poids de côté. Elle poursuivit :

— C'est une invitée de ton oncle Clay.

Les jumeaux échangèrent un clin d'œil avant de s'enfuir à toutes jambes.

— Où vont-ils ? interrogea Janie.

— Se présenter, sans doute. Ils ne perdent pas une

occasion de s'exercer depuis qu'Ellen Backes leur a appris l'art du salut et de la révérence.

Elles se regardèrent un moment en silence, puis sortirent. Elles arrivèrent juste à temps pour voir Alex se courber devant Bianca. Ils se tenaient au bord de l'appontement. Mandy arborait un sourire de fierté devant les prouesses de son frère.

Soudain Alex perdit l'équilibre et pour éviter de trébucher et de glisser dans la rivière, il se raccrocha à la robe de Bianca qui se déchira à la taille avec un bruit sec.

— Espèce de petit imbécile ! cria-t-elle en le giflant.

Sous le choc, le petit garçon tournoya un instant avant de tomber dans le courant. Nicole se précipita dans l'eau qui heureusement était peu profonde. Il apparut immédiatement à la surface et lui adressa une petite grimace avant de regagner la terre ferme.

— Oncle Clay ne veut pas qu'on se baigne avec ses chaussures, remarqua-t-il en s'asseyant sur la berge et en commençant à ôter les siennes.

Tandis qu'Alex retenait l'attention de Nicole, Mandy s'approcha de Bianca. Elle n'aimait pas les gens qui frappaient son frère. Elle enfonça ses petits talons dans le sol et, de toutes ses forces, elle poussa Bianca, puis se rejeta vite en arrière.

Ils se retournèrent tous au cri perçant de Bianca. Une immense gerbe d'eau salua sa chute, et Mandy, trempée des pieds à la tête par les éclaboussures, ne put retenir une expression de triomphe.

Bianca émergeait lentement, ses boucles défaites pendaient devant son visage, sa robe était plaquée contre son corps informe.

— Elle est énorme ! fit Alex comme hypnotisé.

— Sortez-moi donc de là ! jeta Bianca. Mes pieds s'enfoncent !

— Elle est trop lourde. Allons chercher de l'aide, dit Janie.

— Silence, tout le monde ! intima Nicole en se penchant pour saisir une rame dans le canot. Attrapez-en un bout. Nous allons vous tirer de là, Janie et moi.

Ce ne fut pas une mince affaire, car en dépit de sa corpulence, Bianca n'avait aucune force. Quand elle eut regagné la berge, Roger descendit de l'arbre d'où il observait la scène depuis un bon moment. Une lueur de ravissement brillait dans son regard quand il aida Bianca à monter dans le canot pour lui faire traverser la rivière.

9

Clay était penché sur la vieille souche et passait des chaînes autour de ses racines quand un cavalier solitaire s'approcha. Bientôt le soleil se coucherait, et il travaillait depuis l'aube. Il était harassé, et son corps fourbu ; pas tant de la fatigue de la journée que d'une succession de jours sans repos.

Dès que les chaînes furent fixées autour du tronc, il attacha l'autre extrémité au licol du cheval qui piaffait. Ses sabots envoyèrent voler l'herbe quand Clay le poussa en avant. La souche commença à bouger. Il finit de couper les dernières racines à la hache, puis il guida le cheval jusqu'à la lisière du champ qu'il venait de défricher. Au moment où il détachait les chaînes et les enroulait par terre, l'homme parla :

— Voilà du bon travail ! Je n'avais pas assisté à un spectacle aussi réussi depuis les danseurs de Philadelphie. Ils ont de meilleures jambes que toi, bien sûr !

Clay releva brusquement la tête et ébaucha un sourire.

— Wesley ! Je ne t'ai pas vu depuis des lustres ! Avez-vous déjà rentré votre tabac, Travis et toi ?

Wes Stanford se redressa et s'étira. Il n'était pas aussi grand que Clay, mais il était bien charpenté avec un torse large et des jambes musclées. Il avait d'épais cheveux bruns et des yeux noirs rieurs.

— Tu connais Travis, dit-il en haussant les épaules. Il sait tout mieux que tout le monde.

— Vous vous disputez toujours, alors ?

— Travis serait capable d'expliquer au diable comment gérer l'enfer, fit Wesley avec une grimace.

— Et je suis sûr que le diable lui obéirait.

Les deux hommes se regardèrent et éclatèrent de rire. Leur amitié remontait à l'enfance. Ils étaient voisins et tous les deux cadets. Clay avait grandi heureux dans l'ombre de James, à l'inverse de Wesley qui n'arrivait pas à échapper à l'emprise de Travis.

— Pourquoi défriches-tu tes champs toi-même ? s'enquit Wes. Tes employés t'ont quitté ?

— C'est bien pire, fit Clay en prenant son mouchoir dans sa poche et en épongeant son front. J'ai des problèmes de femmes.

— Ah ! Je suis ton homme pour t'aider à les résoudre. J'ai une flasque de whisky et toute la nuit devant moi.

Clay s'assit par terre le dos contre un arbre et accepta le flacon que lui tendit Wes en s'installant à ses côtés.

— Quand je pense aux événements de ces derniers mois, je me demande comment j'ai survécu.

— Seigneur ! Reprends donc un peu de whisky, et raconte-moi quels sont tes soucis.

Wes approuva sans réserve l'idée d'enlever Bianca et de l'épouser par procuration.

— Que s'est-il passé à son arrivée ?

— Elle n'est jamais arrivée. Ou du moins pas sur le même bateau que Janie.

— Que veux-tu dire ?

— Eh bien, le capitaine ne m'a pas marié à Bianca. Ils ont enlevé une autre femme.

Wes resta un moment sans voix, les yeux écarquillés.

— Tu es parti chercher ton épouse au port et tu es tombé sur une inconnue ?

Devant le signe affirmatif de Clay, il prit une rasade.

— De quoi a-t-elle l'air ? Une sorcière ?

Clay appuya sa tête contre l'arbre et fixa le ciel.
— C'est une petite Française, toute menue, avec des cheveux noirs et d'immenses yeux bruns. Une bouche unique et une silhouette à damner un saint.
— Tout va pour le mieux alors ! A moins qu'elle ne soit stupide ?
— Au contraire. Elle est bien élevée, intelligente. Les jumeaux sont sous le charme, et tout le monde l'adore.
Wes but une nouvelle gorgée d'alcool.
— Mais de quoi te plains-tu ?
— Tu ne sais pas encore tout, dit Clay en attrapant la flasque. Dès que je me suis aperçu de l'erreur, j'ai écrit à Bianca.
— Bianca ? Celle que tu devais épouser ? Comment a-t-elle pris la chose ?
— Je n'ai pas eu de ses nouvelles pendant un long moment. En attendant, je passais beaucoup de temps avec Nicole qui était légalement ma femme.
— Uniquement sur le papier ?
— Oui. Nous étions d'accord pour demander une annulation, mais le seul homme à pouvoir témoigner de la contrainte était à bord d'un vaisseau pour l'Angleterre.
— Alors, te voilà donc forcé de tenir compagnie à une femme ravissante et charmante. Pauvre vieux ! Quelle vie de chien !
Clay ignora le persiflage de son ami.
— Au bout d'un moment, je me suis rendu compte que Nicole était une perle et je lui ai proposé que nous restions mariés, si Bianca refusait de m'épouser. Après tout, je m'étais d'abord engagé vis-à-vis de Bianca.
— Voilà qui me paraît honnête !
— A moi aussi, mais pas à Nicole. Elle n'a pas décoléré une heure durant. Elle m'a dit qu'elle ne serait le second choix de personne, et des tas d'autres choses que je n'ai pas bien comprises. Cette nuit-là...
Il s'arrêta soudain.

— Continue ! C'est la meilleure histoire que j'aie entendue depuis des années.

— Cette nuit-là, poursuivit Clay, quand je l'ai entendue crier, je me suis précipité à son chevet. Elle semblait terrifiée par quelque chose. Je lui ai donné un peu d'alcool pour la faire parler.

Il passa le revers de sa main sur ses yeux.

— Elle a eu une vie abominable. Ses parents guillotinés, sa maison brûlée, et pire que tout : après avoir tué son grand-père, ils ont mis sa tête sur une pique devant elle.

Wes grimaça de dégoût.

— Que s'est-il passé après cette nuit ?

L'important était ce qui s'était passé pendant et non après, songeait Clay. Chaque nuit, il restait éveillé en pensant à ce soir où il l'avait tenue dans ses bras et lui avait fait l'amour.

— Le jour suivant, elle m'a quitté, dit-il. Ou plus exactement, elle s'est installée au vieux moulin. Elle l'a remis en marche et elle fait depuis du sacrément bon travail.

— Mais tu voudrais qu'elle revienne, hein ?

Comme Clay ne répondait pas, Wes secoua la tête.

— Ecoute, voilà une femme sans problème. Voyons l'autre ?

— Bianca est arrivée après que Nicole a déménagé au moulin.

— A quoi ressemble-t-elle ?

Clay fut pris au dépourvu. Cela faisait bientôt deux semaines qu'elle était chez lui, et quand il partait, elle dormait encore, quand il rentrait, elle dormait déjà.

— Je ne sais pas quoi te répondre. Je suis tombé amoureux d'elle en Angleterre, et depuis rien n'a changé. Elle est ravissante, gracieuse, bonne.

— De quoi te plains-tu ? Tu es marié à une superbe créature, et fiancé à une autre superbe créature. Je connais des situations pires. Regarde un malheureux célibataire comme moi !

Clay ne put s'empêcher de rire. Les conquêtes de Wes étaient innombrables !

— Voici ce que je te propose, annonça Wes en frappant la cuisse de son ami. Je rencontre les deux rivales, et te débarrasse de l'une d'entre elles. Ainsi ton choix est fait. Allons, Clay, ajouta-t-il devant l'air morose de ce dernier, nous trouverons bien la solution.

— Je l'ignore. Ces derniers temps, tout me semble compliqué.

Wes se leva et épousseta quelques écorces de son dos.

— Nicole est au moulin ? Je peux aller la voir, à ton avis ?

Il vit une lueur s'allumer dans les yeux de Clay.

— Oui, elle est là-bas avec Janie. Elle t'accueillera sûrement avec plaisir. Elle reçoit tout le monde à bras ouverts.

Une note de contrariété perçait dans sa voix.

Wes promit de passer ensuite à Arundel Hall goûter la cuisine de Maggie. Puis il monta à cheval et se dirigea vers le quai. Il avait éprouvé un véritable choc en revoyant Clay après tous ces mois. Comme il avait changé ! Enfants, ils passaient leur temps ensemble. Puis soudain, l'épidémie de choléra avait tué son père et les parents de Clay. Sa mère était morte peu de temps après. Leur mutuelle tragédie les avait encore rapprochés. Le travail sur leur plantation les séparait parfois pendant de longues périodes, mais ils se revoyaient toujours dès que possible.

Qu'était-il donc arrivé à Clayton ? songeait Wes. Le Clay dont il se souvenait aurait ri de cette absurde situation. Il se serait emparé de la femme qu'il aimait et l'aurait emmenée chez lui. Il reconnaissait l'homme qui avait organisé cet enlèvement, pas celui qui avait peur de rentrer chez lui.

Il sauta à bas de son cheval sous un arbre près du quai et le dessella. D'emblée, il avait un préjugé contre cette Française. Sûrement une intrigante qui en voulait à son argent. Ne s'était-elle pas déjà arrangée pour obtenir le moulin ? Bianca, au contraire, soulevait en lui une vague de pitié. La malheureuse, qui courait rejoindre son fiancé en Amérique et le trouvait marié à une autre !

Il attacha son cheval et traversa la rivière en canot. Le moulin était autrefois un de ses lieux favoris et il en connaissait les moindres recoins. Il sourit en voyant les jumeaux accroupis sur la rive en train d'observer une grenouille.

— Que faites-vous donc ? interrogea-t-il d'une voix perçante.

— Oncle Wes ! crièrent-ils d'une seule voix, et ils coururent ensemble se jeter dans ses bras.

Wes les attrapa tous les deux par la taille et les fit tournoyer autour de lui.

— Est-ce que je vous ai manqué ?

— Oh, oui, répondit Mandy en riant. Oncle Clay est toujours parti maintenant, mais Nicole est ici.

— Nicole ? interrogea Wes. Vous l'aimez bien, hein ?

— Elle est jolie, dit Alex. Elle était mariée à oncle Clay, mais je ne sais pas si elle l'est toujours.

— Bien sûr qu'elle l'est, intervint Mandy.

Il reposa les enfants par terre.

— Elle est à la maison ?

— Je pense que oui. Parfois elle est au moulin.

— Je vous verrai tout à l'heure, fit-il en leur ébouriffant les cheveux. Je peux vous ramener si vous voulez. Je vais dîner avec votre oncle Clay.

Les jumeaux se rejetèrent en arrière comme s'il était contagieux.

— Nous restons ici, fit Alex. Nous ne retournons pas là-bas.

Et sans demander leur reste, ils s'enfuirent dans les bois. Il remonta la colline jusqu'à la maisonnette. La partie haute de la porte était ouverte. Janie était seule à l'intérieur, penchée sur le rouet. Il poussa le battant inférieur sans bruit et alla sur la pointe des pieds lui déposer un baiser dans le cou. Elle ne manifesta aucune surprise.

— Ravie de vous revoir, Wes ! Vous ne passeriez pas inaperçu même dans une tornade, ajouta-t-elle avec un regard malicieux. Je vous ai entendu parler aux jumeaux.

Elle se leva et Wes, l'enlevant de terre, la serra chaleureusement dans ses bras. Il rit.

— Vous ne vous êtes pas laissée mourir de faim, dites-moi !

— Vous, si ! Vous n'avez que la peau sur les os. Asseyez-vous pendant que je vous prépare quelque chose.

— Ce n'est pas la peine. Je dîne avec Clay.

— Il vaut mieux prendre une petite avance, alors, assura Janie en remplissant un bol de soupe de pois cassés, puis elle mit du crabe sur une assiette avec de la mayonnaise. Maggie est sur le sentier de la guerre. Sa cuisine est très médiocre en ce moment.

— Cela est en rapport avec les « femmes » de Clay ? dit-il, la bouche pleine de crabe. J'ai vu Clay avant de venir ici, expliqua-t-il devant l'air stupéfait de Janie. Il m'a tout raconté.

— Il en est bien incapable. Il est complètement aveugle.

— Toute cette affaire est simple pourtant. Il n'a qu'à faire annuler son mariage et épouser Bianca, la femme qu'il aime.

La colère empêcha Janie de parler. Elle tenait encore la louche du potage à la main et lui en assena un coup sur le crâne.

— Hé ! cria Wes en essuyant le liquide gluant qui avait coulé sur sa tête.

Janie était désolée de s'être laissé emporter. Elle trempa un torchon dans l'eau tiède et lui nettoya les cheveux. Nicole entra pendant qu'elle était penchée sur Wes, le soustrayant au regard.

— Janie, sais-tu où sont les jumeaux ? s'enquit-elle. Je les ai vus il y a quelques instants, mais ils ont disparu.

Elle enleva son chapeau de paille et l'accrocha à une patère.

— Je voulais les faire travailler avant le dîner.

— Ils rentreront bien, et de toute façon, vous êtes trop fatiguée pour leur donner une leçon.

Wes comprit que Janie le cachait à dessein pour lui permettre d'observer Nicole. Elle se déplaçait avec une élégance naturelle, et sa beauté dépassait de beaucoup tout ce que Clay lui avait annoncé. Sa première impulsion fut de jeter des roses à ses pieds en l'implorant de quitter Clay.

— Clay a envoyé un message aujourd'hui, annonça Janie.

Nicole posa sa main sur la rampe de l'escalier.

— Clay ?

— Oui, Clay ! Il vous invite à dîner ce soir, annonça-t-elle en observant Wes.

— C'est impossible. Mais peut-être devrais-je lui envoyer quelques provisions. Maggie ne fait pas beaucoup de cuisine ces temps-ci.

— Elle refuse de préparer quoi que ce soit pour cette femme, ricana Janie, et vous le savez bien.

Nicole se retourna pour parler et s'arrêta brusquement. On aurait dit que Janie avait deux nouvelles jambes. Elle quitta l'escalier et s'approcha.

— Bonjour ! fit Wes en écartant les mains de Janie et en se levant. Je suis Wesley Stanford.

Elle tendit la main à Wes et jeta un regard étonné à Janie. Pourquoi diable lui avait-elle caché cet homme ?

— Asseyez-vous donc, Monsieur Stanford. Que puis-je vous offrir ?

— Rien du tout, merci. Janie s'est déjà occupée de moi.

— Vous êtes un ami de Janie ? demanda-t-elle en lui versant un verre de cidre frais.

— Non, plutôt de Clay, précisa-t-il. Nous avons

grandi ensemble, ou du moins, nous avons passé beaucoup de temps ensemble.

Ses yeux revenaient sans cesse sur sa bouche dont la lèvre supérieure l'intriguait.

— Oh, racontez-moi ! jeta-t-elle avec impatience. Comment était-il, petit garçon ?

Sans aucun doute elle est amoureuse de lui, songea Wes en déclarant :

— Différent ! Je crois que cette... situation le rend malade.

Elle se leva et se dirigea vers la cheminée derrière lui.

— Je le sais bien, confirma-t-elle. Il vous a donc mis au courant ?

Sans attendre de confirmation, elle poursuivit :

— J'ai essayé de lui faciliter les choses en emménageant ici. Ou plutôt de me les faciliter, à moi ! Il sera bientôt heureux quand notre mariage sera annulé et qu'il pourra épouser Bianca.

— Bianca. Vous avez travaillé pour elle en Angleterre, je crois ?

— Si on peut dire. Beaucoup d'Anglais ont accueilli généreusement des émigrés comme moi.

— Comment les ravisseurs vous ont-ils enlevée au lieu de Bianca ? interrogea-t-il tout à trac.

Nicole rougit en se remémorant la scène.

— S'il vous plaît, Monsieur Stanford, si nous parlions de vous ?

Son attitude était plus révélatrice que n'importe quel discours, songea Wes. Il était confondu par sa générosité à l'égard de sa rivale et par la gentillesse qu'elle manifestait envers Clay.

Une heure plus tard, il quittait à contrecœur le délicieux logis de Nicole pour Arundel Hall.

— Quelle impression t'a-t-elle faite ? s'enquit immédiatement Clay en l'accueillant en bas du jardin.

— Je songe à envoyer une frégate en Angleterre. Même si j'ai un peu moins de chance que toi, je mourrai heureux.

— Tu n'as pas encore vu Bianca. Elle est impatiente de te rencontrer.

A la vue de Bianca, Wes éprouva un choc. Il crut retrouver Beth. Cela le ramenait des années en arrière quand la maison bruissait de cris et de rires. Beth avait l'art de mettre tout le monde à l'aise. C'était une grande femme carrée, débordante d'énergie, tout à fait capable de passer la matinée dans les champs, l'après-midi à cheval, et au sourire permanent qu'affichait James, Wes la soupçonnait de passer ses nuits à l'aimer.

Des larmes voilèrent un instant son regard.

— Entrez, Monsieur Stanford, je vous prie, l'invitait Bianca.

Wes se sentit comme un imbécile, ce qu'il avait dû paraître aux yeux de son hôtesse. Clay l'observait, conscient du trouble qui agitait son ami.

— Nous avons si peu de visites, poursuivait Bianca en l'accompagnant à la salle à manger. Clay a promis que cela allait bientôt changer. Dès que cette malheureuse affaire sera réglée et que je serai enfin la maîtresse ici. Asseyez-vous donc.

Wes était encore fasciné par la ressemblance, bien que ni la voix, ni la démarche ne soient les mêmes. Beth n'avait pas non plus de fossette à la joue gauche. Il prit une chaise en face d'elle, tandis que Clay s'installait entre eux.

— Comment trouvez-vous notre pays ? Différent de l'Angleterre, j'imagine ?

Bianca recouvrit de sauce les trois tranches de jambon qui étaient dans son assiette et passa la saucière à Wes avant de s'écrier avec un trémolo dans la voix :

— Mon Dieu, oui ! C'est un pays de sauvages ! Il n'y a pas de villes, pas de magasins. Une absence totale de vie mondaine ! C'est tout simplement atterrant !

Wes s'immobilisa, la cuillère à sauce dans la main, interdit. En quelques mots, elle venait d'insulter son pays et ses compatriotes sans en éprouver apparemment aucune gêne. Il se servit et commença à manger.

— Grands dieux, Clay ! Depuis quand Maggie accompagne-t-elle le jambon de sucre ?

Clay haussa les épaules. Il couvait Bianca du regard. Son comportement commençait à inquiéter Wes.

— Dites-moi, Mrs. Amstrong. Pardon, se reprit-il, vous n'êtes pas Mrs. Amstrong. Pas encore...

— Non, pas encore ! répéta Bianca en adressant un regard courroucé à Clay. Ma bonne s'est jetée à la tête des hommes qui devaient m'emmener retrouver Clay. Puis elle a persuadé le capitaine du bateau, durant la traversée, de la marier à mon fiancé.

Maintenant que sa ressemblance avec Beth s'estompait, Wes l'appréciait de moins en moins.

— Votre bonne ? Il me semblait qu'elle était émigrée. Seuls les aristocrates ont fui leur pays.

— C'est ce que Nicole dit à tout le monde. En fait, elle a travaillé pour moi pendant quelque temps. Comme fille de cuisine, ou comme couturière, je ne sais plus. Mon personnel vous intéresse-t-il donc tant, Monsieur Stanford ? demanda-t-elle avec un sourire.

— Mais non. Bien sûr que non, fit-il en lui rendant son sourire. Parlons plutôt de vous et de vos impressions sur le pays. C'est tellement rare d'être en si charmante compagnie !

Wes éprouva quelques difficultés à continuer son dîner sous le jet continu de critiques sur l'Amérique et de méchancetés sur tout le personnel de Clay. Elle était la seule à trouver grâce à ses propres yeux. Clay restait imperturbable comme s'il n'entendait rien des propos de Bianca.

Le dîner s'éternisait. Bianca était lancée sur les transformations qu'elle comptait effectuer à Arundel Hall. Quand elle parla d'ajouter une aile, Wes n'y tint plus. Il se tourna vers Clay.

— Pourquoi les jumeaux sont-ils installés au moulin ?

Clay fronça les sourcils.

— Nicole peut ainsi surveiller leur éducation. C'est eux qui ont voulu partir, finit-il par avouer. Voulez-vous nous accompagner dans le bureau, ma chère ?

— Ciel, non ! Je ne veux pas vous importuner. D'ailleurs, je vais me coucher. Je suis épuisée.

— Bien sûr, je vous en prie !

Wes marmonna un vague bonsoir avant de quitter la pièce. Une fois dans le bureau, il se versa une bonne rasade de whisky et l'avala d'un trait. Il se servait un autre verre quand Clay entra.

— Où est le portrait de Beth ?

— Dans mon bureau, répondit Clay en prenant du brandy.

— Un portrait dans ton bureau, une mauvaise copie dans ta maison ! Sapristi, tu ne la quittes pas d'une semelle !

— Je ne sais pas ce que tu veux dire.

— Allons donc ! Je parle de cette petite garce stupide et difforme.

Un éclair passa dans les yeux de Clay. C'était le plus grand des deux hommes, mais Wes était solide. Ils ne s'étaient jamais battus. Wes se calma soudain.

— Ecoute, Clay, je ne veux pas me mettre à vociférer. Je ne veux pas même discuter. Je crois que tu as besoin d'un ami. Comment es-tu aussi aveugle ? Cette femme ressemble à Beth. Quand je l'ai vue pour la première fois, j'ai cru qu'*elle* était Beth. Mais ce n'est pas elle.

— Je m'en suis aperçu, moi aussi.

— Vraiment ? Tu la regardes comme une déesse. L'as-tu jamais écoutée ? C'est une garce, stupide, vaine et hypocrite.

La seconde d'après, Wes recevait un monumental coup de poing. Il tournoya et vint s'effondrer dans un des fauteuils de cuir rouge. Il frotta sa joue et sentit le sang dans sa bouche. Il hésita. Peut-être qu'une bonne bagarre ferait entendre raison à Clay, après tout !

— Beth est morte, souffla-t-il au bout d'un moment. Tu auras beau faire tout ce que tu voudras, tu ne pourras pas la ressusciter !

Clay regarda son ami affaissé dans un siège. Il voulut lui parler, mais il s'en sentit incapable. Il pivota sur lui-même et sortit de la pièce. Il se dirigea vers les champs de tabac. Le travail l'empêcherait peut-être de retourner inlassablement ces deux noms dans sa tête : Beth et Nicole... non, Bianca et Nicole !

10

L'automne revêtait les arbres d'une parure glorieuse. Les roux et les ors flamboyaient. Grimpée sur une colline, Nicole regardait sa maison et le moulin. A travers la végétation, elle pouvait voir le soleil étinceler sur l'eau qui courait en bas.

Dix jours s'étaient écoulés depuis la visite de Wesley et plus d'un mois depuis l'arrivée de Bianca. Elle travaillait dur, espérant chasser Clay de son esprit, mais sans succès.

— Vous jouissez du silence ?

Elle sursauta en entendant la voix de Clay.

— Janie m'a indiqué où vous étiez. Je ne vous dérange pas, j'espère ?

Elle se tourna lentement vers lui. Le soleil, derrière lui, nimbait sa tête. Il semblait fatigué et plus vieux. Des cernes creusaient ses yeux comme s'il n'avait pas beaucoup dormi dernièrement.

— Non, pas du tout ! fit-elle avec un sourire. Où en est la récolte de tabac ?

Il lui rendit son sourire avant de s'étendre par terre à ses pieds, puis il fixa le ciel à travers le feuillage doré d'un érable. Auprès de Nicole, il se sentait tout de suite mieux.

— Je suis venu vous demander une faveur. Ellen donne une fête pour nous. Une vraie fête virginienne qui va durer trois jours, et nous sommes les invités d'honneur. Ellen veut vous accueillir officiellement dans notre petite communauté.

Nicole mit un moment à comprendre ses paroles, tant sa présence auprès d'elle la troublait.

— Vous seriez bien ennuyé d'avoir à lui dire que je refuse, n'est-ce pas ?

— Elle vous a rencontrée, insista-t-il en l'observant de son seul œil ouvert. Elle sait que nous sommes mariés.

Nicole voulut se détourner pour descendre la colline, mais Clay lui attrapa la cheville, elle trébucha et tomba sur les genoux, les mains en avant. Il s'assit et l'aida à se redresser.

— Pourquoi vous mettez-vous dans cet état ? Je ne vous ai pas vue depuis des semaines, et quand je vous invite à une fête, vous êtes furieuse.

Elle s'écarta un peu de lui.

— Nous ne pouvons pas décemment apparaître comme mari et femme quand notre mariage sera bientôt annulé. Vous devriez y aller avec Bianca et expliquer comment s'est produite cette stupide erreur. Ce serait une merveilleuse histoire pour tout le monde.

— Ellen vous connaît déjà, répéta-t-il buté.

Clay n'avait en fait aucune raison précise à donner à Nicole. Seule la perspective de passer trois jours — et trois nuits — auprès d'elle pour la durée de la fête le rendait heureux. C'était la première fois qu'il éprouvait ce sentiment depuis un mois. Il prit sa main et l'étudia un moment. Elle était si petite et pouvait donner tant de plaisir ! Il la porta à ses lèvres, puis déposa un baiser sur le bout de chaque doigt.

— Venez, je vous en prie, murmura-t-il. Tous mes vieux amis seront là. Vous avez beaucoup travaillé ces derniers temps, vous avez besoin de vacances.

Son corps était en fusion à son seul contact, et en même temps la colère la taraudait. Il vivait avec une autre femme dont il prétendait être amoureux mais cela ne l'empêchait pas de l'embrasser, de la caresser et même de l'inviter à des fêtes !

— Clay, s'il vous plaît, implora-t-elle.

Il lui mordilla l'intérieur du poignet.

— Vous acceptez ?

— Oui, chuchota-t-elle, les yeux mi-clos.

— Formidable, jeta-t-il en lui lâchant la main et en se levant. Je vous prendrai avec les jumeaux demain matin à cinq heures. Janie aussi. Ah, oui ! Il vaut mieux apporter des provisions. Quelque chose de français peut-être. S'il vous manque des produits, demandez à Maggie.

Il fit demi-tour et se mit à descendre la colline en sifflotant.

— Oh ! L'insupportable... commença Nicole, puis elle sourit.

Si elle le comprenait mieux, peut-être qu'elle ne l'aimerait pas autant.

Dès que Clay eut disparu, Nicole se leva brusquement. Si elle devait préparer de la nourriture pour trois jours, mieux valait s'y mettre tout de suite. Tout en marchant, elle faisait mentalement la liste des plats possibles : du poulet rôti à la moutarde de Dijon, des petits pâtés, de la mousse de légumes, du cassoulet. Et des tartes de toutes sortes ! A la citrouille, aux pommes, aux poires, aux mûres. Elle arriva chez elle hors d'haleine.

— Bonjour, lança Clay le lendemain en amarrant le sloop au quai sur la rive côté moulin. Je ne suis pas sûr que le bateau flottera encore avec tout cela à bord, surtout après le monceau de provisions que Maggie a envoyé, fit-il en adressant un large sourire au petit groupe massé au milieu d'énormes paniers.

— J'ai bien pensé qu'elle se mettrait au travail dès qu'elle apprendrait que vous emmeniez Nicole, dit Janie.

Clay ignora sa remarque et commença à passer les

cabas à Roger. Les jumeaux pouffèrent quand il les lança littéralement dans les bras du marin.

— Vous semblez de bien bonne humeur, ce matin, commenta Janie. A croire que vous auriez retrouvé vos esprits.

Clay l'attrapa par la taille et l'embrassa sur les deux joues.

— Peut-être bien que oui ! Mais si vous ne vous dépêchez pas un peu, je vous lance vous aussi dans le bateau.

— Voilà une bonne idée ! approuva Roger. Et moi, je la rattrape.

Janie se racla la gorge avec indignation et prit la main de Clay pour sauter dans le bateau. Il la tendit ensuite à Nicole.

— Je peux la rattraper elle aussi, proposa Roger en riant.

— Celle-ci est à moi ! dit Clay en la soulevant du quai et en sautant avec elle dans le bateau.

Nicole le fixa avec de grands yeux. Il s'était transformé en étranger. Il n'avait rien à voir avec l'homme sérieux et calme qu'elle connaissait. Mais, quel qu'il soit, elle l'aimait.

— Allons-y, oncle Clay ! cria Alex. La course de chevaux sera terminée avant que nous arrivions.

Clay reposa doucement Nicole, la gardant un moment serrée contre lui.

— Vous êtes particulièrement jolie, ce matin, apprécia-t-il en faisant courir un doigt le long de son oreille.

Elle plongea ses yeux dans les siens, son cœur battait la chamade. Il la relâcha brusquement.

— Alex ! largue les amarres. Mandy, vois si tu peux aider Roger à la manœuvre !

— Parés, capitaine Clay ! hurlèrent les jumeaux d'une seule voix.

Nicole s'assit à côté de Janie.

— Voilà l'homme que je connais ! déclara Janie. Quelque chose est arrivé. Je ne sais pas quoi, mais je suis prête à serrer le responsable dans mes bras.

A plusieurs centaines de mètres de l'appontement des Backes, on entendait déjà le bruit de la fête. Il n'était pas encore six heures du matin, et la moitié du comté était déjà sur la pelouse.

— As-tu envoyé Golden Girl à Monsieur Backes ? demanda Alex.

— Et comment ! Elle va même remporter le gros lot.

— Vous croyez qu'elle va battre Irish Lass ? s'enquit Roger. J'ai entendu dire que c'était un fameux cheval.

— Peuh ! Il n'y aura même pas de combat, grogna Clay.

Tout en parlant, il attachait sa chemise et sortait une cravate d'un panier à l'avant du bateau. Il l'attacha et enfila un gilet de satin crème, puis une veste croisée dans les tons de brun. Courte devant, avec des boutons de cuivre et deux pans derrière. Sa culotte de daim était ajustée comme une seconde peau. Il portait des bottes à la russe, plus hautes devant que derrière. Il posa un chapeau de castor au bord légèrement retourné sur sa tête et offrit son bras à Nicole.

— Je veux être digne de ma ravissante épouse, murmura-t-il.

Elle lui sourit, heureuse d'avoir apporté un soin particulier à sa tenue. Elle portait une robe blanche, coupée dans une soie impalpable rebrodée de minuscules jonquilles d'un brun doré. Le corsage était de la même teinte que les fleurs, avec un col et des poignets gansés de blanc. Ses boucles noires étaient entremêlées de rubans blanc et or.

Comme Roger s'amarrait à l'un des quais au bout de la propriété, Clay fouilla dans sa poche et en sortit le médaillon en or qu'elle avait laissé sur le bateau.

— J'ai failli l'oublier, murmura-t-il en le lui tendant.

Elle serra l'objet très fort dans sa main et lui sourit.

— Merci !

— Vous aurez tout le loisir de me remercier convenablement tout à l'heure, souffla-t-il en l'embrassant sur le front.

Puis il se tourna pour passer les paniers à Roger qui avait déjà débarqué. Il la plaqua alors un instant contre lui avant de la déposer sur le quai.

— Les voilà ! cria quelqu'un en les voyant approcher de la maison.

— Clay ! Au soin que tu prends à la cacher, nous la croyions difforme !

— Je la cache pour la même raison que mon whisky. Une trop longue exposition n'est profitable ni à l'une ni à l'autre, répondit-il à la cantonade.

Nicole baissa les yeux. Ce nouveau Clay ne cessait de l'étonner. Le voici qui annonçait au monde entier qu'elle était sa femme, ce qu'elle finissait par croire elle-même.

— Bonjour, dit Ellen Backes. Clay, laissez-la-moi donc un instant, vous jouissez de sa présence depuis des mois.

— Vous ne m'oublierez pas, hein ? fit-il avec un clin d'œil en lui lâchant la main à contrecœur avant de suivre les hommes sur le champ de courses.

— Vous avez opéré des merveilles avec lui, la félicita Ellen. Je ne l'avais pas vu aussi heureux depuis la mort de James et de Beth.

Ellen ne lui laissa pas l'occasion de répondre et la présenta immédiatement à ses invités. Tout de suite, on la bombarda de questions sur ses vêtements, sa famille, comment elle avait rencontré Clay et où ils s'étaient mariés. Elle essaya de ne pas mentir sans pour autant raconter son enlèvement, ni son mariage forcé.

La façade de la gigantesque demeure d'Ellen était tournée vers la rivière. C'était un incroyable mélange de tous les styles existants. On avait l'impression que chaque génération avait apporté sa contribution à l'ensemble.

— Inouï, n'est-ce pas ! acquiesça Ellen en remarquant la surprise de Nicole. J'ai mis des années à trouver mon chemin à l'intérieur. Certains corridors ne mènent nulle part et quelques portes ont une fonction uniquement décorative. C'est terrifiant !

— Et vous l'adorez !

— Je ne changerais pas une brique pour un empire, mais je songe sérieusement à ajouter une aile.

Nicole la regarda avec stupéfaction, puis elle rit.

— Pourquoi pas un étage ?

— Vous êtes une enfant intelligente, sourit Ellen. Vous comprenez parfaitement ma maison.

Quelqu'un appela Ellen, et Nicole aida à installer le buffet. Il y avait au moins une vingtaine de tables à tréteaux sur la pelouse. Des bancs étaient disposés devant certaines, d'autres croulaient sous les victuailles. Des esclaves faisaient tourner un cochon entier sur une broche au-dessus d'un feu en l'enduisant d'une sauce épicée. Soudain, un coup de corne retentit.

— C'est le signal ! jeta Ellen en enlevant son tablier. Les courses vont commencer.

Dans un même mouvement, toutes les femmes ôtèrent leur tablier, relevèrent leur jupe et se mirent à courir. Leur arrivée fut saluée par des cris d'enthousiasme.

Nicole s'installa un peu à l'écart de la piste ovale soigneusement entretenue, et essaya de remettre en place quelques mèches folles.

— Laissez-moi faire, murmura Clay dans son dos, et ses doigts remontèrent le long de son cou, déclenchant une série de délicieux frissons. Vous vous amusez bien ? demanda-t-il soudain en la faisant pivoter.

Elle acquiesça, les yeux fixés sur lui. Il avait les mains sur ses épaules et son visage la touchait presque.

— Mon cheval va bientôt courir. Embrassez-moi pour me porter chance !

Comme toujours, la réponse se lisait dans son regard. Il glissa ses bras autour de sa taille et l'attira tout près de lui. Il resta un moment le visage enfoui contre son cou.

— Je suis si heureux que vous soyez là ! chuchota-t-il, et ses lèvres effleurèrent sa joue avant de s'emparer de sa bouche.

Nicole sentit ses jambes se dérober sous elle.

— Clay ! cria quelqu'un. Tu as toute la nuit devant toi. Viens surveiller ton cheval.

— Toute la nuit ! souffla-t-il en relevant la tête.

Il s'écarta brusquement d'elle et se dirigea vers son interlocuteur qui était la copie conforme de Wesley en plus corpulent.

— Je ne peux pas te blâmer ! plaisanta l'homme en lui donnant une tape sur le dos. Reste-t-il encore quelques beautés de ce genre en Angleterre ?

— Non, j'ai eu la dernière.

— J'irai vérifier par moi-même un de ces jours.

Nicole les regarda s'éloigner. On lui avait probablement présenté Travis, mais tous les noms et les visages s'embrouillaient dans sa tête.

— Nicole ! appela Ellen. Je vous ai gardé une place !

Trois heures plus tard, elle regagnait avec les autres la pelouse où les attendait le buffet. Elle ne s'était pas autant amusée depuis longtemps. La matinée s'était passée au milieu des cris et des rires. Les femmes n'hésitaient pas à prendre parti, pas toujours pour les couleurs de leur mari, d'ailleurs. Ellen avait parié plusieurs fois contre Horace, et maintenant elle se vantait d'avoir gagné une nouvelle corbeille et cinquante bulbes de tulipes de Hollande.

Devant la variété des mets proposés, Nicole se sentit une faim de loup. Elle se servit un peu de chaque plat.

— Vous allez manger tout cela ? la taquina Clay qui arriva comme d'habitude dans son dos.

— Je songe déjà à me resservir, plaisanta-t-elle. Où dois-je m'asseoir ?

— Auprès de moi si vous avez le courage d'attendre.

Il s'empara d'une assiette qu'il remplit copieusement, puis prit le bras de Nicole et la conduisit vers un chêne. Un domestique souriant installait sous l'arbre des gobelets d'étain emplis de punch. Clay s'assit sur l'herbe, son assiette sur les genoux, et commença à manger.

— Que se passe-t-il ? demanda-t-il en voyant que Nicole restait debout.

— J'ai peur de salir ma robe.

— Donnez-moi votre assiette.

Quand il l'eut posée par terre à côté de la sienne, il l'attira sur ses genoux.

— Clay ! protesta-t-elle en essayant de se dégager. Clay, s'il vous plaît. Nous sommes dans un lieu public.

— Personne ne se soucie de nous, fit-il tout contre son oreille.

— Vous êtes saoul ? interrogea-t-elle suspicieusement.

— On croirait entendre une épouse, susurra-t-il avec un rire. Eh bien, oui ! je suis légèrement gris. Savez-vous ce qui cloche chez vous ? Vous êtes trop sobre, poursuivit-il sans attendre sa réponse. Un peu d'alcool vous métamorphose en fée.

Il lui embrassa le bout du nez en lui tendant le gobelet.

— Non ! Il n'en est pas question ! refusa-t-elle, butée.

— Je vais vous le faire boire moi-même. Je vous conseille d'avaler sous peine d'abîmer votre robe.

Elle envisagea de lui désobéir, mais son air de vilain petit garçon indiscipliné emporta ses dernières résistances. D'ailleurs, elle mourait de soif. Le punch était délicieux. On avait mélangé trois sortes de rhums différents et plusieurs jus de fruits. Il lui monta immédiatement à la tête. Elle prit une profonde inspiration et sentit toutes ses tensions la quitter.

— Vous allez mieux ?

Elle le regarda à travers ses cils et fit courir un doigt le long de l'ossature de son menton.

— Vous êtes l'homme le plus beau de la fête.

— Plus beau que Steven Shaw ?

— Vous parlez du blond qui a une fossette sur le menton ?

— Vous auriez pu me dire que vous ne l'aviez même pas remarqué ! Tenez ! ajouta-t-il en lui passant son assiette. Mangez quelque chose.

Elle appuya sa tête contre son épaule et pressa ses lèvres tout près de sa peau tiède. Elle se sentait si bien sur ses genoux.

— J'aime vos amis, murmura-t-elle entre deux bouchées de salade de pommes de terre. Y a-t-il encore des courses, aujourd'hui ?

— Non, dit Clay. Les jockeys et les chevaux se reposent. Certaines personnes jouent aux cartes ou au backgammon. D'autres essaient de trouver leur chambre dans ce labyrinthe qu'Ellen nomme sa maison et vont faire un petit somme.

Nicole s'absorba un instant dans le contenu de son assiette, puis elle demanda brusquement :

— Qu'allons-*nous* faire ?

— Je vais vous servir un peu de rhum et vous renvoyer la question, fit-il avec un drôle de sourire au coin de la bouche, et il lui présenta le gobelet.

Elle but une longue gorgée avant de le reposer par terre.

— Que diriez-vous d'un petit somme ? s'enquit-elle en bâillant à se décrocher la mâchoire.

— Vos désirs sont des ordres, Madame, déclara-t-il avec une petite lueur dans les yeux.

Il la débarrassa de son assiette à moitié pleine et l'aida à se mettre debout.

— Ellen, appela-t-il quand ils approchèrent de la maison, dans quelle chambre sommes-nous ?

— Aile nord-est, second étage, troisième chambre, répondit Mme Backes sans la moindre hésitation.

— Déjà fatigué, Clay ?

Des rires fusèrent.

— Tu es jaloux, Henry ? jeta Clay par-dessus son épaule.

— Clay ! protesta Nicole une fois à l'intérieur. De quoi ai-je l'air ? Je me sens confuse.

— A juste titre. Vos regards lascifs me font rougir jusqu'à la racine des cheveux, se moqua-t-il.

Il la traînait derrière lui, essayant de trouver son chemin dans le dédale de couloirs. Nicole considérait avec étonnement le ramassis d'objets hétéroclites et de meubles de toutes les époques.

Clay finit par découvrir la chambre. Il poussa Nicole à l'intérieur et l'étreignit dans ses bras avant même de claquer la porte derrière lui d'un coup de talon. Il l'embrassait fiévreusement comme s'il ne devait jamais être rassasié.

Nicole perdit pied. Sa proximité lui tournait la tête. Elle sentait sa peau chaude de soleil à travers sa fine chemise de coton. Sa bouche était exigeante et tendre à la fois, et sa langue avait un goût fruité.

— J'ai attendu ce moment si longtemps, murmura-t-il en pressant ses lèvres contre son oreille dont il mordilla le lobe.

Nicole l'écarta. Comme il la regardait avec étonnement, elle se dirigea de l'autre côté de la pièce, puis levant les bras, retira rapidement les épingles de ses cheveux. Clay, immobile, ne la quittait pas des yeux. Il la laissa se débattre toute seule avec les boutons du dos de son corsage.

Elle pencha ses épaules en avant et fit glisser sa robe. Elle portait en dessous une fine chemise de gaze au profond décolleté rebrodé de minuscules cœurs roses et attachée sous la poitrine par un ruban de satin rose.

Lentement, très lentement, elle dénoua les rubans. La gaze forma bientôt un tout petit tas par terre.

Clay avait suivi du regard le tissu qui dévoilait peu à peu chaque centimètre de sa peau, les seins fermes, la taille fine, les adorables petits pieds. Quand il posa de nouveau les yeux sur son visage, elle lui ouvrit les bras. Il traversa la chambre d'une seule enjambée et l'emporta sur le lit. Il la contempla un instant tandis que le soleil à travers les rideaux nimbait son corps d'un voile doré.

— Clay, murmura Nicole, et elle lui sourit.

Il s'inclina vers elle et embrassa son cou, puis ses lèvres effleurèrent la naissance de la gorge, puis plus bas encore, traçant un sillon de feu jusqu'aux seins dont il agaça la pointe.

Elle enfouit ses doigts dans l'épaisse chevelure et renversa sa tête en arrière.

Clay s'allongea près d'elle sur le lit. Il était encore tout habillé, et Nicole sentait la fraîcheur des boutons de cuivre de sa veste. Le daim de sa culotte était doux et chaud. Le cuir de ses bottes frottait ses jambes. La caresse des vêtements sur sa peau nue était virile et forte comme Clay.

Il s'écarta un peu d'elle pour déboutonner sa veste.

— Non ! souffla Nicole.

Il la regarda un moment, puis l'embrassa de nouveau, follement, passionnément.

Elle rit quand il gratta le cuir de sa botte contre son mollet. Il détacha son pantalon, et Nicole gémit à son contact. Il pesait de tout son poids d'homme sur elle et la serrait très fort comme s'il avait peur qu'elle ne se sauve.

Tout doucement, Nicole commença à renaître à la vie. Elle s'étira et prit une profonde inspiration.

— Ah ! Je me sens beaucoup mieux.

— C'est tout ? fit Clay en riant, le visage niché contre son cou. Je suis heureux de vous avoir rendu ce petit service. La prochaine fois, je mettrai des étriers pour vous servir.

— Vous vous moquez de moi ?

— Jamais ! protesta Clay en levant la main. Je me moque de moi-même. J'ai découvert bien des choses auprès de vous.

— C'est vrai ? Lesquelles ? demanda-t-elle en suivant du doigt la petite cicatrice en forme de croissant au coin de son œil.

— Pas maintenant, dit-il en s'asseyant. Je vous le dirai plus tard. J'ai faim. Vous m'avez empêché de me nourrir tout à l'heure.

Elle sourit et ferma les yeux. Elle se sentait merveilleusement heureuse. Clay se leva et la contempla. Ses cheveux noirs déployés en éventail autour d'elle formaient un admirable contraste avec les courbes de son corps. Elle était presque assoupie. Il se pencha et lui déposa un baiser sur le bout du nez.

— Dors, mon aimée, murmura-t-il en remontant le drap sur elle, et il quitta la pièce sur la pointe des pieds.

Quand elle se réveilla, Nicole s'étira paresseusement avant d'ouvrir les yeux.

— Debout ! fit une voix mâle de l'autre côté de la pièce.

Nicole se redressa. Clay l'observait par l'intermédiaire du miroir. Sa chemise jetée sur une chaise, il se rasait.

— Vous avez dormi presque tout l'après-midi. Voulez-vous manquer le bal ?

Elle commença à se lever. Réalisant soudain qu'elle était nue, et devant le regard intéressé de Clay, elle enroula le drap autour d'elle. Puis elle se dirigea vers la penderie où Janie avait suspendu ses vêtements. Clay rit tout bas et continua de se raser.

Quand il eut fini, il s'approcha derrière elle tandis qu'elle choisissait une tenue, et il s'empara d'une robe de velours cannelle.

— Janie pense que vous devriez porter celle-là. On dirait qu'il ne reste pas grand-chose du haut, ajouta-t-il en l'examinant d'un air critique.

— J'y pourvoirai, annonça-t-elle avec suffisance en lui prenant la robe des mains.

— Ceci vous sera donc inutile ?

Elle se retourna. Il agitait un somptueux collier de perles entre le pouce et l'index ! Quatre rangs retenus ensemble par quatre fermoirs en or. Elle prit les perles dans sa main et admira leur orient, mais elle ne comprenait toujours pas comment elles se portaient.

— Enfilez votre robe, dit Clay, et je vous montrerai. Ma mère a dessiné ce modèle elle-même.

Rapidement, elle passa sa chemise, puis sa robe. Le décolleté était vertigineux. Il était retenu par de simples liens sur l'épaule. Clay fixa l'un des fermoirs au milieu du dos de la robe, puis un autre sur l'épaule, le troisième devant et le dernier sur l'autre épaule, finissant le tour complet dans le dos. Les perles formaient une sorte de drapé.

— C'est somptueux ! souffla Nicole en contemplant son image dans le miroir. Merci de me le prêter.

Il s'inclina et embrassa son épaule nue.

— Ma mère me l'a donné pour ma femme. Personne d'autre ne l'a jamais porté.

Elle pivota pour lui faire face.

— Je ne comprends pas. Notre mariage n'est...

Il mit un doigt sur ses lèvres.

— Chut ! Profitons de cette soirée. Nous parlerons demain.

Clay s'habilla rapidement, puis il la guida à travers le labyrinthe des couloirs jusqu'au jardin. Un orchestre était installé sur la pelouse. Les tables avaient été regarnies, et les invités flânaient tout autour. Clay la poussa vers la piste de danse avant qu'elle ait eu le temps de se servir. L'impétueux quadrille virginien lui coupa le souffle.

Au bout de quatre danses, Nicole implora un peu de repos. Il la conduisit à un petit pavillon octogonal, un peu à l'écart sous des saules pleureurs. La nuit était tombée.

— Les étoiles sont magnifiques, n'est-ce pas ?

Clay l'attira contre lui sans répondre. Elle posa sa tête sur son épaule.

— J'aimerais que ce moment dure toujours, souffla-t-elle, qu'il ne finisse jamais.

— Les autres moments ont-ils été si pénibles ? Avez-vous été si malheureuse en Amérique ?

Elle ferma les yeux et tourna sa joue vers lui.

— J'ai passé ici mes plus merveilleux instants et les plus misérables. Pourquoi Wesley n'est-il pas venu ? demanda-t-elle pour changer de sujet. Devait-il remplacer son frère là-bas ? Et qui est cette femme pendue au bras de Travis ?

Clay eut un rire étouffé.

— Wes n'est pas venu parce qu'il n'en avait pas envie, j'imagine. Travis n'a besoin d'aucune aide. Il clame à tout venant qu'il pourrait diriger son domaine d'Angleterre si besoin était. Quant à la belle rousse, c'est Margo Jenkins. Pour autant que je sache, elle est décidée à épouser Travis avec ou sans son consentement.

— J'espère bien qu'elle n'y arrivera pas, murmura Nicole. Vous vous êtes disputé avec Wesley ?

Elle le sentit se raidir contre elle.

— Pourquoi me posez-vous la question ?

— A cause de votre caractère.

Il se détendit et rit.

— Nous avons eu une algarade.

— Grave ?

Il la prit par les épaules et plongea ses yeux dans les siens.

— C'est peut-être l'une des conversations les plus sérieuses que j'ai eues dans ma vie. Je crois qu'ils jouent un autre quadrille, ajouta-t-il en se redressant. Etes-vous prête ?

Pour toute réponse, elle sourit, et il l'entraîna vers la piste.

Nicole était étonnée de la résistance des Virginiens. Même coupée par un petit somme, elle avait trouvé la journée longue. Au troisième bâillement, Clay lui prit la main et la mena à leur chambre. Il l'aida à se déshabiller, mais au moment où elle se glissait dans le lit, il lui tendit un long kimono. Une expression de stupéfaction se peignit sur son visage.

— J'ai une surprise pour vous : un bain de minuit ! annonça-t-il en ôtant ses vêtements et en enfilant lui-même un peignoir.

Nicole le suivit dans un nouveau lacis de corridors. Cette fois-ci, ils sortirent à la lisière d'un petit bois. Elle entendait la rumeur de l'eau au loin.

Ils marchèrent au milieu des arbres jusqu'à un coude de la rivière formant un bassin naturel. Clay posa le savon et les serviettes sur la rive. Il se déshabilla, reprit le savon et entra dans l'eau. Nicole regarda les rayons de lune jouer sur les muscles de son dos. La surface argentée se partagea en deux sillons tandis qu'il gagnait à la nage le centre du bassin. Il se tourna vers elle.

— Vous allez rester là toute la nuit ?

Elle dénoua hâtivement sa ceinture et laissa tomber le kimono à ses pieds. Puis, vite, elle plongea.

— Nicole ! cria Clay d'une voix angoissée en ne la voyant pas réapparaître à la surface.

Elle sortit une tête derrière lui et lui pinça le dos avant de s'enfoncer de nouveau. Il grogna et l'attrapa par la taille.

— Venez ici, petite diablesse, dit-il en lui embrassant le front.

Elle mit ses mains autour de son cou et plaqua une multitude de petits baisers sur son visage. L'eau était délicieusement fraîche autour d'eux.

Clay l'écarta et fit mousser le savon entre ses paumes. Puis, lentement, il laissa courir ses mains le long de son corps. Quand il eut fini, elle prit le savon et frotta Clay à son tour dans des cascades de rire.

Soudain, il la pressa contre lui et força sa bouche dans un baiser brûlant. Puis il la recula légèrement et la scruta du regard comme s'il attendait une réponse. Sans doute l'obtint-il, car il l'emporta dans ses bras sur la rive.

Il l'étendit sur l'herbe et refit avec sa bouche le chemin tracé par ses mains. Nicole souriait, les yeux fermés. Les doigts enfouis dans sa chevelure, elle l'attira à elle.

— Douce, douce Nicole, murmura-t-il.

Mais elle ne l'entendit pas. Des vagues brûlantes déferlaient sur elle. Elle s'arqua contre lui.

Un peu plus tard, Clay était étendu près d'elle, sa bouche contre son oreille.

— Voulez-vous m'épouser ? souffla-t-il.

Elle crut avoir mal entendu.

— Vous ne me répondez pas ?

Nicole sentit tout son corps se contracter.

— Nous sommes déjà mariés.

Il se tourna vers elle, la tête appuyée contre son bras.

— Je veux vous épouser de nouveau, devant tout le comté.

Comme elle restait silencieuse, il caressa sa lèvre supérieure.

— Vous m'avez dit une fois que vous m'aimiez. Etait-ce l'effet de l'alcool ou le pensiez-vous vraiment ?

Elle pouvait à peine respirer.

— Je vous aime, fit-elle, les yeux dans les siens.

— Alors pourquoi ne nous marions-nous pas ?

— Vous n'êtes pas sérieux, vous me taquinez.

Il nicha son visage contre son épaule.

— Est-ce si difficile de m'accorder un peu de bon sens ? Comment pouvez-vous aimer un homme que vous croyez stupide ?

— Cessez ce jeu ! Je ne vous ai jamais cru stupide.

— Vous auriez dû. Tout le monde le pense à la plantation. Vous vous rappelez notre premier baiser. J'étais furieux quand j'ai vu votre mot et hors de moi de ne pas vous retrouver dans la forêt. A mon avis, Janie a tout de suite deviné que j'étais amoureux.

— Et Bianca... commença Nicole, mais Clay lui posa un doigt sur la bouche.

— C'est le passé. Je veux que nous prenions un nouveau départ dès aujourd'hui. Ellen sait que nous nous sommes mariés par procuration, elle comprendra notre désir de nous remarier ici.

— Remarier ? Ici ?

Clay lui embrassa le bout du nez.

— Est-ce une idée si invraisemblable ? Nous aurons ainsi quelques centaines de témoins qui pourront jurer que ce n'est pas un mariage forcé. Vous n'aurez plus aucune chance d'obtenir l'annulation. Même si je vous bats, ajouta-t-il avec une petite grimace.

Elle se détendit.

— Attention ! Dans ce cas, je demande à Maggie de ne plus faire de cuisine, et je raconte tout aux jumeaux pour qu'ils vous détestent.

— Me détestent ?

Soudain, il était sérieux. Il la serra contre lui.

— Nous sommes tous les deux seuls au monde. Vous devez me promettre de ne jamais me haïr.

— Clay, murmura-t-elle, secouée de hoquets silencieux. Ce n'est pas ce que j'ai voulu dire. Comment pourrais-je vous haïr quand je vous aime tant ?

— Je vous aime aussi, fit-il en relâchant son étreinte. Cela va nous prendre au moins trois jours de préparatifs, mais vous ne changerez plus d'avis, n'est-ce pas ?

Un rire de bonheur la parcourut.

— Vous me pressez d'accepter ce que je désire le plus au monde ! Oui, je veux vous épouser. Je suis même prête à recommencer tous les jours si vous me le demandez !

Il couvrit sa gorge de baisers.

11

Quand elle se réveilla le lendemain, Nicole n'arrivait pas à croire aux événements de la veille. Elle était seule dans la pièce, et le soleil entrait à flots. Elle sourit en entendant des voix excitées sous sa fenêtre. Les courses allaient commencer. Elle sauta hors du lit, et enfila rapidement une simple robe de mousseline caramel.

Elle mit un bon bout de temps à trouver son chemin jusqu'aux tables dressées pour le petit déjeuner. Elle mangeait des œufs brouillés quand soudain le silence se fit.

Elle se leva et regarda vers le quai. Son cœur manqua de s'arrêter devant le spectacle qui s'offrait à ses yeux. Wesley marchait aux côtés de Bianca. Loin de sa rivale, elle s'était sentie en sécurité, mais maintenant son monde se désagrégeait.

Vêtue d'une robe de satin mauve rebrodée de grandes fleurs noires au bas de la jupe, une ombrelle assortie à la main, elle arborait un air de tranquille assurance.

Un murmure grandissant saluait son approche, et Nicole remarqua les expressions de stupéfaction qui se peignaient sur les visages.

— Beth, entendit-elle à plusieurs reprises. Beth !

— Wesley, lança Ellen à travers la pelouse. Quelle peur vous nous avez faite ! Bienvenue, ajouta-t-elle en se portant à leur rencontre et en leur tendant la main.

Nicole restait pétrifiée. Wesley abandonna Bianca qui, une assiette à la main, pérorait au milieu d'un groupe de femmes, et vint saluer Nicole.

— Bonjour ! dit-il. Comment avez-vous trouvé nos fêtes virginiennes ?

Nicole posa sur lui des yeux pleins de larmes. Pourquoi ? se demandait-elle, pourquoi donc avait-il amené Bianca ? La détestait-il donc, voulait-il l'éloigner de Clay ?

— Nicole, assura-t-il en mettant une main sur son bras, faites-moi confiance !

Elle acquiesça d'un signe de tête.

— Où l'avez-vous trouvée ? demanda Ellen qui arrivait derrière Wes. Clay l'a-t-il vue ?

— Il l'a vue, répondit Wesley avec un sourire. Voulez-vous m'accompagner aux courses ? proposa-t-il à Nicole en lui tendant le bras.

Elle le prit sans un mot.

— Que savez-vous de Beth ? interrogea-t-il quand ils furent un peu à l'écart.

— Juste qu'elle s'est noyée avec le frère de Clay. Bianca lui ressemble, c'est cela, n'est-ce pas ? ajouta-t-elle après un moment d'hésitation.

— On éprouve un véritable choc la première fois. Mais dès qu'elle ouvre la bouche, la ressemblance disparaît complètement.

— Clay, alors... commença-t-elle.

— C'est un mystère... En tout cas, l'intérêt qu'il lui porte est fondé sur sa ressemblance avec Beth. On voit mal une autre raison quand on connaît le personnage. Nous avons eu une petite discussion à son sujet l'autre jour, remarqua-t-il en se frottant le menton. J'ai pensé que cela lui ouvrirait les yeux de vous voir côte à côte.

Ainsi, il avait cru bien faire, songea-t-elle, mais il ne se rendait pas compte à quel point Clay adorait

Bianca. Elle ne savait pas si elle pourrait supporter de le voir de nouveau regarder une femme de cette manière.

Lors des fêtes de ce genre, en Virginie, la règle était de laisser les invités libres de leurs mouvements. On mettait à leur disposition des buffets bien garnis, toutes sortes de jeux, et des serviteurs vigilants prêts à combler tous leurs vœux. Aussi quand la corne annonça le début de la course, les femmes abandonnèrent-elles Bianca sans hésitation quand elle déclina leur offre de les suivre, car elle était affamée. Maggie refusait de faire la cuisine depuis le départ de Clay.

— Vous êtes la femme Maleson ?

Bianca releva les yeux de son assiette. Son interlocuteur était un homme grand et d'une maigreur extrême. Sa veste sale et usée flottait autour de lui. Ses prunelles noires vous scrutaient comme deux charbons ardents au milieu d'un fouillis de cheveux et de barbe confondus.

Bianca grimaça et se détourna de lui.

— J' vous ai posé une question ! Etes-vous une Maleson ?

— Je ne vois pas en quoi cela vous concerne, répliqua Bianca en lui lançant un regard furieux. Maintenant, laissez-moi passer.

— Vous êtes une gloutonne ! déclara-t-il en considérant son assiette bien pleine. La gloutonnerie est un péché, vous l'expierez un jour !

— Si vous ne me laissez pas tranquille, j'appelle quelqu'un.

— P'pa, laisse-moi lui causer. C'est un beau brin de fille.

Bianca examina avec intérêt l'homme qui venait de se mêler à la conversation. Il n'avait pas plus de vingt-cinq ans, des épaules larges, mais malheureusement le visage de son père. Ses petits yeux noirs caressèrent le corps grassouillet de Bianca.

— Not' mère était une Maleson. On a entendu dire que vous deviez épouser Clayton Amstrong et on vous a écrit en Angleterre. Vous l'avez reçue la lettre ?

Bianca se souvenait très bien de la lettre. Ainsi, voici la canaille qui osait se prétendre de sa famille.

— Je n'ai pas reçu de lettre.

— La mort est le salaire du péché ! jeta le vieil homme d'une voix tonitruante.

— P'pa, va donc parler aux gens qui parient sur les chevaux pendant que je fais connaissance avec not' cousine.

Bianca leur tourna le dos. A peine s'était-elle installée à une table un peu plus loin que deux jeunes gens s'assirent à ses côtés. Celui qu'elle connaissait déjà, et un garçon d'environ seize ans. Plus petit et dont les yeux clairs adoucissaient les traits.

— Voici Isaac, présenta l'aîné des deux. Moi, j' suis Abraham Simmons. Et lui, c'est not' père, fit-il en désignant de la tête le vieil homme qui se hâtait vers le champ de courses, une bible sous le bras. Prêcher, c'est la seule chose qui l'intéresse. Mais Ike et moi, on a d'autres plans.

— Pourriez-vous aller ailleurs et me laisser déjeuner en paix ?

— Vous traitez les gens de haut, hein ? dit Abe. On pensait que ça vous plairait de causer avec nous. Vu qu'on est cousins.

— Mais nous ne sommes pas parents, protesta Bianca avec véhémence.

Abe se recula légèrement pour mieux l'observer de ses petits yeux noirs en vrille.

— On peut pas dire que vous soyez débordante avec les amis. Vous allez épouser Amstrong à ce qu'il paraît !

— Je suis la maîtresse d'Arundel Hall, annonça-t-elle d'un air suffisant entre deux bouchées.

— Et ce joli petit bout de femme que Clay prétend avoir épousée, qui est-ce, alors ?

Bianca ruminait ses pensées tout en mâchant. Pourquoi Clay avait-il emmené Nicole avec lui ? Il se conduisait d'une manière étrange depuis cette nuit où le charmant Mr. Stanford était venu dîner. Il n'avait cessé de l'observer, et elle avait fini par se sentir mal à l'aise. Puis il avait brusquement quitté la plantation. Elle avait été ravie de son absence qui lui permettait de passer des heures à préparer les menus. Mais Maggie ne faisait pas la moitié de ce qu'elle commandait. Alors qu'elle était dans la cuisine en train de la mettre en garde, Wesley avait fait son apparition. Il l'avait mise au courant de la fête où Clay était allé avec Nicole et lui avait proposé de l'emmener.

Comment Nicole avait-elle osé se conduire ainsi ! Elle allait lui montrer ! Il lui suffirait de sourire à Clay comme le soir de son arrivée pour que tout rentre dans l'ordre. Dans sa famille, les femmes avaient toujours eu un charme fou !

— Il fut un temps où elle était ma bonne, répliqua-t-elle.

— Vot' bonne ! rit Abe. C'est comme si c'était celle de Clay maintenant.

— Allez répandre vos saletés ailleurs, dit-elle en se levant pour remplir son assiette.

— Ecoutez, insista Abe, tout d'un coup sérieux, en la suivant. On pensait que vous alliez épouser Clay et que vous pourriez nous aider. On a de la terre pas loin de chez lui, mais pas de troupeau. Alors pourquoi vous nous prêteriez pas un taureau, et vu qu'on est de la famille, vous nous donneriez une ou deux génisses.

— Et quelques poules, intervint Ike. Cela ferait plaisir à maman. C'est votre cousine issue de germain.

Bianca pirouetta sur elle-même.

— Nous ne sommes pas parents ! Comment osez-vous me dicter ma conduite ! Me parler de... de... d'animaux !

Abe mit un moment à répondre :

— Y a quelque chose qui cloche, Madame-je-sais-tout. Le magot, c'est pas vous qui allez l'avoir ! Vous avez fait tout le chemin d'Angleterre pour le voir épouser votre bonne. C'est la meilleure histoire que j'ai entendue depuis des années, ricana-t-il. Je vais bien m'amuser en la colportant !

— Ce n'est pas vrai ! riposta-t-elle, les larmes aux yeux. Clay va m'épouser ! C'est moi la propriétaire d'Arundel Hall ! Et il va faire annuler son mariage avec ma bonne !

Abe et Ike se retenaient visiblement de pouffer.

— Annuler, hein ? Hier, m'est avis que c'est pas du tout l'idée qu'il avait quand elle était assise dans ses bras à le nourrir.

— Et quand ils sont montés dans leur chambre en plein milieu de l'après-midi ? ajouta Ike qui était juste à l'âge où il découvrait le sexe opposé. En redescendant, il en avait un de ces sourires ! murmura-t-il, rêveur.

La sale petite putain ! La garce qui se prostituait pour avoir la plantation ! Dès qu'elle aurait fini son déjeuner, elle irait lui dire deux mots. Elle releva le menton et s'écarta des jeunes gens.

— Vous aurez peut-être besoin d'un ami, un jour, cria Abe dans son dos. Nous, on a l'esprit de famille ! Mais on pourra pas vous faire le même prix. Viens, Ike. Allons chercher P'pa.

C'est seulement une heure plus tard que Bianca se dirigea du côté des courses. Elle aperçut Nicole à côté d'Ellen Backes. Nicole semblait soucieuse. A l'autre bout de la piste, Clay parlait, entouré d'un groupe d'hommes.

Bianca frappa légèrement l'épaule de Nicole du bout de son ombrelle.

— Venez ici, commanda-t-elle quand Nicole se retourna.

Nicole suivit Bianca à l'écart avec résignation.

— Que faites-vous ici ? s'emporta Bianca. Ce n'est

pas votre place et vous le savez ! J'ai entendu dire que vous vous étiez conduite comme la dernière des traînées. Que se passera-t-il quand il vous laissera tomber pour m'épouser ? Aucun homme ne voudra vous épouser quand il apprendra que vous avez autant servi !

Nicole fixait Bianca sans la voir. L'horrible idée d'être avec un autre que Clay lui semblait impensable.

— Allons le voir, proposa Bianca d'un air suffisant. Vous vous rappelez comme il vous a immédiatement ignorée quand je suis arrivée d'Angleterre.

Ces quelques minutes étaient marquées au fer rouge dans le cœur de Nicole. Elle savait qu'elle ne les oublierait jamais.

— Vous apprendrez un jour qu'un homme veut respecter une femme avant de l'aimer. Quand on se conduit comme une fille des rues, il ne faut pas s'étonner d'être traitée comme telle.

— Nicole ! s'écria Ellen qui venait de surgir derrière Bianca. Vous n'avez pas l'air bien.

— Un peu trop de soleil, peut-être, fit Nicole.

— Ce n'est pas un bébé ? Pas encore ? demanda Ellen en souriant.

Si seulement c'était cela ! songea Nicole en caressant rêveusement son ventre.

— Peut-être avez-vous trop mangé, dit Bianca. Le soleil sur la digestion, c'est très mauvais ! Rentrez donc avec moi, Nicole !

— Mais oui, c'est une très bonne idée, insista Ellen.

La compagnie de Bianca était la dernière chose que Nicole désirait, mais Clay approchait avec quelques amis et elle souhaitait encore moins surprendre ses regards énamourés à sa bien-aimée.

Une soudaine averse venait de provoquer une débandade générale. Les trois grands salons d'Ellen étaient pleins de monde. De joyeuses flambées ronflaient dans les cheminées.

Installé dans un profond fauteuil de cuir, Clay regardait le feu en buvant sa bière à petits coups. Il venait de monter dans sa chambre pour rassurer Nicole au sujet de l'arrivée de Bianca, mais il l'avait trouvée endormie.

— Asseyez-vous donc, fit une voix familière.

Il se retourna et aperçut Wes. Bianca était derrière lui. Elle lui tournait le dos. Quand il fit mine de se lever, Wes lui adressa un regard d'avertissement. Il se rassit en haussant les épaules.

— Cela a dû être un choc terrible pour vous, disait Wes d'une voix qui portait jusqu'à Clay.

— Je ne vois pas de quoi vous parlez, minauda Bianca.

— Vous pouvez être honnête avec moi. Clay m'a tout raconté. Vous avez fait tout le chemin d'Angleterre pour le trouver marié à une autre. Et maintenant, il vit ouvertement avec elle.

— Vous *me* comprenez, alors ! s'écria Bianca reconnaissante. Tout le monde semble contre moi, mais c'est elle qui me fait du tort, pourtant !

— Dites-moi, Bianca, pourquoi avez-vous décidé d'épouser Clay ?

Elle resta silencieuse.

— J'ai bien réfléchi, poursuivit Wes. Nous pourrions nous entraider. Clay a une belle fortune. J'ai eu quelques problèmes ces derniers temps. Si vous étiez la maîtresse d'Arundel Hall, vous pourriez m'aider.

— Comment ?

— Des bêtes pourraient s'égarer de temps à autre sur ma terre ou des boisseaux de blé disparaître ?

— Je ne sais pas.

— Si vous étiez sa femme, vous posséderiez la moitié de la plantation.

— Vous pourriez m'aider à devenir sa femme ?

— Bien sûr, je vous aiderai si vous m'aidez.

— Très bien ! Mais comment allons-nous nous débarrasser de cette odieuse Nicole ? Elle s'est jetée à sa tête, et cet imbécile apprécie sa conduite de prostituée.

— J'en ai entendu assez ! intervint Clay en se dressant brusquement devant Bianca.

— Clay ! jeta-t-elle en portant sa main à sa gorge. Vous m'avez fait peur. J'ignorais que vous étiez ici !

Sans lui prêter attention, Clay se tourna vers Wes :

— Ce n'était pas nécessaire. J'ai bien compris ce que tu voulais me faire voir. Ce n'est pas Beth.

— Tant mieux, approuva Wes en se levant. Je vous laisse alors !

— Je te dois beaucoup, fit Clay en lui tendant la main.

— Je n'ai pas oublié ce coup de poing, assura Wes en secouant la main de son ami. Je te le revaudrai un jour !

— Je t'attends de pied ferme, toi et Travis ! dit-il en riant.

Wes émit un petit sifflement avant de le quitter.

Bianca commençait à comprendre qu'elle venait d'être la victime d'un coup monté.

— Comment avez-vous osé m'espionner ? s'écria-t-elle comme il s'asseyait en face d'elle.

— Votre conversation ne m'a rien appris, déclara-t-il. Vous m'avez... hanté pendant longtemps, mais j'ai fini par comprendre que je ne vous avais jamais aimée, ni même connue.

— De quoi parlez-vous ? J'ai des lettres prouvant votre intention de m'épouser. La loi punit les fausses promesses.

— Tout cela n'a aucun sens puisque je suis déjà marié ! Aucun tribunal ne me forcera à quitter ma femme pour en épouser une autre !

— Si ! Quand ils connaîtront les circonstances du mariage !

Les traits de Clay se durcirent.

— Que voulez-vous ? De l'argent ? Je vous dédommagerai de votre temps !

Bianca luttait contre les larmes. Comment cette

brute, ce barbare pourrait-il la comprendre ! En Angleterre, ses pairs se détournaient d'elle à cause de son manque de fortune. On chuchotait derrière son dos qu'elle resterait vieille fille.

— Je veux la plantation Amstrong, déclara-t-elle posément.

Clay s'enfonça dans son siège.

— Rien que cela ? Je ne peux pas, ou ne veux pas vous la donner. J'en suis venu à aimer Nicole et je veux qu'elle reste ma femme !

— Mais c'est impossible !

— Vous retournerez en Angleterre dans les meilleures conditions possibles, affirma-t-il en haussant un sourcil.

Bianca le toisa d'un regard haineux.

— Mais pour qui vous prenez-vous, espèce de brute ? Croyez-vous que j'aie jamais désiré vous épouser ? Je n'ai d'intérêt que pour votre fortune, et je ne me laisserai pas écarter comme une vulgaire valise !

— Je me fiche éperdument de votre opinion, dit Clay en se levant. Vous partirez le plus tôt possible, même si je dois vous jeter dans la cale d'un navire.

Et il tourna immédiatement les talons de peur de l'étrangler.

Bianca écumait de rage. La prenait-il pour une fille de cuisine à qui on pouvait donner son congé ! C'était Nicole, la valetaille, pas elle ! Elle, elle appartenait à une noble lignée. Un de ses ancêtres avait connu le neveu du roi d'Angleterre...

La famille, songea-t-elle soudain. Ces hommes de ce matin ne se disaient-ils pas de sa famille ! Oui ! Elle sourit. Ils l'aideraient à récupérer la plantation. Alors personne ne se moquerait plus d'elle !

Clay se tenait sous l'auvent d'un des nombreux porches d'Ellen. La pluie tombait dru, l'isolant encore du reste du monde. Il prit un cigare dans sa poche et l'alluma. Il se maudissait pour sa conduite stupide. En dépit des propos qu'il avait tenus à Wes, cette confrontation avec Bianca avait été une révélation. Son esprit avait toujours été hanté par l'image de Beth.

Il s'assit sur la rambarde en regardant l'averse se calmer. A travers les arbres, on apercevait un faible rayon de soleil. Nicole avait toujours su à quoi s'en tenir sur Bianca, et pourtant elle ne s'était jamais montrée désagréable avec elle.

Il sourit et lança son cigare dans l'herbe humide. Le soleil faisait déjà étinceler les gouttes sur la pelouse. Il jeta un coup d'œil à la fenêtre de Nicole. Dormait-elle encore ?

Il rentra à l'intérieur. Nicole était la personne la plus généreuse qu'il connaissait. Tout le monde trouvait grâce à ses yeux : les enfants, les serviteurs, même les animaux. Et elle ne demandait jamais rien en retour.

Dès qu'il entra, il sut qu'elle ne dormait pas. Il alla directement à la penderie où il choisit une robe de calicot d'un brun chaud.

— Habillez-vous, dit-il simplement. Je veux vous emmener quelque part.

12

Lentement, elle repoussa ses couvertures et passa sa chemise par-dessus la tête. Tout son corps était engourdi par le désespoir. Elle ne demanda même pas où ils allaient. Ses mains tremblaient tellement en attachant sa robe que Clay les écarta. Il examina son visage, scruta ses yeux, immenses, liquides.

— Je ne vous ai jamais donné beaucoup de raisons de me faire confiance, murmura-t-il en l'embrassant tout doucement.

Sa gorge était si serrée qu'elle ne put émettre aucun son. Elle se contenta de le fixer, et il lui sourit d'un air paternel. Puis lui prenant la main, il la guida au-dehors. Elle releva le bas de sa jupe pour ne pas la mouiller dans l'herbe humide. Clay la tirait à grands pas derrière lui sans s'inquiéter de l'obliger à courir pour le rattraper.

Il la hissa dans le sloop sans un mot, puis il largua les amarres et déferla la voile. Le bateau fendit l'eau. Nicole s'assit et le regarda tenir la barre. Il lui semblait impénétrable et mystérieux.

Son cœur se serra quand elle vit qu'il se dirigeait vers la plantation. Il la ramenait chez elle ! Mais bientôt ils dépassèrent le moulin, et elle fut inondée de joie.

Elle ne reconnut pas immédiatement l'endroit où Clay s'arrêta. La végétation était impénétrable. Il sauta hors du bateau et attacha les amarres

— l'eau lui arrivait à la cheville. Puis il lui tendit les bras. Reconnaissante, elle s'effondra contre lui. Il la regarda un instant avec amusement avant d'écarter la touffe de myrte et de l'emporter jusqu'à la clairière. La pluie avait tout lavé et le soleil faisait miroiter les gouttelettes sur les centaines de fleurs.

Clay déposa Nicole, puis il s'assit contre le rocher et l'attira dans ses bras.

— Je sais combien vous est pénible l'idée de salir votre robe dans l'herbe, la taquina-t-il.

Elle le scruta d'un regard inquiet en se mordillant la lèvre.

— Pourquoi m'avez-vous amenée ici ?

— Il est temps que nous parlions.

— De Bianca ? fit-elle d'une voix à peine audible.

Il plongea ses yeux dans les siens.

— Je vous effraie donc tant ?

— Pas vous ! J'ai peur de ce que vous avez à me dire.

Il la serra contre lui, la tête blottie dans le creux de son épaule.

— J'aimerais vous parler de ma famille, de mon enfance, de Beth.

Elle inclina silencieusement la tête. Elle aurait voulu tout savoir sur lui.

— J'ai eu une enfance idyllique, comme dans les contes de fées que vous racontez aux enfants. James et moi avons été élevés par les parents les plus merveilleux qui soient. Ma mère avait un extraordinaire sens de l'humour qui nous effrayait quand nous étions petits. Nous risquions par exemple de trouver une grenouille dans le pique-nique qu'elle nous avait préparé pour aller à la pêche.

Nicole sourit.

— Et votre père ?

— Il l'adorait. Même quand nous avons grandi, ils continuaient à jouer comme des enfants. C'était une joyeuse maisonnée.

— Et Beth, souffla-t-elle, et elle le sentit soudain se contracter.

— Beth était la fille de notre intendant. Sa mère est morte en lui donnant le jour. Maman l'a naturellement prise sous son aile, James et moi aussi. Il avait huit ans et moi quatre à cette époque. Nous n'avons jamais été jaloux de ce petit bébé qui occupait tant maman. Dès qu'elle sut marcher, elle nous suivit partout.

— Et vous êtes tombés amoureux d'elle.

— Pas vraiment ! James et moi avons toujours été amoureux d'elle.

— Pourtant, elle a épousé James.

Clay resta un instant silencieux.

— Personne n'en a jamais parlé, mais nous avons toujours su qu'elle épouserait James. A mon avis, il ne l'a même jamais demandée en mariage. Le jour de ses seize ans, ils ont décidé ensemble d'une date, et elle n'avait pas dix-sept ans quand les jumeaux sont nés.

— Comment était-elle ?

— Heureuse ! C'est la personne la plus heureuse que j'aie jamais rencontrée. Elle était pleine d'énergie et riait tout le temps. Une année, la récolte était si mauvaise que nous envisagions de vendre Arundel Hall. Même maman cessa de sourire. Mais pas Beth. Elle nous proposa d'arrêter de nous plaindre et d'agir. Avant la fin de la semaine, nous avions établi un plan de survie pour l'hiver. Et grâce à Beth, nous avons sauvé la plantation !

— Ils sont tous morts, maintenant, murmura Nicole en songeant aussi à sa famille.

— Oui. Il y a eu une épidémie de choléra qui a décimé la population. Mon père est mort en premier, puis ma mère. En un sens, j'étais heureux qu'ils soient partis ensemble. Ils n'auraient pas aimé être séparés.

— Il vous restait James, Beth et les jumeaux.

— Oui, dit-il avec un sourire. Nous formions encore une famille.

— Vous ne désiriez pas avoir votre propre foyer, avec une femme et des enfants ?

— Cela semble étrange maintenant, fit-il en secouant la tête. Mais j'étais heureux ainsi. Je voyais des femmes quand j'en avais envie. Il y avait une jolie petite fileuse qui...

Il s'arrêta et poussa un rire étouffé.

— Non ! Ce n'est pas pour vous !

Nicole acquiesça vigoureusement de la tête.

— Je n'ai jamais rencontré quelqu'un capable de s'intégrer à notre famille. Nous avions passé notre enfance ensemble et nous nous comprenions à demi-mot. James et moi travaillions ensemble, le plus souvent en silence, puis nous rentrions à la maison retrouver Beth. C'est difficile à expliquer... mais je me sentais bienvenu. Bien qu'elle fût la femme de James, elle prenait soin de moi aussi.

Il s'arrêta et serra Nicole contre lui, enfouissant son visage dans sa chevelure odorante.

— Et Bianca ? interrogea-t-elle.

— Lors d'une réception à Arundel Hall, répondit-il d'une voix à peine audible, un étranger venu d'Angleterre ne pouvait quitter Beth des yeux. Il finit par lui avouer qu'elle avait un sosie dans son pays. Cela l'amusa beaucoup et elle nota le nom et l'adresse de Bianca pour lui rendre visite si jamais un jour elle allait en Angleterre.

— Vous y êtes allé le premier, n'est-ce pas ?

— En effet. Nous désirions obtenir un meilleur prix de notre tabac et de notre coton sur le marché anglais. C'est James et Beth qui devaient faire le voyage, mais Beth a découvert qu'elle attendait un bébé. Elle ne voulait pas prendre de risques. Il ne me restait plus qu'à me mettre en route.

— Elle vous a demandé d'aller voir Bianca ?

Il l'étreignit de toutes ses forces.

— James et Beth se sont noyés quelques jours seulement après mon départ, mais la nouvelle a mis des mois avant de me parvenir. J'en avais terminé avec les affaires et je me rendis chez Bianca. Je souffrais terriblement du mal du pays et je désirais plus que tout me retrouver chez moi. Mais je savais que Beth m'arracherait les cheveux si je ne faisais pas un effort pour rencontrer son sosie. J'étais en visite chez cet Anglais qui nous avait parlé de cette histoire de ressemblance. Quand Bianca est entrée, j'ai failli la serrer sur mon cœur et prendre des nouvelles de James et des jumeaux.

Il marqua une pause.

— Le jour suivant, j'ai appris la mort de Beth et James. Ellen avait envoyé un messager qui avait enfin pu me rattraper.

— Le choc a dû être terrible, murmura Nicole en songeant à sa propre expérience.

— J'étais abasourdi. Je n'arrivais pas à y croire. L'idée qu'Arundel Hall serait vide à mon retour me glaçait. Je songeai à rester en Angleterre et à vendre la plantation par l'intermédiaire d'Horace.

— Mais Bianca était là.

— Bianca était là. Je me mis à croire que Beth n'était pas vraiment partie. Le fait d'avoir appris sa mort auprès d'une femme qui lui ressemblait tant me semblait être un signe. Je proposai à Bianca de m'épouser. La pensée qu'elle viendrait bientôt me rejoindre me donna le courage d'affronter la maison vide. J'espérais que le travail m'aiderait à oublier.

— Rien ne peut vous faire oublier !

Il lui embrassa le front.

— J'accomplissais la tâche de deux hommes, mais rien ne diminuait ma douleur. Les voisins essayèrent de m'aider, ils me cherchèrent même une épouse, alors que je voulais seulement ressusciter le passé.

— Vous vouliez faire revivre James et Beth.

— J'acceptais la mort de James, mais j'étais hanté par Bianca. Je croyais qu'elle pourrait remplacer Beth.

— Aussi avez-vous organisé son enlèvement ?

— C'était un acte désespéré. J'étais en passe de devenir fou.

Nicole frotta sa joue contre son torse.

— Votre fureur quand vous avez découvert la substitution ne m'étonne plus ! Vous attendiez une grande blonde, et vous vous êtes trouvé en face d'une...

— Ravissante petite brune avec une drôle de bouche, dit-il en riant. Si vous m'aviez menacé avec un pistolet, je l'aurais bien mérité. Je vous en ai fait voir de toutes les couleurs.

— Mais vous attendiez Bianca ! contra-t-elle, prenant sa défense.

Elle se redressa pour le regarder et il l'attira de nouveau contre lui.

— Dieu merci, ce n'était pas elle ! J'étais stupide d'imaginer qu'un être peut en remplacer un autre !

Ses paroles lui mirent du baume sur le cœur.

— Vous aimez toujours Bianca ?

— Je ne l'ai jamais aimée. Seule sa ressemblance me troublait. J'imaginais que sa présence rendrait la maison aussi accueillante que du temps de Beth.

— Cela n'a pas été le cas ? s'enquit Nicole.

Une note d'espoir perçait dans sa voix.

— Non, bien au contraire ! Dès que Bianca s'est installée chez moi, je n'avais plus qu'une idée en tête : la fuite. Et je choisissais tout particulièrement les champs les plus proches du moulin pour y passer la nuit.

Nicole sourit et embrassa son torse à travers sa chemise. C'étaient les mots les plus merveilleux qu'elle ait jamais entendus.

— Wes m'a remis les idées en place, poursuivit-il. Il était terriblement ému quand il a vu Bianca pour la première fois, et je me suis senti justifié de l'avoir installée dans ma maison à votre place. Je pensais qu'il me comprenait.

— Il ne semble pourtant pas l'apprécier beaucoup.

— C'est un euphémisme, jeta-t-il avec un rire en lui posant un baiser sur le bout du nez. Quand il l'a traitée de garce stupide et vaine, je lui ai envoyé un coup de poing dans la figure. Je me sentais malade. Etait-ce d'avoir entendu la vérité ou parce que j'avais frappé un ami ? Je n'en sais rien. Toujours est-il que je n'ai pas reparu pendant deux jours. Il fallait que je réfléchisse. Cela m'a pris du temps, mais j'ai commencé à y voir plus clair. Et en premier lieu, à accepter la mort de Beth. J'ai compris aussi une chose capitale, c'est à travers leurs enfants que je pourrais faire revivre Beth et James. Mon plus beau cadeau à Beth serait de donner une bonne mère aux jumeaux et non une folle qui avait été capable de pousser Alex à l'eau sous le coup de la colère !

— Comment l'avez-vous appris ?

— Roger, Janie, Maggie, Luke, déclara-t-il avec dégoût. Tout le monde semblait se faire un devoir de m'ouvrir les yeux sur Bianca.

— Pourquoi m'avez-vous emmenée à cette fête ? demanda-t-elle brusquement en retenant sa respiration.

— Question cerveau, serions-nous tous les deux aussi mal lotis ? se moqua-t-il avec un éclat de rire. Quand la lumière s'est faite au sujet de Bianca, j'ai aussi compris pourquoi je passais autant de temps à observer le quai du moulin... qui nécessite quelques réparations, d'ailleurs. Il y a une scierie de l'autre côté et...

— Clay !

Il rit de nouveau.

— Je vous aime. Vous ne le saviez pas ? Tout le monde s'en est aperçu.

— Non, souffla-t-elle. Je n'en étais pas sûre.

— J'étais déchiré la nuit de l'orage quand vous m'avez parlé de votre grand-père, et que vous avez avoué m'aimer.

Il se tut pendant un moment.

— Pourquoi m'avez-vous abandonné le jour suivant ?

Elle revit nettement la peinture dans son bureau.

— Le portrait dans votre bureau, c'est Beth, n'est-ce pas ?

Elle le sentit acquiescer de la tête contre elle.

— J'ai cru que c'était Bianca. On aurait dit un reliquaire, et je ne me sentais pas de taille à lutter contre elle.

— J'ai accroché le portrait à sa place dans la salle à manger et mis les objets de côté. Mandy sera heureuse d'en hériter un jour.

— Que va-t-il se passer maintenant ?

— Nous allons nous marier devant un tas de témoins !

— Et Bianca ?

— Elle retourne en Angleterre. Je le lui ai déjà annoncé.

— Comment l'a-t-elle pris ?

— Mal, j'en ai peur, mais elle m'obéira. Elle sera dédommagée, j'y veillerai. Heureusement que j'ai repris mes esprits sans trop tarder, car elle a déjà accumulé les dettes. Vous êtes la première femme que je rencontre à être aussi attentionnée envers vos ennemis, ajouta-t-il après une pause en se moquant gentiment d'elle.

Nicole s'écarta de lui et le fixa d'un air perplexe.

— Bianca n'est pas mon ennemie. Je devrais même l'aimer, car elle m'a rendu un fier service.

— A son corps défendant ! ironisa-t-il. Me pardonnerez-vous jamais d'avoir été aussi aveugle et stupide ?

— Oui, murmura-t-elle, et il lui ferma la bouche d'un baiser.

La certitude d'être aimée lui donnait une fougue nouvelle. Elle joignit ses mains derrière son cou et pressa son corps contre lui.

Ni l'un ni l'autre ne remarquèrent les premières gouttes de pluie. C'est seulement lorsqu'un éclair déchira le ciel, suivi de peu par une cataracte, qu'ils se séparèrent.

— Vite ! jeta Clay en se levant et en la tirant à sa suite.

Elle voulut d'abord rejoindre le sloop, mais Clay la poussa dans la direction opposée à la rivière. Puis il sortit un couteau et commença à taillader les buissons.

— Sapristi ! s'emporta-t-il comme il ne semblait pas trouver ce qu'il cherchait.

Soudain les broussailles s'entrouvrirent, dévoilant une petite grotte. Clay prit Nicole dans ses bras et la porta à l'intérieur.

Elle tremblait de froid dans sa robe trempée.

— J'allume une flambée tout de suite, annonça Clay en s'agenouillant dans un coin près de l'entrée.

— Où sommes-nous ? demanda-t-elle, s'agenouillant auprès de lui.

— Nous avons trouvé cette petite grotte avec James et Beth et nous avons planté des arbustes pour la dissimuler aux regards. Un maçon a montré à James comment construire une cheminée, expliqua-t-il en indiquant de la tête la structure grossière où le feu commençait à prendre. Nous imaginions que c'était l'endroit le plus secret de la terre, mais en grandissant, j'ai compris que la fumée pouvait être aussi éloquente qu'un drapeau. Ce n'est pas étonnant si nos parents ne se sont jamais inquiétés de nos disparitions, un seul coup d'œil à la fenêtre leur suffisait pour nous localiser.

Nicole se leva et fit le tour de la grotte des yeux. Elle avait environ quatre mètres de long sur trois de large. Deux bancs le long du mur encadraient une commode en pin. Quelque chose brillait dans une niche à même le mur. Elle s'approcha. Sa main caressa un objet froid et lisse au toucher. Elle le prit et l'examina à la lueur du feu. C'était un morceau de verre dans lequel était enchâssée une petite licorne en argent.

— Qu'est-ce que c'est ? interrogea-t-elle en s'asseyant à ses côtés.

Il prit le petit morceau de verre qu'elle lui tendait et le tourna un moment en silence entre ses mains.

— Le père de Beth lui a rapporté cette licorne de Boston. Le jour où James a terminé cette cheminée, nous étions tous les trois ici, et Beth a dit qu'elle espérait que nous resterions toujours amis. Soudain, elle a enlevé la licorne de la chaîne qu'elle portait autour du cou et nous a emmenés chez le souffleur de verre. Nous avons juré tous en même temps, un doigt posé sur la licorne, de rester toujours amis. Ensuite elle l'a jetée dans le verre chaud que le vieux Sam avait façonné en boule. Ainsi personne ne toucherait jamais plus la licorne, avait-elle affirmé.

Il observa le morceau de verre encore un instant avant de le rendre à Nicole.

— C'était un comportement stupide d'enfant, mais à l'époque, nous y avions attaché beaucoup d'importance.

— Ce n'était pas stupide. Et cela a l'air d'avoir plutôt bien marché, fit-elle avec une petite moue.

Clay s'essuya les paumes l'une contre l'autre et déclara sur un ton pince-sans-rire :

— La pluie nous a interrompus tout à l'heure au moment où les plus intéressantes perspectives s'ouvraient devant nous.

— Je ne vois pas du tout à quoi vous faites allusion !

Elle adressa à Clay un regard plein d'innocence. Il se leva et se dirigea vers la commode délabrée. Il en sortit deux couvertures mangées aux mites. Puis il se tourna vers elle et lui ouvrit les bras. Elle se jeta à son cou.

— Clay, je vous aime, murmura-t-elle en l'étreignant. Je vous aime tant que cela m'effraie.

Il enleva les épingles de ses cheveux une à une, libérant la masse d'un brun soyeux.

— De quoi avez-vous peur ? demanda-t-il tout doucement tandis que ses lèvres jouaient le long de son cou. Vous êtes ma femme, la seule, l'unique. Pensez plutôt à nous et à nos futurs enfants.

Quand il commença à mordiller son oreille, Nicole sentit ses jambes se dérober sous elle.

— Les enfants, fit-elle à mi-voix. J'adorerais en avoir.

Il l'écarta légèrement avec un sourire.

— Faire des enfants n'est pas si facile. Cela demande beaucoup... de travail et un certain... doigté.

Nicole rit. Des étincelles dansaient dans ses yeux.

— Peut-être devrions-nous nous exercer, proposa-t-elle d'une voix grave. L'expérience allège le... travail.

— Venez ici, petit diablotin, commanda-t-il en la soulevant dans ses bras, et il l'installa sur les couvertures.

Une odeur de moisi emplissait l'atmosphère. L'endroit appartenait aux fantômes. Des fantômes bienveillants, Nicole en était sûre.

Clay détachait les boutons de sa robe mouillée, embrassant chaque parcelle de peau qu'il mettait à jour. Puis il la lui retira complètement par les pieds. Elle enleva sa chemise elle-même dans sa hâte de se livrer à ses caresses. Il la prit sur ses genoux.

— Vous êtes magnifique, murmura-t-il en laissant sa main courir sur sa peau qui chatoyait à la lueur des flammes.

Elle se tourna vers lui et se mit à déboutonner sa chemise. Puis elle pressa ses lèvres contre son torse en une multitude de petits baisers.

Clay qui l'observait vit ses yeux chavirer. Quand ils virèrent au brun liquide, des frissons lui remontèrent le long du dos. Aucune femme ne l'avait jamais embrasé comme Nicole. Il arracha ses vêtements avec impatience.

Elle se tendit sous ses caresses. Sa langue taquinait ses seins, envoyant des étincelles de feu dans ses veines. Sa bouche descendit lentement le long de son ventre, et elle se contracta sous la douce torture des baisers. Elle enfouit ses doigts dans son épaisse crinière et fit remonter sa bouche vers la sienne.

Elle ferma les yeux quand il pesa de tout son poids d'homme sur elle. Il lui appartenait totalement, entièrement. Elle crut mourir de plaisir quand il commença à bouger en elle, tout doucement d'abord. Bientôt tout chavira autour d'elle, et elle s'accrocha à lui comme une noyée. Ensemble, ils furent emportés par un tourbillon.

Il roula contre elle. Alors elle nicha son visage au creux de son épaule et sourit. Ils s'endormirent.

13

A son réveil, le lendemain, Nicole se crut tout d'abord de retour dans la grotte, mais le soleil qui filtrait à travers les rideaux de dentelle d'Ellen la détrompa immédiatement. La place à côté d'elle était vide, mais le traversin portait encore l'empreinte de la tête de Clay.

Elle s'étira avec délices. Le drap glissa, dévoilant son corps nu. Après avoir fait l'amour, ils avaient longuement dormi dans la grotte. Quand ils s'étaient éveillés, le feu était éteint et ils étaient tous les deux glacés. Ils avaient enfilé leurs vêtements mouillés et couru au bateau, puis descendu la rivière jusqu'à la plantation des Backes.

Une fois dans la maison, Clay fit une incursion dans la cuisine d'où il revint avec une corbeille de fruits, du pain, du fromage et du vin. Il se moqua de Nicole quand la tête lui tourna après un demi-verre de vin. Ils s'aimèrent passionnément, entrecoupant leurs baisers de rires et de plaisanteries, se donnant la becquée l'un à l'autre.

Elle sauta à bas du lit et choisit dans la penderie une robe de velours de la même couleur que le vin qu'elle avait partagé la veille avec Clay. Les manches étaient longues et la jupe s'évasait en corolle autour du corsage ajusté. C'était la tenue idéale pour une journée fraîche.

Elle arrangea ses cheveux devant la glace. Elle se

voulait particulièrement resplendissante aujourd'hui. Clay devait annoncer leur projet de nouveau mariage à l'heure du déjeuner et inviter tout le monde à la fête qui aurait lieu à Noël. Elle l'avait persuadé de repousser un peu la date afin d'avoir le temps de préparer l'événement.

Elle ne se perdit qu'une fois avant de trouver la porte qui donnait sur les pelouses où étaient dressées les tables. Plusieurs personnes conversaient une assiette à la main. Ils semblaient tous fatigués et désireux de retourner chez eux après ces nombreuses festivités. Elle aussi avait hâte d'étrenner son nouveau statut à Arundel Hall.

Elle vit Bianca assise seule à une petite table sous un orme et éprouva du remords à son égard. Elle fit quelques pas hésitants dans sa direction. Bianca releva les yeux de son assiette, ils étaient emplis de haine. Une haine meurtrière.

Nicole porta ses mains à sa gorge et recula. Soudain, elle se sentit hypocrite. Il lui était facile d'offrir sa sympathie à son adversaire dans la mesure où elle avait remporté la victoire. Elle se détourna vers les tables et prit une assiette.

— Mrs. Amstrong, dit une voix au-dessus d'elle.

Elle releva la tête et aperçut un homme jeune et fort dont le regard la mit mal à l'aise. Ses pupilles étaient toutes petites et rapprochées l'une de l'autre. Elles brillaient d'un éclat bizarre.

— Votre mari voudrait que vous le rejoigniez sur le sloop.

Nicole fit immédiatement le tour de la table dans sa direction.

— J'aime les femmes obéissantes, ajouta-t-il avec un petit rire étouffé. Pour sûr que Clay sait s'y prendre pour les dresser.

Nicole chercha une réplique, puis songeant qu'aucune ne serait assez cinglante, elle dit simplement, employant à dessein la formule de politesse :

— Je croyais que Mr. Amstrong était aux courses.

Et elle descendit à sa suite les pelouses vers la rivière.

— Peu d'hommes tiennent leurs femmes au courant de *toutes* leurs allées et venues, déclara-t-il en laissant ses yeux s'attarder sur sa poitrine.

Nicole s'arrêta net.

— Je retourne à la maison. Dites à mon mari que je l'attends là-bas, annonça-t-elle en tournant les talons.

Elle n'avait pas fait deux pas qu'il lui attrapa le bras.

— Hé là, vous ! fit-il, la bouche tordue dans un rictus. Je sais tout de vos sales petites combines et comment vous avez agi avec ma cousine.

Nicole cessa de se débattre et le fixa.

— Votre cousine ? Lâchez-moi ou je crie.

— Allez-y et votre mari ne verra pas le jour se lever demain.

— Clay ! Que lui avez-vous fait ? Où est-il ? Si vous touchez à un seul de ses cheveux, je... je...

— Vous en pincez pour lui, hein ? J'ai dit à P'pa que vous étiez guère mieux qu'une chienne en chaleur. J'ai vu comme vous tourniez autour de lui. Aucune femme bien ferait cela.

— Que voulez-vous ? demanda-t-elle avec effroi.

— Vous allez m'accompagner jusqu'au quai et monter dans mon bateau sans faire d'histoires. Il est pas bien beau, mais ça suffira pour une femme comme vous. Je vous emmène faire un tour.

— Nous allons retrouver Clay ?

— Pour sûr ! Tout ira bien pour lui si vous cherchez pas à me fausser compagnie.

Elle inclina la tête et il resserra son étreinte sur son bras. Toutes ses pensées convergeaient autour de Clay. Elle devait le sortir de là. Ils arrivèrent à l'extrémité du quai. Deux hommes attendaient dans un vieux sloop rapiécé. L'un d'eux, un vieil homme sale à la peau tannée, avec une bible sous le bras, s'écria :

— La voilà ! La femme perdue, la pécheresse !

Nicole le dévisagea et voulut parler, mais d'une pression brutale, son geôlier l'envoya valser contre le plus jeune des trois.

— Je vous avais prévenue, siffla-t-il. Occupe-toi d'elle, Isaac. Et je ne veux aucun bruit.

Nicole examina le jeune garçon qui lui mit les mains sur les épaules. Ses traits étaient plus doux que ceux des deux hommes. Elle tituba quand le bateau se mit en marche. Lançant un dernier regard vers la maison, elle aperçut Clay sur un cheval couronné de fleurs. Il venait de gagner la course.

La lumière se fit immédiatement dans son esprit. Clay n'avait jamais été en danger. Elle était assez près de la maison pour qu'on entende ses cris. Elle ouvrit la bouche et emplit ses poumons, mais avant qu'elle ait pu prononcer une parole, un poing lui frappa le visage. Elle s'effondra inconsciente dans les bras d'Isaac.

— Tu n'étais pas obligé de cogner aussi fort, Abe ! protesta Isaac.

— Pour sûr que si ! Elle allait se mettre à hurler.

— Tu avais d'autres moyens de la faire taire, persista Isaac. Tu as failli la tuer.

— Tu aurais essayé les baisers, hein toi ? ricana Abe. Au moins, elle n'aurait pas été dépaysée. C'est pas trop tard pour t'y mettre maintenant ! Nous, avec P'pa, on surveille.

— Tu parles comme un pécheur, mon garçon ! intervint Elijah Simmons. Cette femme est une prostituée. Nous l'enlevons pour sauver son âme.

— Pour sûr, P'pa, fit Abe avec un clin d'œil à Isaac.

Isaac détourna les yeux et prit Nicole dans ses bras, ignorant les quolibets d'Abe, puis s'assit sur le pont, le dos appuyé contre la rambarde. Il n'avait pas remarqué combien elle était petite. Elle ressemblait plus à une enfant qu'à une femme.

Il fit la grimace quand Abe lui tendit des cordes et un mouchoir sale en lui ordonnant de l'attacher. Il luttait contre lui-même depuis qu'Abe avait annoncé l'enlèvement de la jolie Mrs. Amstrong. Elle n'était pas la femme de Clay, avait-il expliqué à son père. Elle s'était conduite comme une prostituée pour obliger Clay à quitter Bianca. Cela avait suffi pour qu'Elijah se déclare prêt à la lapider.

Maintenant qu'il la tenait contre lui, il avait du mal à l'imaginer menteuse et intéressée. Elle semblait aimer sincèrement Clay. Abe prétendait qu'une femme qui regardait Clay comme Nicole était une mauvaise femme. Les bonnes épouses ressemblaient à leur mère. Si on lui donnait le choix, Isaac préférerait cent fois épouser une femme comme Nicole que comme sa mère. Peut-être étaient-ils tous les deux de la même sorte ? Tous les deux mauvais ?

— Isaac ! commanda Abe. Arrête de rêver. Elle revient à elle. Je ne veux pas qu'elle crie. Mets-lui un bâillon.

Isaac obéit à son frère comme il l'avait fait toute sa vie.

Nicole ouvrit lentement les yeux. Sa tête et son menton la faisaient horriblement souffrir, et elle mit un moment à voir clair. Elle essaya de remuer la mâchoire mais quelque chose l'étranglait.

— Chut ! souffla Isaac. Vous êtes en sécurité avec moi. Je vous enlèverai le bâillon quand nous serons arrivés. Reposez-vous.

— Elle est réveillée, cette fille de Satan ? cria le vieux Simmons.

Nicole regarda le jeune garçon. Elle n'avait pas d'autre choix que de lui faire confiance. Il lui adressa un clin d'œil.

— Non, P'pa, répondit-il. Elle dort.

— Wes, demanda Clay, les sourcils froncés, as-tu vu Nicole ?

Se détournant de la jolie rousse qui papillonnait, il déclara d'un ton badin :

— Tu l'as déjà perdue, Clay ? Je sens que je vais être obligé de te donner quelques conseils pour garder les femmes.

Remarquant le visage décomposé de son ami, il posa sa chope de bière et le suivit à l'écart des tables.

— Tu es inquiet, hein ? Quand l'as-tu vue pour la dernière fois ?

— Ce matin. Je l'ai laissée dormir pendant les courses. Ellen l'a vue descendre. Et ensuite plus personne ne l'a rencontrée.

— Où est Bianca ?

— Elle se restaure... J'ai vérifié auprès d'elle tout d'abord. Elle n'a pas quitté les tables de la journée.

— Nicole a peut-être été faire un tour ?

— A l'heure du déjeuner, nous devions inviter tout le monde à notre nouveau mariage pour Noël, fit Clay, une ride lui barrant le front.

— Le déjeuner est terminé depuis une heure, dit Wes en observant de nombreux invités qui rentraient chez eux et se dirigeaient vers le quai. Elle n'aurait pas manqué cela.

— Non, déclara Clay catégoriquement. Sûrement pas.

Leurs regards se croisèrent. Tous deux se rappelaient la mort de James et Beth. Si un marin aussi accompli que James pouvait se noyer...

— Allons chercher Travis, suggéra Wes.

Ils remontèrent ensemble vers les derniers invités. Quand ils apprirent la disparition de Nicole, ils proposèrent immédiatement leur aide. Les femmes s'organisèrent pour ratisser les sous-bois environnants. Les enfants s'égaillèrent de dépendance en dépendance. Les hommes se dirigèrent vers la rivière.

— Elle sait nager ? s'enquit Horace.

— Oui, répondit Clay en scrutant l'eau des yeux.

— Avez-vous eu une discussion ? Elle aurait pu rentrer toute seule à Arundel Hall.

— Non ! Grand Dieu, non ! jeta Clay en se tournant

vers Travis. Nous n'avons pas eu de discussion. Et elle ne serait pas partie sans me laisser un mot.

Travis posa sa main sur l'épaule de Clay.

— Peut-être est-elle en train de ramasser des noisettes et a-t-elle oublié l'heure ? annonça-t-il sur un ton qui démentait ses paroles, car il avait pu se faire une opinion sur la jeune femme, qui était tout sauf une écervelée. Horace, proposa-t-il avec calme, allons chercher les chiens.

Clay retourna vers la maison. Il était furieux contre lui-même de l'avoir abandonnée, ne fût-ce que quelques minutes. Et le pire de tout était d'ignorer où diriger ses recherches.

Personne ne remarqua Bianca, une assiette pleine dans la main et un sourire aux lèvres. Elle avait accompli sa tâche. Elle pouvait maintenant rentrer se reposer.

Les chiens étaient déroutés par toutes les odeurs différentes qu'ils flairaient. Ils semblaient suivre des pistes de Nicole un peu partout. Pendant qu'Horace s'occupait des chiens, Clay mena une enquête serrée auprès de tout le personnel de la plantation. Il n'épargna ni les femmes, ni les enfants. Personne n'avait vu Nicole.

A la nuit tombée, ils étaient encore à fouiller les bois tandis que quatre sloops suivaient inlassablement le cours de la rivière sans repérer aucun signe de Nicole.

Au petit matin, les hommes rentraient vers la maison découragés, évitant le regard désespéré de Clay, quand une femme courut vers lui en l'appelant par son prénom. C'était Amy Evans.

— C'est vrai ? demanda-t-elle. Votre femme a disparu ?

— Vous savez quelque chose ? fit-il le regard hagard.

Elle posa sa main sur sa poitrine, reprenant haleine.

— Quand on nous a interrogés avec mon mari, la nuit dernière, nous avons répondu que nous ne savions rien. Mais ce matin, Deborah, notre aînée, a dit avoir vu Nicole sur le quai avec Abe Simmons.

— Quand ? interrogea Clay en prenant la petite femme grassouillette aux épaules.

— Hier matin. J'ai envoyé Deborah chercher des châles sur notre bateau à cause de la fraîcheur. Abe tenait Nicole par le bras et l'emmenait vers la rivière. Comme elle n'aime pas Abe, elle a été aussi vite que possible sans se retourner.

— Elle n'a pas vu si Nicole montait sur le bateau des Simmons ?

— Non. Le grand cyprès lui cachait la vue, et elle était pressée de retourner aux courses. Ensuite, elle n'y a plus pensé. Cela lui est revenu quand j'ai parlé de la disparition de votre femme.

Clay fixait Amy. Si Nicole était partie avec Abe Simmons, elle ne s'était pas noyée comme il le craignait. Il lui avait suffi de prétendre qu'on avait besoin d'elle pour qu'elle le suive immédiatement.

Clay serra fort les épaules d'Amy entre ses mains. Puis il lui donna un baiser retentissant.

— Merci, souffla-t-il, le regard de nouveau assuré.

— Je suis à votre disposition, Clay ! fit Amy en souriant.

Il la relâcha. Tous ses amis et voisins l'entouraient. Personne n'avait dormi de la nuit.

— Allons-y, proposa Travis en donnant une tape sur l'épaule de Clay. La femme d'Elijah va sans doute encore accoucher, et Abe s'est jeté sur la première femme venue.

Clay et Travis échangèrent un regard qui en disait long. Ni l'un ni l'autre ne croyait à cette version. Elijah était un fou, sûrement dangereux à l'occasion ; Abe un garçon violent, perpétuellement hérissé devant la fortune des autres planteurs.

Quelqu'un prit le bras de Clay, il se retourna. Janie lui tendait un panier plein à ras bords.

— C'est pour vous, annonça-t-elle, défigurée par l'angoisse.

Clay prit le panier et lui pressa gentiment la main. Puis il inclina la tête en direction de Travis et Wes, et tous deux lui emboîtèrent le pas vers son bateau. Wes passa prendre un pistolet sur son sloop avant de les rejoindre. C'est dans un silence de mort qu'ils larguèrent les amarres et descendirent la rivière vers la ferme des Simmons.

Toute la journée, Nicole flotta entre le sommeil et l'inconscience. Isaac avait essayé de l'installer le mieux possible sur une pile de vieux sacs et de chiffons. Le mouvement continuel du bateau, ajouté à la douleur sourde de sa mâchoire, la maintenait dans un état d'irréalité, malgré les liens qui lui enserraient les poignets et les chevilles, et le bâillon sur sa bouche.

En Virginie, le réseau fluvial est étendu. Abe empruntait des affluents qui reliaient une rivière à l'autre. Ils étaient parfois si étroits que les deux hommes devaient utiliser les rames pour se glisser entre la végétation.

— Abe, où vas-tu ? demanda Isaac.

Un petit sourire plissa la bouche d'Abe. Il n'avait aucune intention de révéler leur destination à son frère. Il avait découvert la petite île des années auparavant et attendait depuis lors l'occasion de l'utiliser. Peu après l'enlèvement de Nicole, il avait déposé son père à la ferme. Il savait que leurs investigations mèneraient rapidement les hommes chez lui. Et qui mieux que le vieil Elijah pourrait les retenir avec ses discours incohérents ! Abe se félicitait de sa propre ingéniosité. Maintenant, il ne lui restait plus qu'à contrôler son frère, et le tour était joué.

Au coucher du soleil, Abe guida le bateau vers le rivage.

Isaac se leva et fronça les sourcils. Ils n'avaient

rencontré aucune habitation depuis une bonne heure, l'air était fétide et l'eau stagnait, recouverte d'une pourriture verte.

— Partons, déclara Isaac en regardant autour de lui. Personne ne peut vivre dans cette puanteur.

— C'est pourtant l'endroit où nous allons. Saute et va chercher cette barque. Vas-y donc ! commanda Abe, voyant que son frère voulait parler.

Isaac avait l'habitude d'obéir. Il se jeta dans la boue verdâtre et marcha péniblement vers le canot en s'enfonçant jusqu'aux genoux. Il le détacha et se hissa à l'intérieur. Avec une rame, il le poussa contre le sloop.

Abe était sur le pont et tenait Nicole dans ses bras. Il la passa à son frère et descendit à sa suite dans la barque.

— Installe-la au fond et prends les rames, ordonna-t-il. Nous avons encore du chemin devant nous.

Isaac fit ce qu'on lui demandait et appuya Nicole contre sa jambe. Il n'aimait pas la lueur de peur dans ses yeux et voulait la rassurer.

— Ne te mets pas des idées dans la tête, ricana Abe en voyant son frère. Elle sait à qui elle appartient.

Isaac se détourna. Il se souvenait de Nicole avec Clay. Il n'imaginait pas qu'Abe ait autre chose à l'esprit.

Les manœuvres devenaient de plus en plus difficiles. Les arbres se refermaient au-dessus d'eux, les enfermant dans une pénombre glauque. Isaac avait l'impression qu'ils voulaient le dévorer.

— Abe, je n'aime pas cet endroit. Nous ne pouvons pas la laisser ici. Pourquoi ne la ramenons-nous pas à la ferme ?

— Parce qu'on la trouverait immédiatement. Et je n'ai jamais parlé de l'abandonner ici. Tiens ! Accoste là !

Isaac poussa le canot sur la berge avec sa rame. Abe sauta à terre et fouilla quelques minutes sous un arbre avant de trouver une lanterne. Il grogna de satisfaction et l'alluma.

— Suivez-moi, dit-il, laissant Isaac prendre Nicole dans ses bras.

— Encore un instant et je vous détache, souffla-t-il à son oreille.

Ellc acquiesça de la tête contre son épaule, dévorée d'inquiétude.

Abe leva la lanterne, révélant une porte qui semblait surgie du néant.

— J'ai découvert cet endroit depuis un bon moment, déclara-t-il avec fierté en la déverrouillant.

A l'intérieur, il y avait une seule pièce dont le sol était couvert de feuilles. Isaac posa Nicole à terre. Elle chancela sur ses pieds. Il enleva le bâillon, et des larmes de reconnaissance lui montèrent aux yeux. Il libéra ensuite ses poignets. Au moment où il s'agenouillait pour détacher ses chevilles, Abe se mit à crier :

— Que fais-tu donc ? Je ne t'ai rien demandé !

Isaac fixa son frère dans l'obscurité.

— Mais enfin, tu ne vois pas qu'elle ne tient plus debout ? Est-ce qu'il y a quelque chose à manger dans le coin ? Et de l'eau ?

— Il y a un puits juste derrière.

— Comment a-t-on pu vivre dans cet endroit ? déclara Isaac en jetant un regard de dégoût autour de lui.

— M'est avis que ça n'a pas toujours été un marécage. Le cours de la rivière a changé. J'ai vu des cochons sauvages, plein de lapins et quelques pommiers sur la rive. Maintenant, va chercher de l'eau. J'ai laissé un seau la dernière fois.

Isaac sortit à contrecœur dans la nuit.

Nicole était adossée au mur de pierres. Tout son corps était endolori. Elle eut à peine conscience de la présence d'Abe devant elle.

— Fatiguée, hein ? fit-il en lui caressant le cou. Qu'est-ce que ça va être quand j'en aurai fini avec toi !

— Non, souffla-t-elle en essayant de s'écarter, mais ses pieds refusaient d'obéir et elle tomba à genoux.

— Que lui as-tu fait ? interrogea Isaac de la porte.

Il se pencha et releva Nicole.

— C'est à croire que tu es amoureux ! ricana Abe. T'as entendu l'histoire ? Elle ne vaut guère mieux qu'une prostituée.

— Cela va mieux ? interrogea Isaac.

— Oui, murmura-t-elle.

Il s'écarta pour aller lui chercher de l'eau dans un gobelet d'étain. Elle se mit à boire avidement.

— C'est assez, dit-il. Venez vous reposer.

Il passa un bras autour de ses épaules et la mena vers le mur du fond. Il s'assit sur le sol et attira Nicole à côté de lui.

— N'ayez pas peur, la rassura-t-il quand il la sentit se raidir. Je ne vous ferai pas de mal.

Dans l'état de fatigue où elle était, Nicole se moquait bien des convenances. Isaac attira sa tête contre son épaule et ils s'endormirent instantanément.

— Isaac ! appela Abe en le secouant. Réveille-toi !

Il était furieux de voir comment son frère tenait Nicole, lui qui n'avait pas encore quinze ans et n'avait jamais eu de femmes. On aurait dit qu'il savait s'y prendre avec elles. Abe n'avait cessé de contempler Nicole depuis le petit matin. La masse noire de ses cheveux s'était libérée, et des petites boucles encadraient son visage. Et sa bouche ! Sa bouche le rendait fou.

— Isaac ! répéta-t-il. Tu vas dormir toute la journée ?

Il ouvrit lentement les yeux et resserra son bras autour de Nicole en lui adressant un sourire.

— Debout ! jeta Abe écœuré. Tu dois aller chercher les provisions sur le sloop.

Il acquiesça sans demander à son frère pourquoi il ne se rendait pas lui-même sur le bateau. Il avait toujours obéi.

— Cela va bien ? s'enquit-il auprès de Nicole.

Elle inclina la tête.

— Pourquoi m'avez-vous amenée ici ? Vous voulez une rançon ?

— Va t'occuper des provisions, ordonna Abe quand Isaac voulut parler. Je répondrai à ses questions. Dépêche-toi donc !

Abe resta sur le pas de la porte à regarder son frère s'éloigner.

Dès qu'Isaac fut sorti, Nicole se sentit en danger. Elle se leva calmement. Abe pirouetta sur lui-même.

— Ah, nous sommes seuls enfin ! Tu te crois trop bien pour moi, hein ? J'ai vu la façon dont tu te tiens avec Isaac. Tu es de ces femmes qui préfèrent la chair fraîche ? fit-il en s'approchant. Tu n'aimes que les petits garçons ?

Nicole se redressa, refusant de montrer sa peur à cet homme. Elle mesurait des yeux l'espace qui la séparait de la porte. Peut-être pourrait-elle se faufiler dehors derrière lui ?

— Tu ne passeras pas, railla Abe avec un rire étouffé. Autant te détendre et profiter de l'occasion. Isaac ne reviendra pas avant plusieurs heures.

Nicole se coula lentement contre le mur. Quoi qu'il arrive, elle ne se rendrait pas sans combat. Avant qu'elle ne soit hors de sa portée, il étendit la main et attrapa une pleine poignée de cheveux. Tout doucement, il les entoura autour de son poignet, la tirant vers lui.

— Propres, souffla-t-il. Et ils sentent bons. Y en a qui aiment pas les brunes. Mais moi si. Ça te fait plaisir, hein ?

— A ce petit jeu, vous risquez de perdre votre rançon.

Son visage était tout près du sien. Il la fixait de ses petits yeux noirs. Son haleine était fétide.

— Tu es du genre à perdre la tête ! Comment se fait-il que tu ne me supplies pas encore !

Elle lui adressa un regard froid. Son grand-père

avait affronté une foule déchaînée. Qu'était un homme sale et malveillant en comparaison !

Il la tenait toujours par les cheveux. Son autre main descendit le long de son bras jusqu'à sa poitrine.

— Tant que ta vie n'est pas en danger, je peux m'amuser autant que je veux.

— Qu'entendez-vous par là ? demanda-t-elle, essayant de le faire parler pour gagner du temps.

— C'est pas ton problème, déclara-t-il en glissant sa main sur ses hanches. En voilà une jolie robe... Ote-la ! Elle me gêne.

— Non, dit-elle calmement.

Il se mit à tirer violemment sur ses cheveux. Des larmes lui vinrent aux yeux, mais elle ne céda pas.

Il la relâcha brutalement avec un éclat de rire.

— Tu es la pute la plus hautaine que j'aie jamais rencontrée.

Il se dirigea vers la porte et s'empara des cordes qu'Isaac avait laissées par terre.

— Si tu ne veux pas le faire toi-même, je vais t'aider.

— Non, souffla Nicole, et elle se recula jusqu'au mur.

Il l'attrapa par l'épaule avec une telle force qu'elle tomba sur les genoux. Elle planta ses dents dans sa cuisse. L'instant d'après, il l'envoyait rouler sur le sol.

— Tu me le paieras ! siffla Abe.

Il saisit sa cheville et noua une corde autour. Elle eut beau se débattre, il n'eut aucun mal à la maîtriser. Il attacha ensuite ses poignets ensemble. Un crochet était fixé à la paroi qui servait autrefois à suspendre le gibier. Il l'y accrocha par les poignets. Ses pieds touchaient à peine par terre.

La douleur dans ses bras lui coupa le souffle. Il lia ses pieds l'un avec l'autre et fixa les liens à un autre crochet. Elle était réduite à l'impuissance.

Il se recula pour admirer son ouvrage.

— Tu joues plus à la grande dame ! fit-il en sortant de sa poche un long couteau.

Nicole écarquilla les yeux.

— C'est-y que tu commencerais à comprendre l'attitude qui convient devant un homme ! Chez les Backes, ces harpies me rendent malade. Toutes pareilles, c'est pas vrai... Elles se croient tout permis. On les laisse causer, on les laisse prendre des paris. Elles ont perdu tout respect. L'été dernier, j'ai proposé de m'épouser à une de ces filles. Eh bien, elle a éclaté de rire. J'lui faisais un grand honneur et elle s'est moquée de moi ! Tout comme toi !

La douleur était trop forte pour permettre à Nicole de réfléchir ou même de comprendre le sens des récriminations d'Abe.

— S'il vous plaît, détachez-moi, souffla-t-elle. Clay vous paiera ce que vous voudrez.

— Clay ! ricana-t-il. Va-t-il me débarrasser d'un père fou ? Ou obliger une vraie dame à m'épouser ? Non ! Mais y peut me donner quelques heures de plaisir avec une femme de la haute.

Il s'approcha de Nicole et glissa son couteau sous le premier bouton de la robe lie-de-vin. Elle retint sa respiration au contact froid de l'acier. Le bouton vola au milieu de la pièce. Il fit sauter les autres un à un et taillada le ruban de satin qui retenait le vêtement à la taille. Le corsage s'ouvrit. Il l'écarta violemment et se mit à caresser la poitrine encore cachée par la fine chemise de dentelle.

— C'est pas désagréable, hein ! Mais il y a mieux encore ! plaisanta-t-il en lacérant l'étoffe avec la pointe de la lame.

Plus aucun voile ne cachait sa nudité. Il émit un petit sifflement d'admiration. Elle ferma les yeux. Des larmes perlèrent au coin de ses paupières.

— Abe ! cria Isaac. Tu es à l'intérieur ? Une des rames s'est brisée et...

Il s'arrêta net sur le seuil. Ce qu'il vit le rendit fou.

— Tu avais promis de ne pas lui faire de mal !

hoqueta-t-il entre ses dents serrées, avec une expression de confusion et de rage à la fois.

— Tire-toi ! siffla Abe en faisant volte-face, son couteau pointé sur son petit frère. Retourne au bateau.

— C'est cela ! Pour que tu l'utilises à ton gré comme la fille des Samuels ? Elle cauchemarde la nuit. Elle a peur que tu reviennes. Elle n'a pas osé te dénoncer. Mais moi, je sais que c'est toi !

— Et alors ? C'était pas une fillette. Elle était fiancée à un des gars Peterson. Elle y faisait des choses avec lui, pourquoi pas avec moi ?

— Tu es un salaud ! Aucune femme ne voudra jamais de toi !

Il attrapa le seau à ses pieds et le jeta à la tête d'Abe qui évita sans trop de peine le projectile. Il sourit méchamment.

— Hé là, tu te rappelles la dernière fois que tu m'as défié, mon garçon ? jeta-t-il, en faisant passer son couteau d'une main à l'autre.

— J'avais douze ans à l'époque, dit-il d'une voix calme.

— Alors, tu te prends pour un homme maintenant ? rit Abe.

— Oui, je suis un homme !

La rapidité d'Isaac prit Abe au dépourvu. Quand le violent coup de poing l'envoya valser contre le mur, sa fureur fut telle qu'il en oublia qu'Isaac était son frère.

— Attention ! cria Nicole tandis qu'Abe se ruait sur Isaac.

Il enfonça son couteau dans la cuisse du jeune garçon, entaillant profondément la chair. Isaac poussa un cri de surprise et s'écarta. Puis il attrapa le poignet de son frère aîné et le renversa. Le couteau vola à terre. Isaac se précipita comme un chat et s'empara de la lame au moment où Abe tendait le bras pour s'en saisir aussi. L'arme le blessa à l'épaule.

Abe sauta contre le mur près de la porte, pressant

la coupure de sa main pour empêcher le sang de couler.

— Tu la veux ? Prends-la, siffla-t-il entre ses dents serrées.

Il courut dehors et claqua la porte derrière lui. Nicole et Isaac l'entendirent pousser le verrou.

— Isaac ! appela doucement Nicole comme le garçon s'effondrait contre le battant. Détachez-moi. Je vais vous aider.

Isaac s'approcha en trébuchant sous le coup de la douleur. Il réunit ses dernières forces pour couper les liens des poignets avant de s'écrouler sur le sol. Nicole tomba en avant sur ses mains. Rapidement, elle libéra ses chevilles.

Le couteau sanglant traînait par terre. Elle débita sa chemise en bandes et mit la blessure d'Isaac à jour. Elle était profonde mais nette. Elle serra fort pour arrêter le sang. Isaac semblait inconscient. Elle finit de le panser et, s'adossant à la paroi, elle attira sa tête contre son épaule. Soudain, elle se sentit très fatiguée, ses yeux se fermèrent malgré elle. Elle s'endormit.

14

La ferme des Simmons se trouvait sur un bras de décharge à une quinzaine de kilomètres en amont de la plantation Amstrong. C'était une mauvaise terre, rocheuse et infertile. Sur le bout de terrain autour de la maison qui était une simple cabane délabrée, s'entassaient pêle-mêle poulets, chiens, cochons et enfants à moitié vêtus.

Travis amarra le sloop au quai pourri tandis que Clay sautait à terre et se dirigeait vers la maison avec les hommes à sa suite. Les enfants interrompirent un instant leur tâche et levèrent sur eux un regard maussade. Leur père les battait depuis leur plus jeune âge en leur promettant la damnation éternelle.

Sans prêter attention aux enfants, Clay hurla :

— Elijah Simmons !

— Que voulez-vous ? demanda le vieil homme décharné en sortant de la maison, les yeux tout ensommeillés. Hé toi, fillette ! Attention à ne pas laisser de duvet ou je t'enferme dans le bûcher, dit-il à une petite fille qui plumait péniblement un poulet.

Clay adressa un regard de dégoût au vieil homme qui dormait pendant que ses enfants travaillaient.

— J'ai à vous parler, jeta-t-il d'une voix sèche.

— Ainsi, le païen est venu chercher son salut !

Clay l'attrapa par sa chemise et le souleva de terre.

— Ravalez vos sermons et dites-moi où est ma femme !

— Votre femme ? cracha-t-il. Les prostituées ne font pas des épouses. Les filles de Satan devraient être enlevées de la terre.

Le poing de Clay atterrit sur le visage osseux. Elijah tituba contre le chambranle et s'effondra.

— Clay ! intervint Travis en posant sa main sur l'épaule de son ami. Tu n'obtiendras rien de lui. Il est fou. Où est votre mère ? demanda-t-il en se tournant vers les enfants.

Ils ne s'interrompirent même pas à la vue de leur père frappé par un étranger et haussèrent les épaules.

— Je suis là, fit une voix douce derrière eux.

Mrs. Simmons était décharnée, avec des joues creuses et des yeux cernés.

— On a vu ma femme monter sur un bateau avec votre fils. Cela fait presque deux jours qu'elle a disparu maintenant.

Elle acquiesça d'un air las comme si la nouvelle n'était pas une surprise pour elle, ni la participation éventuelle de son fils.

— Je ne l'ai pas vue par ici.

— Où est Abe ?

Elle secoua la tête et se massa le dos au creux des reins pour soulager la douleur, car elle était bien au sixième mois de sa grossesse.

— Abe n'est pas rentré depuis plusieurs jours.

— Vous ignorez où il est allé ? Et lui, il est au courant ? demanda Clay en faisant un signe vers Elijah.

— Abe ne dit rien à personne. Il prend le bateau avec Isaac et s'en va Dieu sait où, expliqua-t-elle avec un regard inquiet dans la direction de son mari qui reprenait conscience.

— Elle ne sait rien, déclara Travis en prenant Clay par le bras. Et à mon avis, lui non plus. Le mieux est d'organiser des recherches le long de la rivière.

Clay approuva. Il savait que c'était la seule chose sensée, mais cela prendrait du temps. Et il n'arrivait pas à chasser l'image d'Abe et Nicole. Abe était un homme perverti par l'éducation malsaine de son père. Il tourna les talons et se dirigea vers le sloop. Toutes ces parlotes le rendaient fou. Il aurait voulu foncer sur l'ennemi et le prendre d'assaut.

Wes suivait Clay et son frère vers le quai quand on lui envoya une poignée de cailloux dans le dos.

— Psitt ! Par ici.

Il se retourna au moment où une petite fille quittait le couvert des buissons le long de la berge.

— Qu'y a-t-il ?

Elle le considéra de ses grands yeux verts emplis d'émerveillement.

— Vous êtes un de ces hommes riches qui vivent dans de belles maisons sur la rivière, hein ?

Elle regarda autour d'elle pour être sûre que personne ne l'observait avant de poursuivre :

— Je sais quelque chose sur l'endroit où Abe est parti.

Instantanément, Wes mit un genou à terre.

— Que sais-tu ?

— M'man a une cousine, une dame qui vient de Virginie. On arrive pas à y croire ! Et P'pa et Abe sont allés à une fête. Une vraie fête. Moi, je n'ai jamais été à une fête.

— Qu'a dit Abe ? l'interrompit Wes impatiemment.

— Quand il est rentré à la maison, je l'ai entendu dire à Isaac qu'ils devaient emmener une dame et la cacher. Alors la cousine de M'man nous donnerait du bétail de Mr. Amstrong.

— Clay ? fit Wes étonné. Où ont-ils pris cette dame ?

— Abe a juste dit qu'il savait où il allait l'emmener.

— Qui est cette cousine ?

— J'sais pas son nom. Abe a dit que c'était la femme à Mr. Amstrong, que l'autre était une menteuse et voulait prendre ce qui appartenait à Abe.

« Bianca », songea Wes sans étonnement. Il avait toujours pensé qu'elle était l'instigatrice de tout cela. Maintenant, la preuve était faite. Il sourit à l'enfant.

— Si tu étais plus grande, je crois bien que je t'embrasserais. Tiens, fit-il en prenant une pièce en or dans sa poche. Ma mère me l'a donnée. Elle est à toi maintenant.

La fillette resta bouche bée. Elle n'avait jamais reçu que des invectives et des coups.

— Vous m'épouserez quand je serai grande ?

— Pourquoi pas ? répliqua Wesley avec un large sourire en se redressant. Viens me voir quand tu auras grandi.

Il fit claquer un baiser sur sa joue et courut vers le bateau où Clay et Travis l'attendaient impatiemment.

Bianca, ravie, aperçut Clay se précipiter vers la maison. Il avait enfin appris sa participation à l'enlèvement de Nicole. Elle était prête. Elle aspira l'ultime goutte de son chocolat et avala le dernier beignet aux pommes. Puis elle s'essuya la bouche en jetant un coup d'œil appréciateur autour d'elle. La décoration de sa chambre prenait enfin tournure.

Clay fit irruption dans la pièce, ses bottes claquant sur le parquet. Bianca grimaça devant ce manque d'égards et nota mentalement d'acheter de nouveaux tapis.

— Où est-elle ? demanda Clay d'une voix dure.

— J'imagine que je dois comprendre à demi-mot ?

Elle caressait rêveusement ses bras en songeant aux nouvelles fourrures qu'elle avait commandées. Clay s'approcha, les yeux étrécis de fureur.

— Si vous me touchez, vous ne la reverrez jamais, annonça Bianca avec un regard d'avertissement.

Clay se recula.

— Vous êtes ridicule ! ricana-t-elle. Au moindre risque que court cette catin, voilà que vous vous mettez à trembler !

— Si vous tenez à la vie, vous avez intérêt à me dire où elle est.

— Si vous tenez à *sa* vie, gardez vos distances !

— Que voulez-vous donc ? grinça Clay. Je vous donnerai la moitié de ce que je possède.

— La moitié ? Je croyais qu'elle avait plus de prix à vos yeux !

— La totalité, alors ? Je vais vous signer une donation.

Bianca se dirigea vers la fenêtre et arrangea les rideaux de soie rose.

— J'ignore pourquoi vous me prenez tous pour une imbécile. Si vous me donnez cet endroit et emmenez votre petite traînée ailleurs, que va-t-il m'arriver ?

Clay posa ses mains sur ses hanches dans une dernière tentative pour s'empêcher de l'étrangler.

— Je vais vous le dire, poursuivit Bianca. En moins d'un an, ce sera la faillite. Personne ne voudra m'obéir et vous aurez tout le loisir de me racheter l'endroit pour un franc symbolique.

— Que proposez-vous d'autre ? gronda Clay.

— Je me demande jusqu'à quel point vous êtes amoureux de ma bonne ?

Clay restait silencieux. Il se demandait comment il avait été assez fou pour la comparer à Beth.

— Jusqu'où irez-vous pour la sauver ? minauda-t-elle. Je m'explique, j'ai des cousins en Amérique — vous êtes au courant, n'est-ce pas ? —, pas le genre de relations dont on se vante... mais des gens utiles, ô combien ! Cet homme, ce dénommé Simmons, a approuvé tout ce que je suggérais.

— Où l'a-t-il emmenée ?

— Vous croyez que je vais baisser pavillon aussi facilement ? persifla-t-elle. Après tout ce que vous m'avez fait subir ? Vous m'avez humiliée, utilisée. Vous vous êtes pavané avec cette garce devant tout le monde. Maintenant, c'est mon tour de vous faire languir. En échange de quelques têtes de bétail, mes *chers* cousins sont prêts à tout, même à tuer pour mes beaux yeux.

Clay se recula brutalement. L'idée d'un meurtre ne lui était pas venue à l'esprit.

— Je vois que vous commencez à comprendre, railla Bianca, enchantée de sa réaction. Eh bien, je vais vous exposer mes desiderata. Je veux être la maîtresse de cette plantation. Je veux la diriger et bénéficier de ses revenus. Je veux être traitée devant tout le monde comme une honorable épouse.

Elle se détourna un instant. Quand elle lui fit face de nouveau, sa voix était calme.

— Vous avez entendu parler de la Révolution en France ? Tous les parents de mon ex-bonne ont été décapités. La populace sévit toujours là-bas. Elle cherche des têtes pour sa guillotine. Pour cette fois, reprit-elle après une pause, Abe l'a seulement emmenée sur une île perdue au milieu des marécages. La prochaine fois, il la mettra sur un bateau en partance pour la France.

Elle le laissa méditer ses propos avant d'ajouter avec une moue :

— Et ne croyez surtout pas qu'en vous débarrassant d'Abe, tout rentrerait dans l'ordre. Il a partout des cousins désireux de m'aider. Et si vous touchez ne serait-ce qu'un de mes cheveux, j'ai réuni une somme d'argent pour assurer la réexpédition de Nicole en France.

Clay avait l'impression d'avoir reçu un coup de pied dans l'estomac. Il s'effondra sur une chaise. La guillotine ! Il avait encore à l'esprit l'histoire du grand-père de Nicole. La manière dont elle s'était accrochée à lui avec terreur l'obsédait. Il ne pouvait prendre aucun risque.

Soudain, il redressa le menton. Il assurerait la sécurité de Nicole. Il ne la quitterait pas des yeux. Puis l'idée lui parut sans espoir. Ne l'avait-il pas laissée à peine deux heures chez les Backes ! Elle devrait vivre comme une prisonnière. Un seul moment de défaillance, et... Que se passerait-il ? La mort ? Une terreur pire que celle qu'elle avait déjà connue ?

Il essaya de raisonner Bianca.

— Je peux vous constituer une dot. Ainsi vous aurez toutes les chances de trouver un mari en Angleterre.

— Vous ne comprenez rien aux femmes, n'est-ce pas ? ricana-t-elle. Si je retourne en Angleterre maintenant, tout le monde en déduira que vous avez préféré me payer que m'épouser. Et si je m'achète un époux, il se moquera de moi. Je veux davantage de la vie.

Clay se leva et donna un coup de pied à la chaise.

— Mais qu'obtiendrez-vous si vous me forcez à vous épouser ? Un mari qui vous déteste ?

— Je préfère la haine aux sarcasmes. Au moins la haine génère une certaine dose de respect. Et d'ailleurs, nous formerions un couple superbe. J'organiserais de magnifiques réceptions. Et vous, de votre côté, vous ne seriez pas importuné par une épouse jalouse. Et aussi longtemps que vous gérerez avec zèle la plantation, vous pourrez chercher le bonheur où bon vous semble — y compris auprès des femmes. Du moment que vous gardez vos distances avec moi !

— N'ayez aucune crainte de ce côté-là !

— Si vous cherchiez à m'insulter, c'est peine perdue ! Je peux vous assurer que je n'ai aucun goût pour les hommes.

— Et Nicole ?

— Mais oui, Nicole ! Revenons-en à son sort. Si vous m'épousez, on ne lui fera aucun mal. Elle peut même rester au moulin où vous serez libre de lui rendre visite pour... vos parties fines.

— Quelles garanties ai-je que vos cousins ne surgiront pas au milieu de la nuit ?

Bianca resta un moment pensive.

— Aucune, finit-elle par répondre. Cela vous poussera peut-être à respecter les termes de notre marché si vous ne savez jamais ce qui peut lui arriver.

Clay demeura silencieux. Aucune garantie. La vie de sa bien-aimée dépendait des caprices d'une garce intéressée et avide. Mais avait-il d'autre choix ? Défier Bianca en restant marié avec Nicole... Et passer le reste de son existence à craindre de la retrouver morte ? Son amour pour elle était-il si égoïste qu'il était prêt à risquer sa vie pour quelques mois de plaisir ? Il songea un instant à demander son avis à Nicole, puis se ravisa : il savait bien qu'elle n'hésiterait pas à sacrifier sa vie. Du courage, que diable ! Il devait l'en empêcher.

— Savez-vous où elle est ?

— J'ai un plan, annonça Bianca, un sourire victorieux aux lèvres. Je veux d'abord avoir l'assurance que vous acceptez les termes de notre accord.

Clay ravala sa salive. Une boule s'était formée dans sa gorge.

— Le mariage ne peut être annulé sans le témoignage du médecin. Nous ne pouvons rien envisager avant son retour d'Angleterre.

— Très bien, acquiesça Bianca. Mais le moindre délai à notre mariage quand les conditions seront réunies, et Nicole disparaîtra. Est-ce clair ?

— On ne peut plus clair ! siffla-t-il sur un ton méprisant. Je veux la carte.

Bianca traversa la pièce. Elle prit une des figurines de porcelaine posées sur la commode et retira un petit rouleau de l'intérieur.

— C'est sommaire, dit-elle, mais je pense que c'est lisible. Cela fait deux jours et une nuit qu'Abe est avec elle sur cette île. Il a encore une nuit devant lui avant votre arrivée. Il était ravi de cette aubaine, et il a eu tout le temps d'en profiter. Evidemment, elle avait beaucoup servi auparavant. A propos, vous êtes-vous demandé pourquoi elle l'avait suivi aussi facilement ? Pourquoi elle n'avait pas crié ?

Clay fit un pas en avant, puis s'arrêta. S'il la touchait, il la tuerait. Si sa conscience ne risquait pas de le tourmenter, en revanche les menaces de cette peste risquaient de se réaliser, même après sa mort. Il tourna les talons en serrant la carte dans sa main, et quitta la pièce.

Bianca le regarda regagner le quai de sa fenêtre. Un sentiment de triomphe l'habitait tout entière. Elle avait eu sa revanche ! Son père verrait enfin ce dont elle était capable. Lui qui avait insinué que Clay ne serait pas si mécontent de se découvrir marié avec un joli brin de fille comme Nicole. Il avait trouvé toute cette histoire si drôle qu'il l'avait colportée à plaisir. Et en plus, elle lui prouverait qu'elle n'était pas comme sa mère qui mettait n'importe qui dans son lit. Ce dont il l'avait accusée quand elle était partie rejoindre Clay en Amérique. Elle l'inviterait aussi pour qu'il contemple de ses propres yeux l'incontestable réussite de sa fille.

— Alors, tu connais l'endroit ? interrogea Wes dès que Clay eut regagné le sloop.

— Oui, répondit-il d'une voix éteinte, en tendant la carte.

— La garce ! gronda Wes. Tu mériterais d'être cravaché pour l'avoir amenée ici. Et dire que tu l'as presque épousée ! J'espère que dès que nous aurons récupéré Nicole, tu renverras cette ordure par le premier bateau.

Clay restait silencieux, les yeux fixés sur la rivière. Que répondre à son ami ? Qu'il épouserait bientôt Bianca...

— Clay ? s'enquit Travis l'air soucieux. Tu vas bien ? Tu ne te fais pas trop de souci pour ta femme, hein ?

Clay se retourna, et Travis fut effrayé par sa pâleur mortelle.

— Comment crois-tu que puisse se sentir un homme qui vient de vendre son âme au diable ?

Isaac nettoyait la poêle qui avait servi à la cuisson du lapin aux pommes. Il posa la poêle et s'appuya contre le mur de la cabane, la jambe étendue sur l'herbe. Il ressentait des élancements dans la cuisse que Nicole avait pansée avec des bandes coupées dans sa chemise de jour. Il ferma les yeux et sourit sous la caresse du soleil. L'air avait beau être fétide, l'eau emplie de serpents venimeux, Isaac n'éprouvait aucun désir de s'en aller. Depuis deux jours, avec la seule poêle dont elle disposait, Nicole lui cuisinait des plats comme il n'en avait jamais mangé. Il s'était reposé aussi. Ce qui était nouveau pour lui.

Son sourire s'accentua en entendant le frou-frou familier de la jupe en velours de Nicole. Il ouvrit les yeux et agita la main. Avec la dentelle de sa chemise, elle avait confectionné des petits nœuds pour attacher son corsage. Abe croyait depuis toujours que les femmes qui vivaient dans les grandes maisons n'étaient bonnes à rien. Nicole lui avait démontré le contraire.

Le lendemain du combat avec Abe, ils découvrirent que les gonds de la porte étaient en cuir épais. Nicole les coupa pendant qu'il s'appuyait sur le battant pour l'empêcher de tomber. Ensuite, bandant leurs forces, ils entrouvrirent la porte suffisamment pour se glisser dehors. Puis elle fabriqua un collet avec le ruban qui garnissait sa chemise de jour et attrapa un lapin. Devant l'étonnement d'Isaac, elle lui raconta comment son grand-père le lui avait appris autrefois.

— Tu te sens mieux ? s'enquit Nicole d'un ton enjoué.

Ses cheveux lui descendaient jusqu'au milieu du dos, accentuant son air juvénile.

— Oh, oui ! Mais un peu seul. J'aimerais parler un peu.

Elle s'assit près de lui avec un sourire.

— Pourquoi n'avez-vous pas peur ? La plupart des femmes seraient terrifiées dans un endroit pareil.

Elle réfléchit un instant.

— Les émotions sont relatives, dit-elle enfin. A certains moments de ma vie, j'ai eu très peur. En comparaison, cette île me semble presque sûre. Nous avons de la nourriture et de l'eau. Il ne fait pas encore trop froid, et quand ta jambe ira mieux, nous pourrons quitter ce lieu.

— En êtes-vous certaine ? Avez-vous inspecté les marais ?

— Les serpents ne m'effraient pas. Seuls les hommes blessent pour le plaisir.

Un sentiment de culpabilité envahit Isaac. Elle ne lui avait rien demandé sur les motifs d'Abe ni les siens. Elle aurait pu et probablement dû le laisser mourir.

— Pourquoi me regardes-tu ainsi ?

— Que va-t-il arriver quand nous retrouverons la civilisation ?

Une vague de joie inonda Nicole. Clay, songea-t-elle. Elle quitterait le moulin et retournerait vivre auprès de Clay et des jumeaux. Bianca n'aurait plus aucun pouvoir. Ses pensées la ramenèrent auprès d'Isaac.

— J'imagine que tu n'as pas très envie de retourner chez toi. Si tu veux, tu viendras travailler au moulin. Il y a de la place pour un autre homme, j'en suis sûre.

Le visage d'Isaac changea de couleur.

— Comment pouvez-vous me proposer un travail après le mal que je vous ai fait ? souffla-t-il.

— Tu m'as sauvé la vie.

— Mais je vous ai amenée ici ! Sans moi, jamais vous ne vous seriez retrouvée dans cette situation.

— C'est vrai ! Mais si tu avais refusé d'accompagner Abe, il aurait emmené quelqu'un d'autre. Que me serait-il arrivé alors ?

Elle posa sa main sur son bras.

— Je te dois beaucoup. Le moins que je puisse faire est de t'offrir un travail.

Il l'observa en silence pendant plusieurs minutes.

— Vous êtes une dame, une *vraie* dame. Ma vie va changer, je vous le promets.

— Votre galanterie, cher seigneur, opérerait des miracles dans n'importe quelle cour d'Europe.

Il lui sourit, heureux comme il ne l'avait jamais été de sa vie.

Soudain, Nicole sursauta.

— Qu'est-ce que c'est ?

Isaac tendit l'oreille sans bouger.

— Passez-moi mon couteau, murmura-t-il. Et allez vous cacher. Ne revenez que quand le danger sera écarté.

Une petite moue se joua sur ses lèvres. Elle n'avait aucune intention d'abandonner Isaac blessé à la merci des arrivants. Elle lui donna son couteau et voulut l'aider à se relever mais il l'écarta.

— Partez ! commanda-t-il.

Nicole se glissa derrière les saules pleureurs un peu plus loin, puis s'approcha tout doucement du sentier. Elle aperçut d'abord Travis. Sa silhouette trapue était facilement reconnaissable. Des larmes lui brouillèrent les yeux. Elle les essuya en hâte et regarda Travis se diriger vers elle.

Elle sentit la présence de Clay derrière elle, plus qu'elle ne l'entendit. Elle pirouetta et resta immobile comme une statue.

Sans un mot, il lui ouvrit les bras.

Elle se jeta à son cou, nichant sa figure au creux de son épaule, pressant son corps contre le sien. Elle frotta son front contre sa joue qui était humide. Lui aussi avait pleuré.

Il la souleva de terre et étudia chaque pouce de son visage comme s'il voulait la dévorer.

— O ma bien-aimée ! souffla-t-il. Vous allez bien ?

Elle acquiesça sans le quitter des yeux. Il lui cachait quelque chose, elle en était sûre.

— J'ai cru devenir fou, fit-il en l'étreignant. Je serais incapable de supporter ce calvaire une autre fois.

— Cela ne se renouvellera plus, le rassura-t-elle avec un sourire. C'est ma naïveté qui m'a entraînée dans cette histoire. Je ne serai plus jamais aussi insouciante.

— La prochaine fois, vous n'aurez pas le choix, protesta-t-il avec véhémence.

— Qu'entendez-vous par la prochaine fois ? s'enquit-elle en cherchant à se dégager de son étreinte.

Il lui ferma la bouche d'un baiser. Dès que ses lèvres touchèrent les siennes, Nicole cessa de penser.

— Hum !

Clay releva la tête et fixa Travis et Wesley.

— Désolé de t'interrompre, fit Wes avec un sourire, mais nous aimerions bien quitter cet endroit peu accueillant.

Clay approuva, les sourcils froncés.

— Que fait-on de lui ? s'enquit Travis avec dégoût en désignant Isaac inconscient, étendu dans la boue, son bandage rouge de sang.

— Isaac ! lança Nicole en se précipitant vers le jeune garçon. Comment avez-vous pu ? ajouta-t-elle en jetant un regard furieux à Travis. Il m'a sauvé la vie ! Ne vous êtes-vous pas demandé comment il s'était blessé à la jambe ?

— Désolé ! Je n'ai pas eu le temps. Je suis tombé nez à nez avec lui derrière la cabane. Il me menaçait de son couteau. J'aurais dû reculer, déclara-t-il, un sourire malicieux au coin des lèvres, et examiner la situation.

— Excusez-moi. Mes nerfs sont à vif, dit Nicole en retirant rapidement le pansement sanglant d'Isaac. Clay, donnez-moi votre chemise. J'ai besoin de nouvelles bandes.

Quand Nicole se retourna, trois hommes torse nu lui tendaient chacun sa chemise.

— Merci, souffla-t-elle en retenant ses larmes.

Comme cela allait être bon de rentrer enfin à la maison !

15

Nicole s'arrêta, l'aiguille à la main, et regarda pour la centième fois par la fenêtre. Cela faisait deux mois qu'elle n'avait pas vu Clay. Tout d'abord, elle s'était trouvée hébétée, ahurie, désemparée. Elle avait ensuite pleuré pendant des semaines. Et maintenant, elle se sentait engourdie, comme si on lui avait enlevé la meilleure part d'elle-même.

Pendant tout le voyage de retour, Clay l'avait serrée étroitement contre lui, l'empêchant presque de respirer parfois. Puis à leur arrivée, il avait demandé à Travis d'arrêter le sloop au moulin au grand étonnement de Nicole qui pensait s'installer directement chez lui. Il s'était accroché désespérément à elle avant de la relâcher brutalement pour sauter dans le bateau.

Des jours durant, Nicole avait attendu Clay, les yeux fixés sur le quai. Elle lui cherchait des excuses, imaginant qu'il ne trouvait pas de navire pour renvoyer Bianca en Angleterre.

Au bout d'un mois, les larmes étaient venues. Elle le maudissait et lui pardonnait alternativement. Lui avait-il menti quand il avait prétendu l'aimer ? Avait-elle mésestimé le pouvoir de Bianca ?

— Nicole, dit Janie d'une voix douce. Pourquoi n'emmenez-vous pas les jumeaux cueillir des feuillages ? Il va bientôt neiger. Wes sera là tout à l'heure. Il pourra nous aider à décorer la maison pour Noël.

— Vous n'abattrez pas le mur est de ma maison, dit Clay d'un ton sans réplique.

— Cette maison est ridiculement petite, ricana Bianca avec mépris. En Angleterre, elle serait juste bonne pour le gardien.

— Rien ne vous retient ici. Retournez donc en Angleterre !

— Je ne supporterai pas vos insultes, vous m'entendez ? Auriez-vous oublié mes cousins ?

— Cela me serait difficile. Vous ne parlez que d'eux. Maintenant, j'ai du travail. Allez-vous-en !

Il la regarda se précipiter hors de son bureau par-dessus son registre.

Quand elle fut partie, il se versa un verre. Bianca était la personne la plus paresseuse qu'il ait jamais rencontrée. Toujours de mauvaise humeur devant le peu d'enthousiasme du personnel à lui obéir, elle lui rendait la vie impossible par ses criailleries continuelles.

Il quitta son bureau et se dirigea vers les écuries pour prendre son cheval. Chaque jour depuis deux mois, il se répétait qu'il sauvait la vie de Nicole par son geste héroïque. A force d'y réfléchir, il avait fini par établir un plan pour échapper à Bianca. Il voulait quitter la Virginie avec Nicole. On encourageait les colons à s'installer à l'Ouest sur le Mississippi. Pourquoi n'irait-il pas voir de ce côté-là ?

Bianca avait raison sur un point : elle aurait ruiné la plantation avant un an. Il pourrait alors racheter sa terre par l'intermédiaire de Travis qui forcerait cette garce à quitter le pays. L'important était que Nicole soit en sécurité, hors d'atteinte.

Clay arrêta son cheval au bord de la rivière. Un filet de fumée s'élevait de la cheminée de Nicole. Au début, il s'était tenu à l'écart, car la vue du moulin exacerbait sa douleur. Puis peu à peu, il avait pris l'habitude d'observer les va-et-vient de l'autre côté de l'eau. Il désirait ardemment lui parler, mais voulait attendre d'avoir établi un plan d'action. C'était maintenant chose faite.

De gros flocons commençaient à tomber. Il entendit des coups de marteau et aperçut une silhouette solitaire sur le toit du moulin. L'air réjoui, Clay sauta à bas de son cheval et le renvoya à l'écurie d'une petite tape sur la croupe avant de traverser la rivière sur le canot.

Il prit un marteau dans la caisse à outils posée sous l'échelle appuyée contre le mur et monta sur le toit. Wes le regarda d'un air surpris, puis il lui tendit une poignée de clous avec un sourire. Ils travaillèrent longtemps en silence. Clay avait besoin de se dépenser physiquement après son altercation avec Bianca.

Il faisait presque nuit quand les deux hommes descendirent l'échelle, en nage et épuisés. Ils pénétrèrent dans le moulin où un baquet d'eau les attendait.

— Il y a bien longtemps qu'on ne t'a pas vu, dit Wes avec une nuance de reproche dans la voix.

Clay enleva sa chemise sans répondre et commença à s'asperger.

— Nicole pleure tous les soirs dans son lit, m'a dit Janie, poursuivit Wes. Bien sûr, cela t'est égal depuis que tu as cette copie boursouflée de Beth pour te réchauffer.

— Tu portes des jugements sur des choses que tu ignores.

— Peut-être devrais-tu m'expliquer, alors.

Clay se sécha lentement.

— Nous nous connaissons depuis toujours. Ai-je jamais mérité de ta part une telle hostilité ?

— Pas jusqu'à présent ! Bon sang, Clay, c'est une femme charmante. Elle est douce, gentille...

— Je sais tout cela, l'interrompit Clay. Crois-tu que je *veuille* rester loin d'elle ? Ne t'est-il jamais venu à l'esprit que certaines circonstances étaient indépendantes de ma volonté ?

Wes demeura un instant pensif. Il avait eu tort de

mésestimer son ami. Il posa sa main sur l'épaule de Clay.

— Pourquoi ne rentres-tu pas ? Nicole a promis de faire des beignets, et les jumeaux seront heureux de te voir.

— Tu es un habitué, à ce que je vois, releva Clay froidement.

— Je te reconnais bien là. Puisque tu ne prends pas soin d'elle, il faut bien que quelqu'un d'autre le fasse.

Clay tourna les talons et sortit du moulin. Il se dirigea vers la maison. Il n'y était pas entré depuis que Nicole avait emménagé. A peine eut-il franchi le seuil qu'il fut frappé par l'aspect chaleureux de la pièce. Quelque chose d'intangible... qui ne venait pas seulement du feu qui crépitait dans l'énorme cheminée, mais qui vous réchauffait aussi de l'intérieur.

Le soleil couchant empourprait les fenêtres. Les meubles étaient simples. Ils venaient pour la plupart de son grenier. La vaisselle dans le buffet à côté du foyer était dépareillée. Et pourtant, à cet instant, Clay aurait volontiers échangé sa maison contre ce modeste logement. Janie, penchée sur une bassine d'huile bouillante, retirait les beignets avec une écumoire. Les jumeaux semblaient avoir pris racine à ses côtés.

— Mandy, pesta Janie, attends qu'ils refroidissent. Tu vas te brûler.

Mandy mordit dans un beignet tout frais et sursauta en se brûlant la langue.

— Tu es aussi têtue que ton oncle !

Un petit rire salua sa repartie. Janie pirouetta vers Clay.

— Quand on parle du loup, on en voit la queue !

Janie n'eut pas le temps de répliquer. Déjà les jumeaux se jetaient au cou de Clay en poussant des cris perçants. Il en prit un sous chaque bras et les fit tournoyer.

— Pourquoi n'es-tu pas venu plus tôt ? Veux-tu

voir mon nouveau chiot ? Prends un beignet ! Ils sont bons mais chauds.

Clay rit en les serrant contre lui.

— Est-ce que je vous ai manqué ?

— Oh, oui ! Beaucoup ! Nicole disait que nous devions attendre que tu viennes.

— Elle est toujours là, la grosse dame ?

— Alex ! protesta Nicole de l'escalier. Veux-tu être poli !

Elle s'avança lentement vers Clay sans arriver à maîtriser les battements fous de son cœur. Elle était consternée que sa présence l'émeuve autant. Alors que, puisqu'il l'avait abandonnée, elle ne devait pas compter beaucoup à ses yeux. Elle avait un mal fou à garder son calme.

— Asseyez-vous, l'invita-t-elle sur un ton protocolaire.

— Mais oui, Clay ! Prends donc un siège, intervint Wes. Janie, vos beignets sont-ils enfin à la bonne température ?

— Presque, acquiesça-t-elle en posant le plat sur la table. Où étiez-vous donc, misérable, ingrat ? poursuivit-elle à mi-voix, incapable de trouver un mot assez fort pour qualifier la conduite de Clay. Si vous la trahissez encore, vous aurez affaire à moi !

Clay lui sourit en s'emparant de sa main rugueuse qu'il embrassa.

— Janie, vous tenez admirablement votre rôle de protectrice. Si je ne vous connaissais pas, je serais effrayé par votre véhémence.

— Vous feriez bien, gronda-t-elle, mais ses yeux pétillaient de malice.

Nicole, le dos tourné, remplissait des gobelets de lait de poule. Elle en tendit un à Clay d'une main tremblante. Il le porta à ses lèvres sans la quitter du regard.

— Du lait de poule ! Je n'en ai jamais bu qu'à l'époque de Noël.

— Mais c'est Noël ! crièrent en chœur les jumeaux.

Clay remarqua tout à coup les feuillages et le houx disposés sur la cheminée. L'enfer de ces derniers mois lui avait fait oublier Noël.

— Nicole prévoit une dinde pour demain et oncle Travis et oncle Wes seront là.

— Y aura-t-il de la place pour un invité supplémentaire ? demanda Clay à Wes.

Les deux hommes échangèrent un coup d'œil.

— C'est à Nicole de décider, statua Wes.

Nicole sentit de nouveau la colère la submerger. C'en était assez ! Il partageait son lit des jours durant, lui murmurait des mots d'amour, puis soudain la déposait devant sa porte sans un mot. Et maintenant, il réapparaissait comme si de rien n'était, après des mois de silence. Qu'espérait-il ? Qu'elle lui baise les pieds en signe de bienvenue ?

— Bien sûr ! s'écria-t-elle en se détournant. Venez avec Bianca.

Wes étouffa un rire devant la grimace de Clay.

— Bianca ne...

— J'insiste, l'interrompit Nicole, butée. Vous êtes les bienvenus tous les deux.

Soudain, Clay ne put en supporter davantage. Ils ne se rendaient pas compte du spectacle qu'ils offraient. Wes, confortablement installé dans son fauteuil, fumait une pipe qu'il avait prise sur la cheminée. Les jumeaux se bourraient avec ravissement de beignets. Au nom de Bianca, sa propre misère l'avait de nouveau assailli.

— Nicole, puis-je vous parler ? interrogea-t-il en se levant.

— Non, refusa-t-elle fermement. Pas maintenant.

Il inclina la tête et quitta la douce chaleur de la maison.

Quand il rentra à Arundel Hall, Bianca l'attendait.

— Alors ! C'est plus fort que vous ! Il fallait que vous la revoyiez !

Sans répondre, il l'écarta de son passage.

— Un palefrenier est venu me demander où vous

étiez. Il se tracassait car votre cheval était rentré tout seul. Tout le monde s'inquiète pour vous... et pour elle. Jamais pour moi !

— Vous remplissez ce rôle à merveille toute seule, persifla Clay en se retournant. Vous rendez-vous compte que demain c'est Noël ?

— Bien sûr ! J'ai commandé un menu spécial. Mais les domestiques ne m'obéissent pas, et cela vous importe peu, n'est-ce pas ?

— Un menu ! C'est tout ce qui vous intéresse, hein ?

Soudain il s'approcha et l'attrapa au collet.

— Eh bien, vos vœux seront réalisés. Demain, nous allons dîner chez Nicole.

Peut-être qu'en les voyant ensemble, Nicole comprendrait combien il était malheureux. Il désirait tellement être auprès d'elle qu'il était prêt à imposer la présence de Bianca à tout le monde.

— Je n'irai pas ! souffla Bianca en essayant de se libérer.

— Très bien ! Je donnerai des ordres pour que vous n'ayez rien à manger de toute la journée.

— Vous n'oserez pas ! protesta-t-elle.

— Vous me rendez malade, jeta-t-il en la poussant si brutalement qu'elle alla se cogner contre le mur. Vous viendrez ! Même si je dois vous porter. Si je peux ! ajouta-t-il avec un regard circonspect. Dieu, quel bonheur d'être bientôt débarrassé de vous !

Il s'arrêta net, effrayé de ses propos. Puis il se dirigea vers la bibliothèque dont il claqua la porte derrière lui.

Bianca resta un moment immobile en fixant le battant. Qu'avait-il voulu dire par se débarrasser d'elle ? Elle se détourna et monta lentement les escaliers. Rien ne se passait comme elle l'aurait souhaité. Abe était venu lui soutirer de l'argent. Il voulait quitter la Virginie pour échapper à la vengeance de Clay. Quand elle lui avait demandé de ne pas trop s'éloigner car elle pourrait encore avoir besoin de ses services, il lui avait ri au nez et marmonné quelque chose de très cru au sujet de ses futurs besoins.

Maintenant, elle était seule. Personne n'irait s'emparer de Nicole comme elle en avait menacé Clay. En revanche, on risquait de la jeter dehors sans façon.

Elle referma la porte de sa chambre et contempla le paysage enneigé par la fenêtre. Devrait-elle renoncer à tout cela ? Il fallait agir. Et vite ! Clay découvrirait bientôt ses subterfuges, et elle ne donnait pas cher de sa peau.

Elle froissa les rideaux de soie rose dans sa main. C'était un miracle que Nicole ne soit pas encore enceinte ! A la façon dont Clay regardait les jumeaux, il était évident que dès qu'elle attendrait un bébé, aucune force ne pourrait les séparer.

Soudain, Bianca lâcha l'étoffe. Et si quelqu'un d'autre portait le bébé de Clay ? Voilà une chose dont cette petite garce ne se relèverait pas. Et si en plus, on arrivait à persuader Clay qu'elle partageait ses faveurs avec d'autres...

Bianca se caressa l'estomac. Penser lui avait toujours donné faim.

— Joyeux Noël ! lança Travis à l'entrée de Clay et de Bianca.

Sans répondre à Travis, Bianca se précipita vers la grande table qui croulait sous les victuailles.

— C'est « cela » que tu préfères à Nicole, fit Travis d'une voix traînante.

— Occupe-toi de tes affaires, siffla Clay en s'éloignant pour échapper au rire de son ami.

Janie lui tendit un petit verre d'alcool. Il le but d'une traite pour se donner des forces. C'était délicieux.

— Qu'est-ce que c'est ?

— Du bourbon, répondit Travis. On nous en a apporté du Kentucky l'autre jour.

Clay tendit de nouveau son verre à Janie.

— Soyez prudent, c'est fort !

— C'est Noël, aujourd'hui ! déclara Clay avec une gaieté feinte. Mangeons, buvons et amusons-nous ! ajouta-t-il en levant son verre en direction de Bianca qui tournait déjà autour de la table en remplissant son assiette.

Tout le monde se tut quand Nicole fit son entrée. Elle portait une robe de velours bleu saphir au profond décolleté dont la taille était soulignée par une fine ceinture brodée. La masse sombre de ses cheveux dénoués était entrelacée de rubans bleus et de perles.

Elle évita le regard passionné de Clay et prit le bras que Wes lui offrait.

— Votre seule apparition est mon plus beau cadeau de Noël. Tu partages mon avis, n'est-ce pas, Clay ?

Comme Clay semblait avoir perdu l'usage de la parole, on entendit la voix aigre de Bianca :

— Encore un coupon qui m'était destiné et que vous avez pris sans ma permission, avec Janie ?

— Clay ! intervint Travis. Fais-la taire avant que je ne m'en mêle.

— S'il vous plaît, s'interposa Nicole toujours sans regarder Clay. Servez-vous un apéritif pendant que je vais chercher les jumeaux. Ils sont au moulin où ils admirent les chiots. J'en ai pour une minute.

Clay posa son verre vide et la suivit jusqu'à la porte. Il lui tendit sa pèlerine qui était accrochée au portemanteau.

— Je ne veux pas que vous m'accompagniez, souffla-t-elle tout bas. Restez ici !

Clay passa outre et sortit à sa suite. Elle redressa le menton et fit mine de l'ignorer.

— Voici un charmant petit nez qui va être cause de votre chute si vous ne daignez pas le baisser.

Elle s'arrêta net et pirouetta vers lui.

— Vous avez le cœur à plaisanter, n'est-ce pas ? Alors que je souffre mille morts. Vous ne vous en sortirez pas avec des jeux de mots, cette fois-ci ! J'ai trop souffert par votre faute. Vous m'avez trop souvent humiliée !

Ses yeux étaient immenses. Ils étincelaient sous le clair de lune. Un pli amer marquait sa bouche qui n'effaçait cependant pas le renflement de la lèvre supérieure. Il mourait d'envie de l'embrasser.

— Je n'ai jamais voulu vous offenser. Et encore moins vous humilier.

— Alors, vous avez fait du beau travail sans vous en rendre compte ! Cinq minutes après m'avoir rencontrée, vous me traitiez déjà de prostituée. A peine Bianca arrivée, vous me destituiez de toutes mes fonctions.

— Arrêtez ! ordonna-t-il en la saisissant fermement aux épaules. Je sais que notre relation n'est pas banale, mais...

— Banale ! persifla-t-elle. Encore faudrait-il que nous ayons une quelconque relation ! Je me conduis bel et bien comme une *prostituée*. Vous claquez des doigts et j'accours.

— Si seulement c'était vrai ! protesta-t-il d'une voix amusée.

Poussant un juron en français, elle le frappa au tibia.

Il relâcha son étreinte pour frotter sa jambe et la poursuivit en boitillant.

— Vous allez m'écouter ! déclara-t-il en lui prenant le bras.

— Me croyez-vous assez naïve pour vous faire encore confiance ? Il y a certaines limites que même une femme amoureuse ne peut pas dépasser !

— Nicole, murmura Clay sans lâcher son bras. Vous avez souffert. Moi aussi.

— Pauvre cher homme qui a dû se contenter de mettre deux femmes dans son lit !

— Cessez de dire des bêtises, voyons ! siffla-t-il entre ses dents. Vous connaissez Bianca, n'est-ce pas ?

— Vous voulez peut-être mes condoléances ? persifla Nicole d'une voix trop haute.

— Je veux votre confiance. Je veux votre amour. Si vous cessiez de me haïr juste une minute et acceptiez l'idée que mon comportement a ses raisons ? Est-ce trop vous demander après ce que nous avons vécu ensemble ? Je vous aime. Cela ne signifie-t-il rien pour vous ?

— Après que vous m'avez abandonnée sans un mot devant ma porte, comme si vous en aviez fini avec moi ? souffla-t-elle en cillant des paupières pour retenir ses larmes.

Il l'attira contre lui et sentit ses larmes mouiller sa chemise.

— Isaac ne vous a pas parlé de sa cousine ?

Elle avait chassé de son esprit tout ce qui touchait à cette île maudite.

— J'ai voulu vous en parler à l'époque, mais je n'ai pas pu. J'étais par trop effrayé.

Elle essaya de lever la tête, mais il la repoussa contre son épaule.

— Effrayé ? Mais Abe était parti. Ce n'est pas d'Isaac que vous aviez peur ?

— Bianca est la cousine de Mrs. Simmons. Elle a promis à Abe un taureau et des génisses s'il vous écartait assez longtemps pour que notre mariage soit annulé. Une des filles d'Elijah a tout raconté à Wes.

— C'est Bianca qui vous a dit où j'étais ?

— Sous condition : si je ne l'épousais pas, un de ses nombreux cousins vous mettrait sur un bateau en partance pour la France.

Il sentit Nicole frissonner et resserra son étreinte.

— Pourquoi ne m'avez-vous rien dit ?

— Parce que vous auriez été défier Bianca d'oser vous renvoyer.

— C'était ce qu'il fallait faire.

— Je ne peux pas risquer de vous perdre, murmura-t-il en caressant ses cheveux.

— C'est ridicule ! jeta-t-elle en s'écartant de lui.

Allez donc vous cacher sous les jupes de Bianca, tant que vous y êtes !

Il secoua la tête en poussant un rire étouffé.

— Isaac m'a appris pourquoi vous aviez suivi Abe si facilement. Devrais-je agir avec moins de générosité quand je sais que votre vie est en danger ?

— Rentrons et parlons à Bianca.

— Non ! refusa-t-il d'un ton sans réplique. Je ne veux pas risquer votre vie, vous comprenez ?

— Vous avez une solution de rechange ? Nous n'allons pas passer le reste de notre existence à nous rencontrer le jour de Noël !

Il laissa courir son doigt sur sa lèvre supérieure.

— Vous avez une langue acérée. Je préfère que vous ne l'utilisiez pas à mes dépens.

— C'est tout ce que vous méritez. On dirait que vous avez peur de Bianca.

— Vous mettez ma patience à rude épreuve. Je n'ai pas peur de Bianca. Je me retiens au contraire de l'étrangler car c'est vous qui en subiriez les conséquences.

— D'après Isaac, Abe a quitté la Virginie. Croyez-vous qu'elle puisse compter sur quelqu'un d'autre ? Elle ment peut-être.

— Wes est retourné voir la petite fille qui l'avait aidé. Elle prétend que sa mère a des centaines de cousins.

— Mais tous ne sont pas prêts à soutenir Bianca, voyons !

— Les gens sont prêts à tout pour de l'argent, siffla-t-il.

— Il faut prendre le risque, Clay, murmura Nicole en mettant les mains autour de son cou. C'est peut-être de l'intimidation !

— Peut-être, mais je n'en ai pas la preuve. Aussi ai-je réfléchi à un plan. Nous pourrions partir pour l'Ouest. Nous quitterions la Virginie sous une fausse identité.

— Quitter la Virginie ? demanda-t-elle en s'écartant de nouveau. Et votre maison ? Qui s'occupera de la plantation ?

— Bianca, j'imagine. Je lui ai proposé de lui donner toutes mes terres, mais elle voulait un mari pour les gérer.

— *Mon* mari ! gronda Nicole avec véhémence.

— Oui, votre mari à jamais. Ecoutez, nous ne pouvons pas rester indéfiniment ici. Rejoignons-nous à la grotte demain. Vous retrouverez l'endroit ?

— Oui, déclara-t-elle avec une légère hésitation.

— Vous ne me faites pas confiance, n'est-ce pas ?

— Je ne sais plus, Clay. A chaque fois, j'ai été échaudée. Je suis incapable d'en supporter davantage. Ces derniers mois ont été un enfer. Tout s'embrouillait dans mon esprit.

— J'aurais dû vous parler, je m'en rends compte maintenant. Au moins, vous n'avez pas eu à supporter Bianca. Figurez-vous qu'elle veut ajouter une aile à la maison.

— Si nous partons, personne ne l'en empêchera.

— Je sais, dit-il après une longue pause. Allons chercher les jumeaux et rentrons.

Tout au long du dîner, diverses pensées assaillirent l'esprit de Nicole. Elle ne devait pas se battre seulement contre Bianca, mais aussi pour défendre Arundel Hall, la maison que Clay aimait tant.

Nicole grappillait dans son assiette en écoutant vaguement Travis lui raconter comment il comptait passer le printemps en Angleterre. Clay avait raison. Elle ne lui faisait pas confiance. Pourtant elle était sûre qu'il n'inventait rien. Ses histoires étaient bien trop bizarres pour être des mensonges. Et ce projet de partir...

Elle bataillait avec un morceau de dinde. Oui, il fallait lui faire crédit. Bien sûr qu'il détestait Bianca et l'aimait, elle !

— La dinde est déjà morte, souffla Wes à son oreille.

— Oh ! fit-elle perplexe. J'ai peur d'être une bien mauvaise hôtesse.

— Une femme de votre beauté n'est pas obligée de faire la conversation, assura Travis avec un sourire. Je me trouverai un jour une jolie fille que j'enfermerai dans un bocal de verre. Elle n'en sortira que pour mon bon plaisir.

— Au moins trois fois par nuit, plaisanta Wes en se resservant de jambon en croûte.

— Je ne supporterai pas ce genre de propos, déclara Bianca avec raideur. Vous avez une dame à votre table, Messieurs !

— J'ai toujours entendu dire que les dames ne vivaient pas en concubinage, remarqua Travis sans se démonter.

Bianca se leva, rouge de fureur, et donna un coup de pied dans sa chaise.

— Je ne me laisserai pas insulter ! C'est à moi qu'appartiendra Arundel Hall, et alors vous...

Elle poussa un cri. Mandy qui l'observait stupéfaite, son assiette à la main, venait de laisser couler de la sauce aux canneberges sur sa robe.

— Vous l'avez fait exprès ! hurla-t-elle en levant la main pour gifler la fillette.

Tout le monde se jeta en avant pour l'en empêcher, mais elle se recula d'elle-même en portant la main à sa jambe. Un peu de pudding brûlant maculait encore sa cheville.

— Enlevez-moi cela ! cria-t-elle en secouant son pied.

Nicole fut la seule à lui passer une serviette, mais personne ne se pencha pour essuyer l'amas gluant. Travis retira Alex de dessous la table.

— On dirait qu'il s'est brûlé les doigts, Janie !

— Quel gâchis, remarqua Wes tandis que Bianca faisait des efforts surhumains pour atteindre sa cheville par-dessus son estomac.

— Ce n'est pas mon avis, rétorqua Janie. Moi, je n'ai jamais autant profité d'un dessert.

— Clayton Amstrong, brailla Bianca d'une voix perçante, comment osez-vous me laisser insulter ainsi !

Tout le monde se tourna vers Clay. Personne n'avait remarqué que pendant le dîner il avait bu énormément de bourbon. Maintenant, il planait dans les brumes de l'alcool.

— Clay, intervint Nicole, vous devriez ramener Bianca.

Il se leva lentement et, sans accorder aucune attention à son entourage, poussa fermement Bianca vers la porte en dépit de ses glapissements. Il s'empara de sa fourrure, prit un cruchon de bourbon et sortit derrière elle.

Les yeux brouillés de larmes, Bianca écumait de rage. Clay l'avait encore humiliée. Il n'avait cessé de l'humilier depuis son arrivée en Amérique.

Sur le quai, Clay soupira en hissant Bianca sur le canot.

— Si vous engraissez encore, nous allons chavirer !

— Vous semblez aimer cette nouvelle boisson, remarqua-t-elle d'une voix doucereuse en indiquant de la tête le cruchon posé au fond de la barque, car elle ruminait déjà un plan.

— Elle me permet de m'évader. Tout ce qui me permet de m'évader me plaît.

Bianca sourit dans l'obscurité. Elle suivit rapidement Clay vers la maison quand ils eurent débarqué sur l'autre rive. Il posa le cruchon sur la table du hall avant de ressortir.

— Espèce de rustaud ! souffla Bianca en soulevant ses jupes et en escaladant les marches quatre à quatre jusque chez elle.

Le cœur battant, elle attrapa un petit flacon de laudanum. Elle eut juste le temps d'en mettre quelques gouttes dans le verre de bourbon qu'elle proposa à Clay à son retour.

Trop saoul pour se méfier, il leva le verre d'un

geste moqueur et le but d'une traite, avant de monter lourdement l'escalier, le cruchon à la main.

Dans sa chambre, Bianca enfila un déshabillé de soie rose avec des mains tremblantes et avala un peu de laudanum pour se calmer. L'idée de perdre Arundel Hall lui donna le courage nécessaire pour se glisser chez Clay.

Il gisait nu en travers de son lit, sa peau mate nimbée par les rayons du clair de lune. Mais Bianca resta insensible à la poésie de l'instant. Dans un état de semi-conscience, grâce à la drogue, elle s'allongea à ses côtés, inquiète à l'idée d'avoir à lui faire des avances.

Elle n'en eut pas besoin. Il rêvait de Nicole et la caresse de la soie l'émoustilla.

— Nicole, souffla-t-il, en attirant Bianca.

Mais, même ivre mort, Clay sentit immédiatement que ce n'était pas la femme qu'il aimait. Avec un grognement, il se retourna de l'autre côté.

Bianca mit un moment à comprendre qu'il ne la toucherait pas. Elle resta. Que faire ? A son réveil, il devait être sûr d'avoir défloré Bianca, sinon son plan ne marcherait pas. Même droguée, elle n'eut aucun mal à trouver son chemin jusqu'à la cuisine.

Sur la grande table, un rôti de bœuf marinait avec des herbes. Elle remplit un petit gobelet de son sang. Puis se gava des six petits pains qui restaient dans la corbeille pour se récompenser de son habileté.

Le récipient à la main, elle retourna chez Clay. Luttant contre le sommeil, elle s'allongea de nouveau auprès de lui et se tacha avec le sang. Elle cacha le gobelet sous le lit, et, maudissant Clay de l'obliger à traverser une aussi rude épreuve, elle s'endormit.

16

Le soleil matinal en se réverbérant sur la neige blessait cruellement les yeux rougis de Clay. La douleur se répercutait dans son cerveau. Son corps pesait une tonne et chaque mouvement était une épreuve. Malgré tout, il ramassa une autre poignée de neige et la pressa sur sa langue desséchée.

Plus lancinant que ce furieux mal de tête et cette nausée continuelle était le souvenir de son réveil auprès de Bianca. Tout d'abord, il avait été incapable de bouger ou même de réfléchir, tant son corps le faisait souffrir.

Bianca ouvrit alors un œil en poussant un cri à sa vue.

— Espèce de mufle ! cria-t-elle. Monstre ! Comment avez-vous osé me traîner jusqu'ici pour me violer !

L'idée qu'il ait pu être assez saoul pour agir ainsi le fit rire. Mais quand Bianca sauta du lit, il aperçut des traînées sanglantes sur sa chemise et sur les draps. Sans lui laisser le temps de répliquer, elle lui assena qu'elle était une dame et qu'il devrait l'épouser si elle attendait un bébé.

Sans un mot, il sauta du lit et s'habilla le plus vite possible. Il avait hâte de fuir.

Maintenant, assis au milieu de la clairière qu'il avait défrichée avec James et Beth, il retournait ces événements dans son esprit. Il ne gardait aucun souvenir de cette nuit après son départ de chez Nicole.

Nicole! C'était elle qui l'inquiétait. Que se passerait-il si Bianca se retrouvait enceinte? Il écarta cette pensée de son esprit.

— Clay? appela Nicole. Vous êtes là?

En souriant, il se leva pour l'accueillir.

— Vous ne m'aviez pas donné d'heure. Oh, Clay! Quelle tête vous faites! Vos yeux vont-ils aussi mal qu'ils en ont l'air?

— Plus mal! répondit-il d'une voix pâteuse en lui tendant les bras.

A deux pas de lui, elle s'arrêta en clignant des yeux.

— Mais ma parole, vous sentez aussi mauvais que vous avez piteuse mine!

— N'ai-je pas lu quelque part que l'amour était aveugle?

— La cécité n'enlève pas l'odorat. Allumons un feu dans la grotte. J'ai apporté quelques provisions. Vous n'avez rien mangé hier.

— Ne me parlez pas de la nuit dernière! gémit-il.

Une heure plus tard, ils avaient pris un déjeuner et la grotte s'était réchauffée. Nicole, appuyée contre le mur, une couverture sur les jambes, se décida à parler:

— Je n'ai pas beaucoup dormi cette nuit. Je n'ai cessé de retourner dans ma tête vos propos au sujet des cousins de Bianca. J'essaie de vous croire... mais c'est difficile. Tout ce que je vois c'est que je suis votre femme et qu'elle vit avec vous. Comme si vous ne pouviez vous passer ni de l'une ni de l'autre.

— Vous ne pensez pas ce que vous dites!

— J'essaie. Mais la nuit dernière, vous parliez de quitter cet endroit. Alors qu'à une époque, vous avez enlevé une femme pour la simple raison qu'elle ressemblait à celle qui habita ces lieux...

— Vous valez davantage pour moi que cette plantation!

— En êtes-vous sûr? s'enquit-elle, les yeux

immenses, liquides. Je l'espère, souffla-t-elle. Je l'espère vraiment.

— Mais vous en doutez, termina-t-il à sa place.

Il se leva et prit la licorne dans sa niche.

— Nous avons échangé des serments sur cet objet, dit-il. Nous étions encore enfants à l'époque, mais nous ne les avons jamais rompus.

— Les vœux des innocents sont les plus sincères, souffla-t-elle.

Clay tendit sa main fermée sur le bout de verre.

— Je vous aime, Nicole, et je jure de vous aimer jusqu'à la fin de mes jours.

Nicole se redressa et posa sa main sur la sienne. Quelque chose la tracassait. Beth, James et Clay avaient palpé la petite licorne. Ensuite, Beth l'avait fait enchâsser dans le verre. C'était stupide, mais elle ne pouvait s'empêcher de penser au portrait de Beth, auquel Bianca ressemblait tant. Une pensée lui traversa l'esprit : quand serait-elle digne de toucher ce que Beth avait touché ?

— Oui, Clay, je vous aime, murmura-t-elle. Je vous ai toujours aimé et je vous aimerai toujours.

Il remit soigneusement la petite licorne à sa place sans remarquer que Nicole fronçait les sourcils. Il l'attira alors à lui.

— Nous partirons pour l'Ouest au printemps. Nous quitterons la Virginie séparément. Ainsi nul ne saura que nous avons le même but.

Elle ne l'écoutait plus. Le printemps ne viendrait pas avant longtemps. C'était l'époque où la terre revivait, l'époque des semailles. Clay serait-il capable de s'en aller, d'abandonner les gens qui dépendaient de lui ?

— Vous tremblez, remarqua-t-il. Vous avez froid ?

— J'ai peur, reconnut-elle honnêtement.

— Il n'y a aucune raison d'avoir peur. Le pire est passé, maintenant.

— Vraiment ?

— Chut ! ordonna-t-il, et sa bouche descendit à la rencontre de la sienne.

Aussi fondées que fussent les craintes de Nicole, le baiser de Clay les dissipa. Elle passa ses bras autour de son cou et l'attira à elle tandis qu'il tenait son visage entre ses mains. Il avait faim de sa tendresse, de sa douceur, pour écarter l'horrible souvenir de sa nuit avec Bianca.

— Clay ! souffla-t-elle. Que se passe-t-il ?

— Rien, juste trop d'alcool la nuit dernière. Ne me quittez pas, murmura-t-il en la pressant contre lui. J'ai tant besoin de vous. Je suis habité par des fantômes, dit-il en lui embrassant le bout du nez. Aidez-moi à les chasser.

— Oh, oui ! fit-elle. Oui, Clay !

Il l'entraîna par terre sur une couverture. Il faisait chaud, et la petite grotte sentait bon. Clay prenait son temps malgré l'ardeur de Nicole. Il déboutonna sans hâte le corsage de la douce robe de laine et caressa ses seins, en agaça délicatement les pointes.

— Que vous m'avez manqué ! murmura-t-il comme sa bouche suivait le même chemin que ses mains.

Nicole s'arqua sous lui. Un arc-en-ciel de couleurs tourbillonnait dans sa tête. Elle bataillait avec les boutons de la veste de Clay, sans aucun résultat tant elle était troublée par sa proximité.

Il sourit devant sa maladresse et s'écarta. Elle avait les yeux baissés, ses épais cils recourbés contre sa joue. Comme il laissait courir son doigt sur ses lèvres, un violent désir l'étreignit. Il ôta ses propres vêtements d'une main fébrile.

Nicole était couchée sur le dos, la tête posée sur ses bras repliés. Elle regardait la lumière du feu jouer sur ses muscles.

— Vous êtes magnifique, dit-elle quand il se tourna vers elle.

Il sourit avant de l'embrasser de nouveau tandis qu'il dégageait ses épaules et faisait glisser la robe le long de son corps. Il fit rouler Nicole sur lui.

Elle poussa un petit cri quand il commença à bouger lentement sous elle. Puis elle s'accrocha à lui de toutes ses forces et ils dérivèrent ensemble vers l'extase.

— Mettons-nous bien d'accord, Madame, déclara le robuste gaillard en crachant un jet de salive à ses pieds. Vous voulez que je vous fasse un enfant ? C'est bien cela, n'est-ce pas ? Vous ne voulez pas d'un des miens, déjà né ?

Bianca était assise bien droite, le regard levé. Elle n'avait pas perdu de temps pour trouver Oliver Hawthorne. Un homme discret et prêt à monnayer ses services. Elle aurait voulu le payer pour renvoyer Nicole en France, mais les Hawthorne n'avaient pas la réputation de malhonnêteté des Simmons.

Après son échec auprès de Clay, Bianca avait compris que ses jours étaient comptés. Elle devait à toutes forces se faire faire un enfant si elle ne voulait pas être chassée.

— C'est cela, je veux avoir un enfant. J'ai vu à votre famille que vous sembliez particulièrement prolifique.

— Je reconnais, dit-il en dévisageant son interlocutrice dont les rondeurs étaient loin de lui déplaire, que nous réussissons mieux avec les enfants qu'avec le tabac.

Elle inclina brièvement la tête. Moins elle lui parlerait, mieux cela vaudrait.

— Evidemment, je vous demande le secret.

Les yeux d'Oliver pétillèrent de malice. C'était un homme court et trapu avec des dents cassées. Il avait l'impression d'être dans un rêve dont il allait se réveiller sans tarder. Voici qu'une femme le payait pour lui faire un enfant ! Quel drôle de monde ! L'idée qu'on le prenne pour un étalon n'était pas pour lui déplaire.

— Soyez sans crainte, Madame. Je ferai comme si je ne vous connaissais pas en public. Ni vous, ni le gosse ! Mais il faut que je vous prévienne que mes six gamins, c'est tout mon portrait.

Ce serait bien fait pour Clay de reconnaître un enfant qui ressemblait comme deux gouttes d'eau à un autre homme.

— Aucune importance, éluda-t-elle. Pourriez-vous être demain à trois heures derrière la tannerie des Amstrong ?

— Amstrong, hum ? Clay aurait-il du mal à faire ses propres bébés ?

— Je n'ai pas l'intention de répondre à vos questions, fit Bianca en se raidissant. Le mieux serait de ne pas en poser.

— Bien sûr ! acquiesça Oliver en jetant un coup d'œil alentour.

Ils se trouvaient sur une route à quelques kilomètres de la plantation. Elle lui avait indiqué l'endroit dans sa missive. Comme il posait sa main sur son bras, elle fit un bond en arrière.

— Ne me touchez pas ! jeta-t-elle entre ses dents serrées.

Il la regarda avec étonnement rebrousser chemin jusqu'au cocher qui l'attendait caché par un tournant. Quelle drôle de femme ! Elle se reculait avec répulsion quand il l'effleurait et avec cela elle prenait rendez-vous pour faire l'amour le lendemain !

Il haussa les épaules et s'en retourna à pied chez lui.

Les mois qui suivirent apportèrent de nombreuses joies à Nicole, sinon le bonheur. Elle retrouvait souvent Clay dans leur clairière. Ils s'amusaient comme des enfants, faisant des projets pour leur long voyage vers l'Ouest, se demandant quand il conviendrait de prévenir les jumeaux et Janie, qui, bien entendu, partiraient avec eux.

Un soir de février, le ciel était sombre et un éclair menaça de couper leur petite maison en deux.

— Pourquoi êtes-vous si nerveuse ? demanda Janie. C'est juste un orage qui approche.

Nicole remit son tricot dans la corbeille par terre. Il était inutile qu'elle continue. Chaque tempête lui rappelait la nuit où son grand-père lui avait été enlevé.

— Vous êtes désolée de ne pouvoir rencontrer Clay ?

L'étonnement se peignit sur les traits de Nicole.

— Vous n'êtes pas obligée de m'en parler. D'ailleurs, je lis très bien sur votre visage.

Nicole s'assit sur le sol devant le feu.

— Vous êtes si bonne et si patiente avec moi.

— C'est vous qui êtes patiente, rectifia Janie. Je ne connais aucune autre femme qui se serait contentée de ce que Clayton vous donne.

— Il a ses raisons, commença Nicole.

— Tous les hommes ont des raisons quand il s'agit des femmes. N'empêche que c'est vous qui devriez diriger Arundel Hall, et pas cette grosse...

Un violent éclair lui coupa la parole, et Nicole poussa un petit cri de frayeur en portant ses mains à son cœur.

— Nicole ! s'écria Janie en se levant si brusquement qu'elle fit tomber son ouvrage à terre. Qu'est-ce qui ne va pas ?

Elle lui passa un bras autour des épaules et la guida jusqu'à un fauteuil.

— Asseyez-vous et détendez-vous pendant que je fais un peu de thé. Je mettrai une goutte de whisky dans le vôtre.

Nicole était incapable de se détendre. Les branches d'arbres frappaient la toiture et le vent soufflait à travers les fenêtres, agitant les rideaux. La nuit était noire et menaçante.

— Voici, dit Janie, une tasse fumante à la main. Buvez et ensuite vous irez au lit.

Nicole faisait tout son possible pour se calmer en absorbant le breuvage brûlant. L'alcool lui montait légèrement à la tête, mais ses nerfs étaient encore trop à vif.

On frappa à la porte, et Nicole sursauta si fort qu'elle renversa la moitié de sa tasse sur sa robe.

— C'est sûrement Clay, déclara Janie en attrapant un torchon. Il sait que vous avez peur de l'orage et il vient vous réconforter. Maintenant, essuyez-vous et arborez votre plus joli sourire pour lui.

Les mains tremblantes, Nicole frotta les marques de thé.

Tout en ouvrant la porte d'entrée, Janie mettait au point un petit discours pour Clay. Elle tenait à lui donner son opinion sur son comportement avec sa femme.

Mais elle se trouva nez à nez avec un inconnu. C'était un homme petit et étroit de carrure, avec de fins cheveux blonds épars sur le col de sa veste de velours vert. L'écharpe de soie blanche nouée autour de son cou cachait son menton. Il avait de petits yeux, un nez en lame de couteau et des lèvres minces.

— Je suis bien chez Nicole Courtalain ? demanda-t-il, la tête légèrement penchée en arrière comme s'il voulait regarder Janie de haut, ce qui lui était difficile car elle mesurait bien plusieurs centimètres de plus que lui.

Il avait un fort accent étranger, ce qui le rendait difficile à comprendre. De toute façon, Janie n'avait jamais entendu ce nom auparavant.

— Alors ? On vous a coupé la langue ? fit-il avec impatience.

— Janie, intervint Nicole. Je suis Nicole Courtalain-Amstrong.

Il la dévisagea un instant, puis remarqua d'une voix radoucie :

— *En effet*, vous êtes bien sa fille.

Il tourna alors les talons et s'engouffra dans la nuit.

— Qui est-ce ? s'enquit Janie. Est-ce un de vos amis ?

— C'est la première fois que je le vois. Regarde, Janie ! Une femme l'accompagne.

Elles sortirent toutes deux précipitamment. Nicole passa un bras autour des épaules de l'inconnue, déjà soutenue de l'autre côté par son compagnon, tandis que Janie s'emparait de la valise laissée à terre et les suivait.

A l'intérieur, ils installèrent la femme sur un fauteuil devant le feu. Janie lui versa une tasse de thé avec un peu de whisky pendant que Nicole lui cherchait un châle. Quand elle lui tendit sa tasse, Janie eut le loisir d'observer leur visiteuse de plus près. C'était le portrait de Nicole avec quelques années de plus. Son teint était clair. Sa bouche, un mélange d'innocence et de sensualité comme celle de Nicole. Mais ses yeux, identiques aussi à ceux de Nicole, étaient vides et sans vie.

— Voici, fit Nicole entourant les jambes de l'inconnue avec le châle avant de remarquer l'étrange expression peinte sur le visage de Janie.

Encore agenouillée par terre, elle fixa la femme. En reconnaissant les traits familiers, ses yeux s'emplirent de larmes qui roulèrent lentement le long de ses joues.

— Maman, souffla-t-elle. Maman !

Elle enfouit son visage dans le giron de sa mère, et Janie s'aperçut que cette dernière ne manifestait aucune émotion.

— J'espérais... commença l'homme à côté d'elle. J'espérais que, confrontée à sa fille, elle retrouverait la mémoire.

Janie comprit alors la signification des yeux vides. Cette femme ne voulait plus rien voir dans la vie.

— Pouvons-nous la mettre au lit ?

Nicole se leva en silence. Le visage mouillé de larmes, elle ne quittait pas sa mère des yeux. A moitié hébétée, elle l'aida à monter, la déshabilla avec l'assistance de Janie, sans se rendre compte qu'elle n'avait pas encore prononcé une parole.

De retour en bas, Janie prépara un peu plus de thé, coupa des tranches de jambon et de fromage et fit un sandwich pour l'arrivant.

— Je pensais que mes parents étaient morts tous les deux, déclara Nicole sur un ton uni.

L'homme ne fit qu'une bouchée de son sandwich, apparemment affamé.

— Votre père a été guillotiné. Je l'ai vu monter à l'échafaud, dit-il sans sourciller devant la grimace de douleur de Nicole. Mon père et moi allions souvent voir la guillotine fonctionner. C'était le dernier divertissement des Parisiens. Cela nous aidait à supporter le manque de pain. Mais mon père est — comment dites-vous ? — un romantique. Chaque jour, il retournait à son échoppe de cordonnier désolé devant ce gâchis de jolies femmes. Il disait à ma mère que c'était une honte de voir ces têtes ravissantes rouler dans le panier.

— Pourriez-vous nous donner moins de détails ? demanda Janie.

— Dijon, dit l'homme un pot de moutarde à la main. C'est réconfortant de trouver des souvenirs de France dans ce pays de barbares.

— Qui êtes-vous ? Comment avez-vous sauvé ma mère ? s'enquit Nicole d'une voix douce.

Il mordit dans un morceau de fromage qu'il avait enduit de moutarde et sourit.

— Je suis votre beau-père. Votre mère et moi sommes mariés.

Il se leva pour prendre la main de Nicole.

— Je suis Gérard Gautier, maintenant membre de cette glorieuse lignée des Courtalain.

— Courtalain ? N'est-ce pas le nom de jeune fille de Nicole ?

— En effet, dit Gérard en retournant s'asseoir. C'est une des plus vieilles et plus puissantes familles d'Europe. Il fallait voir le père de ma femme ! Je l'ai aperçu une fois, enfant. Une vraie montagne. Il paraît que sa colère pouvait faire trembler le Roi.

— Le peuple a aussi fait trembler le Roi, remarqua Nicole amèrement. Expliquez-moi plutôt comment vous avez rencontré ma mère ?

— Un jour où j'accompagnais mon père voir la guillotine, Adèle était parmi les condamnés, précédant votre père. Elle était ravissante. Vêtue d'une robe blanche, elle ressemblait à un ange. Tous les deux semblaient s'aimer profondément, et la foule en fut émue. Mon père décida de la sauver. Je voulus l'en empêcher, mais...

— Comment a-t-il pu l'arracher à la populace ? le pressa Nicole.

— Je ne sais pas. La foule était chaque jour différente. Quelquefois, elle pleurait en voyant les têtes tomber. A d'autres moments, cela déchaînait les rires. Allez savoir ! Ce matin-là, ils étaient d'humeur romantique, comme mon père. Il se fraya un chemin auprès d'Adèle, attrapa les liens qui enserraient ses poignets et l'attira dans la foule.

— Et ses geôliers ?

— La foule était du même avis que mon père et elle les protégea. Quand les gardes se mirent à leur poursuite, elle les fit trébucher et les lança sur de mauvaises pistes.

Il termina son verre de vin avant de poursuivre :

— Je voyais tout du sommet d'un mur où je m'étais posté. Quel spectacle ! La foule s'ouvrait dans toutes les directions tandis que mon père rentrait tranquillement à l'échoppe avec Adèle.

— Vous l'avez sauvée, souffla Nicole. Comment pourrai-je jamais vous remercier ?

— En nous hébergeant, indiqua-t-il rapidement. Nous avons fait une longue route.

— Tout ce que vous voudrez, répondit-elle. Tout ce qui est à moi vous appartient. Vous devez être fatigué et désireux de vous reposer.

— Attendez une minute, intervint Janie. Qu'est-il arrivé ensuite ? Pourquoi avez-vous quitté la France ? Et comment avez-vous retrouvé Nicole ?

— Qui est cette femme ? demanda Gérard. Je n'aime pas que les domestiques se mêlent de la conversation. Ma femme est la duchesse de Levroux.

— La Révolution a aboli les titres, répliqua Nicole. Ici, en Amérique, tous sont égaux, et Janie est mon amie.

— C'est bien dommage !

Il jeta un regard scrutateur autour de lui et se leva avec un bâillement.

— Je suis très fatigué. Auriez-vous une chambre convenable, ici ?

— Je ne sais pas ce que vous appelez convenable, déclara Janie avec animosité. Nous dormons en haut avec les jumeaux. Mais il y a des lits libres au moulin.

— Les jumeaux ? releva-t-il en notant la qualité du tissu dans lequel était coupée la robe de Nicole avant de croiser son regard. Quel âge ont-ils ?

— Six ans.

— Ce ne sont pas vos enfants ?

— Je m'occupe d'eux.

— Très bien. Je me contenterai alors du moulin. Je préfère ne pas être réveillé par les enfants.

Comme Nicole se préparait à enfiler son manteau, Janie l'arrêta.

— Allez voir si votre mère va bien. Je m'occupe de lui.

Elle sourit avec reconnaissance à Janie et souhaita bonsoir à Gérard avant de monter en haut où sa mère dormait paisiblement. La tempête s'était calmée dehors et des flocons tourbillonnaient dans l'air. Elle prit sa main entre les siennes et fut envahie de souvenirs : Adèle l'embrassant avant de se rendre à un bal, lui lisant une histoire ou la poussant dans une balançoire.

— Nicole, murmura Janie quand elle fut de retour. Vous n'allez pas rester toute la nuit assise. Votre mère a besoin de repos.

— Je ne la dérange pas.

— Non, mais vous ne l'aidez pas non plus, et

demain vous serez trop épuisée pour vous occuper d'elle.

Nicole se leva avec un soupir. Elle craignait qu'Adèle ne disparaisse dès qu'elle aurait les yeux fermés. Elle l'embrassa et s'écarta pour se déshabiller.

Une heure avant le lever du soleil, toute la maison fut réveillée par des cris de terreur. Les jumeaux se précipitèrent dans les bras de Janie et Nicole au chevet de sa mère.

— Maman, c'est moi, Nicole. Nicole ! Votre fille !

Les yeux emplis de terreur, elle ne comprenait visiblement rien de ce que lui disait sa fille. Pourtant Nicole parlait français, mais Adèle continuait à crier comme si on l'égorgeait.

— Allez chercher Mr. Gautier, demanda-t-elle en essayant de retenir Adèle qui se débattait.

— Je suis là, dit-il du haut de l'escalier. J'ai eu peur qu'elle ne se réveille ainsi. Adèle ! appela-t-il d'une voix aiguë.

Puis comme il n'obtenait pas de réponse, il la frappa sur la joue. Les cris cessèrent immédiatement. Elle cligna des yeux un moment, puis s'effondra en larmes dans les bras de Gérard. Il la garda quelques instants contre lui avant de la remettre au lit.

— Elle va dormir encore trois heures maintenant, annonça-t-il avant de regagner l'escalier.

— Monsieur Gautier ! protesta Nicole. Il faut faire quelque chose. On ne peut pas la laisser ainsi !

— Il n'y a rien à faire, déclara-t-il avec un sourire. Votre mère est complètement folle.

Et en haussant les épaules, il descendit les escaliers. Nicole attrapa sa robe de chambre et courut derrière lui.

— Vous ne pouvez pas affirmer une chose pareille et vous en aller. Ma mère a subi un choc terrible. Dans un environnement stable, elle a toutes les chances de se rétablir.

— Pourquoi pas ?

Janie entra dans la pièce avec les jumeaux à sa suite. D'un commun accord, on repoussa la discussion après le repas quand les enfants seraient sortis.

Quand Janie se mit à débarrasser la table, Nicole se tourna vers Gérard.

— Racontez-moi, s'il vous plaît, ce qui s'est passé une fois que vous avez sauvé ma mère.

— Elle ne s'est jamais rétablie. Quand elle marchait si courageusement vers la guillotine, elle avait déjà perdu la raison. A force de voir ses amis exécutés, elle a sans doute refusé d'accepter que le même sort lui arrive et son cerveau s'est bloqué.

— Mais le fait d'échapper à la mort ne l'a-t-il pas rassurée ?

— Mon père n'aurait jamais dû agir ainsi, dit Gautier en portant son attention sur ses ongles. La foule avait pris son parti le jour de l'enlèvement, mais qui savait si elle ne le dénoncerait pas le lendemain ? Les cris d'Adèle réveillaient les voisins. Et tout cela devenait très dangereux pour nous.

Savourant le café que Janie lui avait donné, il fixa Nicole quelques instants. Elle était ravissante dans la lumière du matin, surtout quand ses immenses yeux étaient aussi attentifs. Il poursuivit :

— Nous avons bientôt appris que le duc, son père, avait été tué et je me suis rendu au moulin où il s'était caché dans l'espoir d'avoir des informations. La meunière se fit prier longtemps avant de m'avouer qu'Adèle avait une fille qui était partie en Angleterre. Quand j'ai annoncé à mes parents que le meunier avait été massacré avec le duc, ils ont été terrorisés. Adèle ne pouvait pas rester chez nous.

— En effet, vous n'aviez pas le choix, acquiesça Nicole qui se leva et se dirigea vers le feu. Soit vous la remettiez au Comité, soit vous lui faisiez quitter le pays sous un nom d'emprunt.

Gérard sourit devant autant de discernement.

— Et quel meilleur déguisement que la vérité ?

Nous nous sommes mariés et sommes allés en voyage de noces à l'étranger. En Angleterre, j'ai trouvé Maleson qui m'a appris que vous étiez partie pour l'Amérique avec sa fille. Quel étrange bonhomme ! Il m'a raconté une histoire à dormir debout. Vous auriez, paraît-il, épousé le mari de sa fille ! Comment cela est-il possible ? Un homme a-t-il le droit d'avoir deux femmes dans ce pays ?

Janie émit un reniflement moqueur, empêchant Nicole de répondre.

— Clayton Amstrong fait la loi dans cette partie du pays.

— Amstrong ? C'est bien le nom que Maleson a mentionné. C'est votre mari, alors ? Où est-il ? A son travail ?

— Son travail ! soupira Janie. Si c'était cela ! Clay vit de l'autre côté de la rivière dans une splendide maison avec une mégère tandis que sa femme en est réduite à habiter la cabane du meunier.

— Janie ! protesta vivement Nicole. Tu en as dit assez.

— Et vous ! Vous en dites trop peu. Dès que Clay ouvre la bouche, vous acquiescez à tous ses désirs : oui, Clay ! Bien sûr, Clay ! Comme vous voudrez, Clay !

— Janie ! Je n'écouterai pas un mot de plus. As-tu oublié que nous avions un hôte ?

— Je n'ai rien oublié du tout, jeta-t-elle amèrement en se retournant vers le feu.

Chaque fois qu'elle songeait à Clay et à la manière dont il se conduisait vis-à-vis de sa femme, elle était furieuse. Mais Nicole ne voulait rien entendre et le défendait toujours.

Chacun fut tiré de ses pensées par des cris stridents. Nicole et Janie frissonnèrent, tandis que Gérard se levait lentement.

— C'est ce nouvel endroit qui l'effraie. Quand elle sera habituée, cela ira mieux, dit-il en montant l'escalier.

— Pensez-vous qu'elle me reconnaîtra ? s'enquit Nicole.

— Qui sait ? Pendant quelque temps, elle a eu des éclairs de lucidité, plus maintenant.

Il disparut en haussant les épaules. Peu après, les cris cessèrent.

Nicole monta en haut sur la pointe des pieds. Gérard était assis au bord du lit, un bras passé autour des épaules d'Adèle qui s'accrochait à lui, terrifiée. Quand elle aperçut Nicole, la frayeur voila ses yeux, mais elle ne se remit pas à crier.

— Mère, dit Nicole d'une voix claire, je suis Nicole, votre fille. Vous vous rappelez du lapin que papa m'a rapporté un jour ? Il sortait de sa cage et personne n'arrivait à le retrouver.

Adèle ne jetait plus des regards terrifiés à Nicole qui lui prit la main avant de poursuivre :

— Pour jouer un tour à Père, vous avez lâché trois lapines dans le château. Vous avez beaucoup ri quand on a retrouvé une portée dans ses bottes de chasse. Et Grand-père s'est moqué de vous deux.

— Il a organisé une chasse, souffla Adèle d'une voix enrouée à force d'avoir autant crié.

— C'est vrai, acquiesça Nicole, les larmes aux yeux. Nous avions quelques invités, cette semaine-là. Grand-père a décidé d'habiller tout le monde en guerrier et de rechercher les lapins.

— Nous jouions aux petits soldats, murmura Adèle.

— Oui. Vous aussi vous êtes habillée en soldat ainsi que quelques autres dames. J'ai emprunté des vêtements à mon cousin.

— Et nous avons eu du poisson pour le dîner, ajouta Adèle, prise par l'histoire.

— Ce sont les dames qui ont attrapé tous les lapins et pour punir les hommes de s'être montrés aussi mauvais soldats, vous avez fait servir du poisson. Du saumon en croûte, dit Nicole en souriant.

— En forme de lapin, termina Adèle en lui rendant son sourire.

De grosses larmes roulaient sur les joues de Nicole.

— Nicole ! Que fais-tu dans cette affreuse robe ? Une dame ne doit jamais porter de laine. Trouve-moi donc quelque chose en soie, tissé par de charmants papillons et non produit par de stupides moutons.

— Oui, Maman, acquiesça Nicole en embrassant sa mère sur la joue. Avez-vous faim ? Puis-je vous apporter un plateau ?

Adèle s'appuya contre le mur derrière le matelas posé à même le sol, sans accorder aucune attention à Gérard qui retira son bras.

— Quelque chose de léger. Utilise le service de Limoges bleu et blanc. Ensuite, envoie-moi le chef pour que nous étudiions les menus de la semaine. Ah, oui ! Si ces acteurs italiens arrivent, ils attendront. Et le jardinier ! Je veux lui parler des roses. Tu pourras m'aider, Nicole ? J'ai tant d'occupations pour ce matin.

— Bien sûr, Maman. Je vais vous porter moi-même votre petit déjeuner, et ensuite je verrai le jardinier.

— Vous l'avez calmée, remarqua Gérard en descendant l'escalier à la suite de Nicole. Je ne l'ai pas vue aussi détendue depuis longtemps.

L'esprit agité de mille pensées, Nicole traversa calmement la pièce. Sa mère refusait d'affronter la réalité. Elle en serait sans doute toujours incapable.

Elle prit lentement une petite poêle et commença à casser les œufs pour l'omelette. Avec l'arrivée d'Adèle, le projet de Clay devenait complètement irréalisable. Elle essuya une larme avec le dos de sa main.

On frappait au-dessus de sa tête, Adèle s'impatientait. Soudain, la porte s'ouvrit à la volée et Isaac s'encadra dans l'embrasure.

— Excusez-moi, Nicole. Je ne savais pas que vous aviez de la visite. Mais il y a un homme qui veut vous montrer un nouveau tamis.

— Je viens aussi vite que possible.

— Il est pressé. Il voudrait arriver chez les Backes avant la tempête.

Un nouveau coup résonna au-dessus de leurs têtes. Nicole chargea rapidement un plateau et monta à l'étage.

Adèle regarda l'omelette avec dégoût. Elle saisit un morceau de pain grillé entre le pouce et l'index.

— Qu'est-ce que c'est ? Du pain ? Je veux un croissant !

Avant que Nicole ait eu le temps de dire un mot, Adèle avait écrasé son pain dans l'omelette. Elle renversa ensuite la théière, inondant draps et couvertures.

— Dis au cuisinier que s'il tient à sa place, il ne renouvelle pas son exploit !

Devant tout ce gâchis, Nicole se sentit épuisée. Elle descendait le plateau dégoulinant au moment où Janie entra en courant, bousculant Isaac sur son passage.

— Nicole ! Les jumeaux ont disparu. Ils ont prévenu Luke qu'ils partaient parce qu'une dame folle était venue habiter chez eux.

— Pourquoi ne les a-t-il pas arrêtés ? s'enquit-elle en posant violemment le plateau sur la table tandis qu'Adèle frappait de nouveau.

— Il a cru à une plaisanterie.

Nicole leva les mains au ciel en signe d'impuissance.

— Isaac, emmène Luke et ratissez le coin. On ne peut pas les laisser dehors par un temps pareil. Pourriez-vous préparer quelque chose à ma mère ? demanda-t-elle en se tournant vers Gérard.

Il fronça les sourcils.

— C'est une tâche féminine.

— Ecoutez-moi bien, vous... s'étouffa Janie.

— Janie ! gronda Nicole. Il faut retrouver les jumeaux. C'est cela qui compte. Je vais lui porter un peu de pain et de fromage et je vous rejoins dès que possible. S'il vous plaît ! ajouta-t-elle devant le coup d'œil meurtrier que Janie décocha à Gérard. J'ai besoin d'aide. Ne me compliquez pas les choses !

Janie et Isaac sortirent tandis que Nicole jetait quelques tranches de pain et du fromage dans un panier. Les coups étaient de plus en plus violents maintenant, et dans sa hâte, elle ne remarqua pas la manière dont Gérard l'observait, nonchalamment appuyé contre un placard.

Elle se sentit coupable du peu d'égards avec lequel elle jetait la nourriture sur les genoux de sa mère qui la regarda d'un air peiné. Elle se sentait aussi coupable de l'abandonner, mais il fallait mettre la main sur les jumeaux de toute urgence.

Au moment où elle se précipitait dehors en les appelant, elle aperçut les deux jeunes rebelles qui remontaient en courant vers la maison.

17

Nicole jeta un coup d'œil à l'horloge au-dessus de la cheminée. Elle ne devait pas oublier de donner un tour à la pâte à brioche d'ici dix minutes. Les jumeaux jouaient tranquillement dans leur coin, Alex avec des animaux découpés dans du bois et Mandy avec sa poupée qui était, pour l'instant, la femme d'un fermier.

— Nicole, demanda Alex, pourrons-nous sortir après le déjeuner ?

— Je l'espère, soupira-t-elle. Si la neige cesse de tomber, Isaac vous emmènera faire un bonhomme de neige.

La porte s'ouvrit et un vent glacé s'engouffra, menaçant d'éteindre le feu. Janie referma vite le battant avant de s'approcher de la cheminée.

— Je n'ai jamais vu un mois de mars aussi froid, dit-elle en tendant ses mains vers le foyer. Le printemps se fait attendre.

— C'est bien mon avis, souffla Nicole en donnant un coup de poing vengeur dans la pâte.

Le printemps ! L'époque où elle devait s'enfuir avec Clay. D'après Janie, on avait rarement vu un hiver aussi froid en Virginie. Depuis l'arrivée de sa mère, un mois auparavant, elle n'avait vu Clay qu'une fois. Il lui avait paru distrait, inquiet.

— Bonjour, lança Gérard en descendant l'escalier.

Il dormait maintenant avec Adèle à la place des

jumeaux qu'on installait tous les soirs sur un matelas au rez-de-chaussée. Un rideau séparait le couple de l'espace réservé à Nicole et Janie.

— Bonjour, grogna Janie. Il est déjà midi.

Gérard l'ignora comme d'habitude. Ils avaient fini par se détester.

— Nicole, demanda-t-il d'une voix implorante. Ne pourriez-vous empêcher ce tapage si tôt le matin ?

Trop fatiguée pour lui répondre, Nicole se tut.

— Les parements de ma veste lavande sont sales. J'espère que vous les nettoierez, poursuivit-il en tendant les bras tout en étudiant les vêtements qu'il portait.

Sa veste lui arrivait aux genoux, serrée à la taille par un galon noir. Elle flottait autour de ses hanches minces. Il paradait dans un gilet de satin jaune brodé d'étoiles bleues et une chemise de soie nouée d'une cravate verte, signe distinctif de la noblesse. Il fut atterré d'apprendre que Nicole l'ignorait. Des bas de soie et des escarpins étaient le complément indispensable de sa tenue.

Des coups résonnèrent au plafond. Adèle se réveillait plus tôt que d'habitude, songea Nicole.

— J'y vais, proposa Janie.

— Merci, Janie. Mais elle n'est pas encore habituée à vous.

— On peut sortir ? s'enquit Mandy.

— Non, pas encore !

Nicole s'empara d'un petit plateau, remplit un verre de cidre doux et porta le tout à sa mère.

— Bonjour, chère petite, la salua Adèle. Tu as mauvaise mine, ce matin. Tu ne te sens pas bien ?

Adèle parlait en français. Elle avait refusé de se mettre à l'anglais qu'elle connaissait pourtant parfaitement.

— Je suis juste un peu fatiguée.

Les yeux d'Adèle pétillèrent de malice.

— Ce comte allemand t'a retenue au bal trop tard, la nuit dernière, n'est-ce pas ?

Ce n'était pas la peine de la raisonner, aussi Nicole inclina-t-elle simplement la tête. Quand sa mère reprenait pied dans la réalité, ne serait-ce que quelques instants, elle poussait des cris perçants, et il fallait lui donner des drogues pour la calmer.

Une voix en bas attira son attention. Wesley ! Une vague de joie l'envahit, et elle fut reconnaissante à Adèle de s'être de nouveau calée contre ses oreillers, les yeux fermés. Elle sortait rarement de son lit, mais demandait parfois des heures d'attention.

Comme toujours, avec un léger sentiment de culpabilité, Nicole la quitta et descendit accueillir son invité. Elle ne l'avait pas revu depuis cet horrible dîner de Noël trois mois auparavant.

Il était en pleine discussion avec Janie, et Nicole devina qu'elle lui parlait d'Adèle et de Gérard.

— Wesley ! dit-elle. C'est merveilleux de vous revoir.

Il arborait un large sourire qui s'évanouit à la vue de Nicole.

— Mon Dieu, Nicole ! Vous avez une mine épouvantable !

— C'est bien vrai, approuva Janie.

Le regard de Wes passa de Janie à Nicole, et il constata que ni l'une ni l'autre n'avaient l'air en bonne forme. Janie avait perdu ses joues roses. Un homme blond et fluet se tenait derrière les femmes. Il fixait les jumeaux avec une moue de dégoût.

— Alex et Mandy, si vous enfiliez un bon manteau et des bottes ? Nicole et Janie, couvrez-vous bien. Nous partons faire un tour.

L'air était vif dehors. Quelques flocons tombaient encore. Nicole resserra sa cape autour d'elle et en releva le col.

— Que se passe-t-il ? demanda Wes en attirant Nicole un peu à l'écart tandis que Janie, les jumeaux et Isaac engageaient une bataille de boules de neige. J'étais sûr que tout allait s'arranger avec Clay après la fête chez les Backes et votre odieux enlèvement.

— Tout va bien bientôt s'arranger, assura-t-elle avec confiance. C'est juste une question de temps, maintenant.

— Et Bianca est encore la cause de ce délai !

— S'il vous plaît, j'aimerais mieux changer de sujet. Que devenez-vous avec Travis ?

— Nous nous sentons très seuls et fatigués d'être toujours en tête-à-tête. Travis veut partir en Angleterre chercher une femme, au printemps.

— En Angleterre ? Mais il ne manque pas de jolies filles, ici !

Wesley haussa les épaules.

— C'est ce que je lui ai dit. Depuis qu'il vous a rencontrée, il est devenu très exigeant. Quant à moi, si Clay ne s'assagit pas rapidement, je vais tenter ma chance auprès de vous.

— Ne parlez pas ainsi ! Je suis superstitieuse.

— Nicole, cela ne va pas, n'est-ce pas ?

— Je suis si fatiguée, reconnut-elle, les larmes aux yeux. Et... je n'ai pas vu Clay depuis des semaines. J'ai tellement peur qu'il soit tombé amoureux de Bianca et n'ose me l'avouer.

Wes passa un bras autour de ses épaules et l'attira contre lui.

— La dernière chose dont vous ayez à vous inquiéter est bien l'amour que Clay vous porte ! Comment l'imaginer amoureux d'une garce comme Bianca ? Si elle est chez lui et vous ici, il a sûrement une sacrément bonne raison. Votre sécurité, peut-être ! ajouta-t-il après une pause. Je ne vois aucun autre motif qui pourrait tenir Clay éloigné de vous.

Ravalant ses larmes, elle acquiesça d'un hochement de tête.

— Vous savez quelque chose ?

— Des bribes seulement. Venez ! Allons les aider à faire un bonhomme de neige. Ou encore mieux : proposons-leur un concours !

Elle sourit et, s'écartant de lui, elle essuya ses yeux avec le dos de sa main.

Une voix retentit venant du côté de la rivière.

— Holà ! Il y a quelqu'un ?

Wesley et Nicole se retournèrent et prirent la direction du quai.

Un homme d'un certain âge, puissant, la joue gauche marquée d'une cicatrice récente, montait à leur rencontre. Il portait une tenue de marin avec un sac jeté en travers de son épaule.

— Mrs. Amstrong ? demanda-t-il quand il se trouva en face de Nicole. Vous ne vous souvenez pas de moi ? Je suis le docteur Donaldson du *Prince Nelson*.

L'homme lui semblait vaguement familier, mais elle n'arrivait pas à se rappeler où elle l'avait rencontré.

Une multitude de ridules plissèrent ses yeux quand il sourit.

— Nous n'avons pas fait connaissance dans des circonstances très agréables, mais je vois que les choses se sont arrangées. Vous êtes sans doute Clayton Amstrong, dit-il en tendant la main à Wesley.

— Non, répondit Wesley en lui serrant la main. Je suis un voisin, Wesley Stanford.

— Ah ! Peut-être alors a-t-on besoin de moi ? J'espérais que tout était rentré dans l'ordre. Cette jeune dame était si charmante...

— Le médecin du bateau ! s'écria Nicole.

— C'est cela même. En Angleterre, j'ai trouvé un message me demandant de rentrer au plus vite en Virginie pour témoigner de votre mariage forcé. J'ai fait de mon mieux. Je n'avais pas très bien compris où était la plantation et qui vivait au moulin. J'ai tenté ma chance et suis venu ici en premier.

— Vous avez eu raison. Avez-vous faim ? Je peux vous faire une omelette. J'ai aussi du jambon, du bacon et des haricots blancs.

— Il ne faudrait pas me le proposer deux fois.

Un peu plus tard, alors qu'ils étaient tous les trois assis autour de la table, le médecin leur apprit que le capitaine du *Prince Nelson* et son second, Franck, avaient péri noyés.

— J'ai refusé d'embarquer avec eux après ce qu'ils vous ont fait. J'aurais dû essayer de les en empêcher, mais je savais qu'ils auraient choisi un autre témoin. Sachant que l'annulation était possible, il valait micux que je sois ce témoin dont vous auriez peut-être besoin.

— Pourquoi alors êtes-vous si vite reparti en Angleterre ? s'enquit Wes.

— Je n'ai pas eu vraiment le choix, répliqua le médecin avec une petite grimace. Nous célébrions tous dans une taverne notre arrivée. Ensuite je me suis réveillé sur un bateau. J'ai mis trois jours à me souvenir de mon nom.

Un coup venant d'en haut les interrompit. Nicole sursauta.

— Ma mère ! J'ai oublié de lui porter son petit déjeuner. Excusez-moi !

Elle prépara avec dextérité un œuf poché, le déposa sur un morceau de brioche, ajouta une petite tarte aux pommes, un café au lait et mit le tout sur un plateau qu'elle monta.

— Reste un moment, réclama Adèle. Je me sens bien seule.

— J'ai un invité en bas, mais je reviens tout à l'heure.

— C'est un homme ? Pas un de ces affreux princes russes, j'espère.

— Mais non, Maman. Il est américain.

— Un Américain. Comme c'est curieux ! Rares sont les gentlemen dans ce pays. Observe sa démarche. C'est très révélateur !

— Oui, Maman, répondit Nicole avec soumission avant de descendre.

Savoir reconnaître un gentleman semblait bien loin de ses préoccupations.

— Wesley vient de me dire que Clayton Amstrong

vit de l'autre côté de la rivière. Votre mariage n'a pas résisté, alors ?

— Cela n'a pas été facile, mais j'ai encore de l'espoir, dit-elle en essayant de sourire.

Le docteur Donaldson fronça les sourcils.

— Vous alimentez-vous convenablement au moins, chère enfant ? Et dormez-vous suffisamment ?

Wes ne lui laissa pas le temps de répondre.

— Nicole adopte les gens comme certains adoptent les chats perdus. Depuis peu, elle en a pris deux de plus sous son aile. Elle s'occupait déjà du neveu et de la nièce de Clay, elle héberge maintenant sa mère qui demande des soins constants et son beau-père qui se prend pour le roi de France en personne.

— A vous entendre, on croirait que je ploie sous le fardeau, protesta-t-elle en riant. Mais la vérité est que je suis entourée de personnes que j'aime et je ne renoncerais sous aucun prétexte à leur compagnie.

— Et vous avez bien raison, remarqua Wes. Mais il y a longtemps que vous devriez vivre de l'autre côté de la rivière avec Maggie comme cuisinière.

Prenant sa pipe dans sa poche, le docteur se cala dans sa chaise. Il avait prévu d'aller directement à Boston, mais devant la situation, il préférait rester quelques mois ici. Il ne trouvait pas bonne mine à cette jeune dame française. En restant dans les parages, il pourrait peut-être lui être utile.

Nicole repoussa sa capuche et laissa le vent lui fouetter le visage. Elle ramait en cadence. Les bourgeons n'avaient pas encore percé, et pourtant quelque chose d'indéfinissable dans l'air annonçait le printemps. La visite du médecin remontait déjà à deux semaines. Il avait promis de rester dans le voisinage pendant quelque temps au cas où elle aurait besoin de ses services. Comment dans ces conditions lui annoncer qu'elle quittait bientôt la Virginie avec Clay !

Elle ruminait son projet depuis longtemps. Les jumeaux et Janie partiraient avec eux, et Adèle les rejoindrait dès que possible. Isaac ferait tourner le moulin avec l'aide de Luke. Tout était fin prêt.

La veille, Clay lui avait envoyé une missive en lui demandant de le rejoindre à la clairière.

Elle aspira à pleins poumons l'air frais et l'odeur de la fumée lui chatouilla les narines. Clay était déjà là. Elle sauta à terre et attacha les amarres au pieu caché par la végétation.

Elle courut le long du petit sentier. Comme dans son rêve de la nuit, Clay l'attendait les bras ouverts. Elle franchit les derniers mètres d'une seule enjambée et se jeta littéralement à son cou. Il la serra contre lui si fort qu'elle ne pouvait plus respirer. C'était merveilleux, car son seul désir était de se fondre en lui.

Il lui souleva le menton et la dévora des yeux. Une houle de feu la parcourut. Elle mordit sa bouche goulûment et émit un petit son à mi-chemin entre le grognement et le rire.

Clay l'enleva de terre et l'emporta dans les profondeurs de la grotte. Là il n'y eut plus que deux êtres consumés de passion l'un pour l'autre, avides, ardents, éperdus. Leurs vêtements volèrent aux quatre coins de la pièce en quelques secondes.

Ils n'échangèrent pas un mot, s'en remettant entièrement au langage de leurs corps. Ils laissèrent parler la nature à l'état sauvage. Nicole s'arqua contre Clay, un feu d'artifice éclata dans sa tête. Puis le plaisir l'entraîna comme une lame de fond.

— Clay, murmura-t-elle. Comme vous m'avez manqué !

Il la tenait fort contre lui, sa bouche sur son oreille.

— Je vous aime. Je vous aime tant.

La tristesse perçait dans sa voix.

Elle s'écarta légèrement puis se blottit contre lui, la tête nichée dans le creux de son épaule.

— Aujourd'hui, on sent le printemps pour la première fois.

Clay se pencha pour attraper la cape de Nicole et l'étendit sur eux, la fourrure à l'intérieur. Nicole sourit, délicieusement bien auprès de l'homme qu'elle aimait.

— Comment va votre mère ? demanda Clay.

— Elle se calme un peu. J'en suis heureuse car ses cris effrayaient terriblement les jumeaux.

— Vous devriez me les renvoyer. Vous n'avez plus assez de place pour eux.

— Laissez-les-moi, s'il vous plaît.

— Je ne veux pas vous les enlever. Loin de moi, cette idée ! Mais vous avez peut-être besoin d'un peu de calme en ce moment.

Elle lui embrassa l'épaule.

— C'est gentil de vouloir me décharger, mais ils ne me gênent pas. Si vous me proposiez de prendre Janie et Gérard, je ne dirais peut-être pas non.

— Janie vous cause des problèmes ?

— Non, pas vraiment. Mais ils se détestent avec Gérard, et ne cessent de se chamailler. C'est fatigant à la longue.

— Janie a en général de bonnes raisons pour détester les gens. Vous ne m'avez jamais fait de confidences sur votre beau-père.

— Mon beau-père ! C'est étrange de l'imaginer comme un substitut de mon père !

— Parlez-moi de vous. Je me sens si éloigné de vous.

Nicole sourit de nouveau devant l'intensité de son amour pour elle.

— Gérard se prend pour un aristocrate. C'est plutôt drôle quand on imagine les centaines de Français qui veulent se fondre dans la masse.

— Ce qui est moins drôle, m'a-t-on dit, est son installation chez vous. Si vous avez besoin de quelque chose...

— La seule chose dont j'ai besoin, c'est vous !

déclara-t-elle en le faisant taire d'un doigt sur la bouche. Quelquefois, quand tout est bruyant autour de moi et que tout le monde s'agite, je m'arrête et je pense à vous. Ce matin, en me réveillant, j'étais terriblement excitée par la douceur de l'air. Croyez-vous que nous pourrons partir bientôt ? Je n'ai pas encore prévenu Janie.

N'obtenant pas de réponse, elle se redressa sur un coude pour le contempler.

— Clay ! Tout va bien ?

— Oui, murmura-t-il simplement. Ou du moins, tout ira bien.

— Que voulez-vous dire par là ? Y aurait-il un problème ?

— Non. Rien de grave. Rien ne dérangera nos plans.

— Clay, je vous connais, protesta-t-elle en fronçant les sourcils. Vous me cachez quelque chose. Vous ne m'avez pas touché un mot de Bianca, alors que je vous ennuie avec mes petits problèmes.

Un sourire se joua sur ses lèvres.

— Vous êtes trop altruiste pour imposer vos soucis aux autres, la moitié du temps vous ne voyez même pas comment tout le monde se sert de vous.

— Se sert de moi ? rit-elle. Personne ne se sert de moi.

— Nous abusons tous de vous. Moi, les jumeaux, votre mère, son mari et même Janie.

— A vous entendre, on me prendrait pour une sainte. J'attends beaucoup de la vie, mais je sais prendre mon temps.

— Qu'attendez-vous ?

— Vous, d'abord ! Une vraie maison pour les jumeaux. Et peut-être d'autres enfants. Vos enfants.

— Vous aurez tout cela, je le jure.

Elle le fixa un long moment.

— Je veux savoir ce qui ne va pas. Est-ce lié à Bianca ? A-t-elle découvert nos plans ? Vous menace-t-elle ? Cette fois-ci, ma patience est à bout !

Clay entoura ses épaules de son bras.

— Je veux que vous m'écoutiez jusqu'au bout avant d'intervenir. Tout d'abord, annonça-t-il en prenant une profonde inspiration, cela ne change rien à nos plans.

— Cela ?

— Ecoutez-moi, vous poserez les questions après.

Il s'arrêta, fixant le plafond de la grotte. Bianca lui avait annoncé qu'elle était enceinte. Il s'était d'abord moqué d'elle. Mais depuis que le médecin avait confirmé ses dires, Clay vivait un enfer. Il n'arrivait pas à croire la nouvelle. Et il avait mis un certain temps avant d'y voir clair et de comprendre que Nicole était plus importante pour lui que l'enfant de Bianca.

— Bianca est enceinte, révéla-t-il, et comme elle ne réagissait pas, il poursuivit : Mais après mûres réflexions, j'ai décidé de maintenir nos projets et de nous installer en Virginie ensemble.

Nicole ne disait toujours rien. Elle restait contre lui sans bouger.

— Nicole ? Vous m'avez entendu ?

— Oui, confirma-t-elle d'une voix égale.

Il relâcha son étreinte et se recula légèrement pour pouvoir l'observer. Sans lui adresser un regard, elle se leva, lui tourna le dos et enfila lentement sa chemise.

— Nicole, dites-moi quelque chose. Je ne vous aurais pas avertie si je n'avais eu peur que vous ne l'appreniez par d'autres.

Toujours muette, elle passa sa robe et remonta ses bas l'un après l'autre.

— Nicole ! insista Clay.

Il la prit par les épaules et la fit pivoter vers lui. Il poussa une exclamation devant la froideur de ses yeux habituellement si chaleureux.

— Je n'ai rien à vous dire !

Il l'attira contre lui, mais son corps était rigide.

— Parlez-moi, je vous en prie. Exposez votre point de vue que nous puissions discuter et arrêter de nouveaux plans.

Elle le fixa, un sourire ironique aux lèvres.

— Arrêter de nouveaux plans ? Abandonner un enfant innocent ? Vous savez que Bianca fera une admirable mère !

— Les compétences maternelles de Bianca me sont parfaitement indifférentes. Vous seule m'importez !

D'un geste sec, elle repoussa ses mains de ses épaules.

— Et vous ne m'avez pas dit une seule fois que l'enfant pouvait être de vous ?

Il l'observa sans ciller, il s'attendait à cette question.

— J'étais saoul, et elle s'est mise elle-même dans mon lit.

— Je suis censée, j'imagine, fermer les yeux sur ce qui est arrivé sous l'emprise de l'alcool. N'étais-je pas grise la première fois que nous nous sommes aimés ?

— Nicole, murmura-t-il en se penchant vers elle.

Elle se rejeta en arrière.

— Ne me touchez pas ! Ne me touchez plus jamais !

Il la saisit violemment par les épaules.

— Vous êtes ma femme, et j'ai le droit de vous toucher.

Elle le frappa de toutes ses forces.

— Votre femme ! Comment osez-vous ? Depuis quand suis-je autre chose qu'un objet entre vos mains ? Vous m'utilisez pour satisfaire vos désirs ! Bianca ne suffit-elle pas à la tâche ?

— Vous savez que c'est faux. J'ai toujours été honnête avec vous.

— Je sais ? Je ne sais rien de vous sinon que vous avez un grand ascendant sur moi, aussi bien physique que mental. Vous arrivez à me faire croire n'importe quoi.

— Nicole, écoutez-moi ! Je vous aime, nous partirons ensemble.

— Vous me connaissez bien mal. Evidemment jusqu'à présent, je n'ai pas montré beaucoup de personnalité. Je me contentais de me laisser tomber sur le dos, sur les genoux, ou à califourchon sur vous, selon votre bon plaisir !

— Arrêtez ! Cela vous ressemble si peu !

— Ah non ? Quelle est la vraie Nicole, alors ? On m'a enfermée dans un rôle de mère veillant sur tout le monde sans rien demander en échange. Mais ce n'est pas cela ! Nicole Courtalain est une femme, une vraie femme avec ses aspirations et ses besoins ! Bianca sait s'y prendre, elle. Elle n'attend pas des journées entières un malheureux rendez-vous dans une grotte et elle obtient ce qu'elle veut.

— Calmez-vous, je vous en prie ! Vous ne pensez pas ce que vous dites !

— Vraiment ? Eh bien, c'est tout le contraire. Je dis enfin ce que je pense. Depuis des mois que je suis en Amérique, j'attends. J'attends que vous m'aimiez. J'attends que vous vous décidiez entre Bianca et moi. Mon Dieu, comment ai-je été aussi stupide ! Dire que quand je me suis retrouvée attachée à un mur à moitié nue, ajouta-t-elle avec un petit rire aigu, ma seule crainte était d'être souillée à cause de vous. Alors que vous vous ébattiez sans doute dans un lit avec Bianca !

— Cela suffit maintenant ! Vous en avez déjà trop dit.

— Ah ! Clayton Amstrong en a assez ! Assez de laquelle des deux ? Bianca la ronde ou Nicole la maigre ?

— Pour l'amour du ciel, cessez ! Puisque je vous répète que cela ne change rien pour moi. Nous partons comme c'était prévu !

— Malheureusement, cela change tout pour moi ! Qu'arrivera-t-il si nous avons un enfant, *nous* ? L'abandonnerez-vous *lui aussi* si vous rencontrez par hasard une jolie fille ?

Ces mots le piquèrent au vif et il s'écarta.

— Comment pouvez-vous croire une chose pareille ?

— Vous ne me laissez pas le choix ! J'ai été une imbécile ! Pour je ne sais quelle raison, vos larges épaules ou une autre idiotie de ce genre, je suis tombée amoureuse de vous, et vous avez utilisé ma naïveté d'écolière. Depuis cet instant, j'attends minute après minute pour me mettre enfin à vivre. Maintenant, c'est fini !

Elle mit brusquement ses chaussures, se leva et se dirigea vers l'entrée de la grotte. Clay enfila rapidement son pantalon et se précipita derrière elle.

— Vous ne pouvez pas partir ainsi, déclara-t-il en lui prenant le bras. Il faut d'abord que vous compreniez !

— Mais je comprends parfaitement. Vous avez fait votre choix. J'imagine bien un pari du genre : la première qui se retrouve enceinte gagne. Les Courtalain n'ont jamais été féconds. Dommage, sinon j'aurais pu gagner. Aurais-je eu la maison alors ? les domestiques ? le bébé ?

— Nicole !

— Lâchez-moi, ordonna-t-elle, les yeux fixés sur la main qui tenait son bras.

— Pas avant que vous n'entendiez raison.

— Vous voulez dire pas avant que vos propos doucereux ne me jettent à votre cou, n'est-ce pas ? C'est fini, Clay. Bien fini entre nous.

— Ce n'est pas vrai !

— Il y a deux semaines, poursuivit-elle d'une voix calme, le docteur Donaldson est passé me voir.

Les yeux de Clay s'agrandirent d'étonnement.

— Mais oui, le témoin qu'à une époque vous réclamiez de toute urgence. Il va m'aider à obtenir l'annulation de...

— Non, souffla-t-il. Je ne veux pas...

— Il n'est plus temps pour vous de vouloir ou non. C'est mon tour, maintenant. Et moi, j'en ai assez d'attendre. Je veux vivre !

— De quoi parlez-vous ?

— D'abord l'annulation et ensuite les affaires !

Une bûche s'effondra dans la cheminée, et un éclair traversa le verre qui renfermait la petite licorne.

— J'aurais dû comprendre quel homme vous étiez quand nous avons échangé ces serments puérils, persifla-t-elle avec un petit rire sec. Seule votre très chère Beth a été jugée digne de toucher la licorne elle-même, c'est cela ?

Forçant le passage, elle sortit dans la fraîcheur du matin. Puis calmement, elle regagna le canot et se mit à ramer vers le moulin. Son grand-père lui avait appris à ne jamais regarder derrière elle, et elle s'efforça d'appliquer ce sage conseil, retenant à grand-peine ses larmes.

Quand elle atteignit le quai, elle se sentait déjà mieux. Elle regarda la petite maison. Si elle devait lui servir de foyer pendant quelque temps, il faudrait l'agrandir. La terre autour du moulin était fertile, et elle se souvenait avoir entendu Janie dire qu'elle était à vendre. Mais immédiatement, elle réalisa qu'elle n'avait pas l'argent nécessaire.

Et ses vêtements ! songea-t-elle soudain. Ils étaient sûrement monnayables. Rien que le manchon de zibeline valait à lui seul une petite fortune. Comme elle aurait aimé jeter toute sa garde-robe à la tête de Clay ! Mais ce beau geste lui coûterait trop cher.

Les projets tournoyaient dans son cerveau lorsqu'elle entra dans l'unique pièce de sa petite maison. Janie, penchée au-dessus du feu, avait le visage rouge de chaleur. Gérard, enfoncé dans un siège, écrasait insolemment des beignets dans une assiette. Les jumeaux lisaient un livre dans un coin avec des petits rires.

— Il est arrivé quelque chose ? demanda Janie en se redressant.

— Non, dit Nicole. Du moins, rien de nouveau.

Elle étudia Gérard.

— Gérard, je viens de décider que vous feriez un excellent vendeur !

— Les gens de mon milieu... commença-t-il en fronçant les sourcils.

Nicole l'interrompit en retirant l'assiette de sous sa fourchette.

— Nous sommes en Amérique, non en France. Ceux qui veulent manger doivent travailler.

— Que faut-il vendre ? s'enquit-il d'un air maussade. Je ne connais rien au grain.

— Le grain se vend tout seul. J'ai besoin de vous pour persuader quelques jolies femmes qu'elles seraient encore plus jolies avec de la soie et des zibelines.

— Des zibelines, répéta Janie. Nicole, de quoi parlez-vous ?

Le regard que Nicole lui adressa la dissuada immédiatement de poursuivre son interrogatoire.

— Accompagnez-moi en haut que je vous montre les vêtements. Et vous, poursuivit-elle en se tournant vers les jumeaux, vous allez prendre des leçons.

— Mais Nicole, intervint Janie, vous n'aurez pas le temps.

— Il se trouve ici une dame d'une grande culture, et elle se fera un plaisir d'instruire les enfants.

— Adèle ? pouffa Gérard. Vous n'arriverez même pas à lui faire comprendre ce que vous attendez d'elle.

— Nous n'aimons pas la dame qui crie, intervint Alex en se reculant avec Mandy dont il tenait la main.

— Assez ! s'écria Nicole d'une voix ferme. J'en ai assez de vos jérémiades. Janie et moi rendons notre tablier. La pension complète gratuite, c'est terminé ! Gérard va m'aider à gagner l'argent nécessaire pour acheter la terre autour du moulin. Ma mère s'occupera de l'éducation des enfants. Et les jumeaux vont s'instruire. Désormais, nous formons une famille. Il n'y a plus d'aristocrates ni de domestiques.

Elle pirouetta et monta l'escalier. Gérard la suivit en maugréant.

— Je ne sais pas ce qui lui arrive, mais cela me plaît ! lança Janie dans son dos.

18

Ce fut Wesley qui accompagna Nicole chez le docteur Donaldson et les emmena tous ensuite à la maison du juge. Wes accueillit sa décision d'annuler son mariage sans avoir l'air autrement surpris. Personne ne manifesta d'ailleurs beaucoup d'émotion comme si cette fin était inéluctable. Nicole était la dernière à avoir cru en Clay.

Elle fut étonnée de la brièveté de l'opération. Le fait que le mariage ait été consommé importait peu. Même avec des enfants, les liens auraient été tout aussi bien dissous du moment qu'on avait utilisé la force durant la cérémonie.

Le juge connaissait bien Clay et Wesley. Il avait rencontré Nicole chez les Backes et était désolé de cette perspective, mais le témoignage du docteur était irréfutable. Il regardait avec sympathie cette petite jeune femme française. Elle ne méritait vraiment pas le traitement que Clay lui faisait subir, car le juge avait entendu des ragots sur la présence d'une autre femme.

— Nicole ? demanda Wes quand ils quittèrent le juge, tout va bien ?

— Bien sûr, affirma-t-elle. Pourquoi en serait-il autrement ? Quand on veut acheter de la terre, où va-t-on en premier lieu ?

— Chez le propriétaire, j'imagine. Pourquoi ?

— Connaissez-vous Irwin Rogers ?

— Bien sûr. Il vit à une centaine de mètres d'ici.

— Pourriez-vous me le présenter ? s'enquit-elle.

— Nicole, de quoi s'agit-il ?

— Je veux acheter les champs qui entourent le moulin. Je pense y planter de l'orge au printemps prochain.

— De l'orge ? Mais Clay peut vous en donner...

Le regard qu'elle lui lança l'arrêta immédiatement.

— Je n'ai plus rien à voir avec Clay Amstrong. Je ferai désormais toute seule mon chemin dans le monde.

Elle se mit à descendre la route, mais Wes l'attrapa par le bras.

— Je ne peux pas croire que cela soit fini entre Clay et vous.

— C'était fini depuis longtemps, mais j'étais trop aveugle pour m'en apercevoir, corrigea-t-elle posément.

Wes l'observa un instant en silence. Le soleil faisait étinceler ses yeux. Une moue plissait sa bouche dont la lèvre supérieure était toujours aussi fascinante.

— Pourquoi ne m'épouseriez-vous pas ? Vous n'avez jamais vu ma maison. Elle est gigantesque. Vous pourriez facilement y loger tout votre petit monde. Travis et moi avons de l'argent à ne savoir qu'en faire. Vous n'auriez pas besoin de travailler.

— Wesley, murmura-t-elle après l'avoir considéré un long moment, vous êtes un amour, mais vous ne voulez pas m'épouser, déclara-t-elle en se détournant.

— Mais si ! Vous feriez une épouse idéale. Vous dirigeriez toute la plantation et on vous adorerait.

— Arrêtez ! jeta-t-elle en riant. Je me sens tout à coup très vieille.

Elle se haussa sur la pointe des pieds et déposa un baiser au coin de sa bouche.

— Je vous remercie de votre offre, mais je n'ai

aucun désir de quitter des liens pour en renouer immédiatement d'autres. Et gare à vous si vous prenez l'air soulagé !

Il porta sa main à ses lèvres.

— Je crains plutôt de pleurer.

Elle partit d'un éclat de rire en retirant sa main.

— J'ai davantage besoin d'un ami que d'un amant dans l'immédiat. Si vous voulez vraiment m'aider, peut-être pourriez-vous forcer Mr. Rogers à me faire un bon prix.

Wesley sourit. Il avait demandé Nicole en mariage sous l'impulsion du moment. Elle l'aurait surpris en acceptant et cependant, à cet instant, il regrettait son refus.

— Le vieux Rogers sera si content de vous vendre sa terre qu'il vous la donnera pratiquement.

— Pas de violence !

— Juste une dent cassée ou deux, mais rien de grave !

— Bon... S'il ne s'agit que de dents !

Ils rirent ensemble en descendant la route jusqu'à la maison d'Irwin Rogers.

Ils eurent la terre pour un prix tout à fait intéressant. Nicole avait encore très peu de liquide provenant de la vente de ses vêtements, mais Mr. Rogers échelonna ses paiements sur plusieurs années. Et elle consentit à moudre son grain gratuitement pendant trois ans.

— Ce n'est pas exactement ce que j'appellerais donner, fit Wes quand ils le quittèrent. Son grain moulu gratuitement pour trois ans !

— Attendez de voir la note la quatrième année ! lança Nicole, les yeux brillants.

Ils se rendirent ensuite à l'imprimerie où Nicole se fit faire des prospectus annonçant ses tarifs.

— Nicole ! protesta Wes en l'entendant donner ses prix à l'imprimeur. Comment comptez-vous obtenir le moindre profit ? C'est trois fois moins qu'Horace.

— C'est cela la compétition ! A qui donnerez-vous votre grain ? A moi ou à Horace ?

— Elle vous a eu, Wes, dit l'homme. Moi, je vais prévenir mon beau-frère. Et à mon avis, vous pouvez compter sur lui comme client.

— Je ne savais pas qu'un cerveau se cachait derrière ce joli minois ! s'exclama Wes avec un nouveau respect.

— Moi non plus, déclara-t-elle. Ou du moins, mon esprit était obscurci par un fatras d'idées puériles sur l'amour.

Wesley fronça les sourcils en prenant congé de l'imprimeur. Elle était plus atteinte qu'elle ne voulait bien le reconnaître.

A peine rentrée chez elle, Gérard lui manifesta sa mauvaise humeur.

— C'est assez détestable de devoir vendre des robes.

Il s'interrompit pour lisser ses cheveux qu'il portait à la Brutus, ébouriffés avec art.

— Bien sûr, les femmes sont ravies de me rencontrer. Ce n'est pas comme dans cette maison. Elles sont fascinées par l'histoire de ma noble famille, les Courtalain.

— Depuis quand la famille de Nicole est-elle la vôtre ? jeta Janie.

— Vous voyez bien ! cria Gérard. Je ne suis pas apprécié.

— Arrêtez tous les deux ! intervint Nicole. Je suis fatiguée d'entendre vos criailleries. Gérard, vous avez fait vos preuves comme vendeur. Les femmes apprécient votre accent et vos manières.

Il se rengorgea sous le compliment.

— Si vous voulez, vous pourriez distribuer mes prospectus aux épouses des fermiers. Ce serait même une très bonne idée.

— Le papier, ce n'est pas la soie, marmonna-t-il.

— Mais le pain, c'est le pain, persifla Janie. Et si vous voulez manger, il faut travailler comme tout le monde.

Il s'approcha de Janie avec un sourire de mépris, mais Nicole le retint en posant sa main sur son avant-bras. Du regard, il fit l'aller et retour de sa main à son visage. Puis recouvrit cette main de la sienne.

— Je ferai n'importe quoi pour vous.

Nicole se dégagea aussi poliment que possible.

— Isaac vous conduira le long de la rivière en canot.

Affichant un air d'amoureux comblé, Gérard quitta la maison.

— Je ne lui fais pas confiance, remarqua Janie. A votre place, je me méfierais.

— Il est inoffensif, protesta Nicole en secouant la tête.

Le printemps arrive vite en Virginie, et avec lui les premières récoltes. L'énorme meule recommença à tourner après la longue interruption de l'hiver. La publicité fonctionna à merveille, et les fermiers venaient de loin faire moudre leur grain. Avec l'aide d'un saisonnier, elle ensemença ses champs avec du blé et de l'orge.

Personne n'évoqua la possibilité de renvoyer les jumeaux à Clay, et Nicole interpréta ce geste comme une manifestation de confiance à son égard. Une fois par semaine, Isaac les emmenait en canot rendre visite à leur oncle.

— Il n'a pas l'air bien, déclara un jour Isaac à son retour.

Nicole n'eut pas besoin de lui demander de qui il parlait. Malgré son dur labeur, Clay était toujours présent à son esprit.

— Il boit trop. Il ne buvait pas autant autrefois, me semble-t-il.

Nicole se détourna. Elle aurait pu se réjouir de savoir Clay malheureux, car il le méritait bien. Mais en tout état de cause, elle n'en était pas heureuse. Elle abandonna Isaac pour aller au potager. Un peu de sarclage écarterait Clay de son esprit.

Une heure plus tard, appuyée contre un arbre, Nicole s'essuyait le front avec son avant-bras.

— Je vous ai apporté quelque chose, annonça Gérard en lui tendant une citronnade glacée.

Elle inclina la tête avec gratitude et vida le verre d'un trait.

Gérard enleva un brin d'herbe de sa manche.

— Vous ne devriez pas rester au soleil. Cela va abîmer votre merveilleux teint, ajouta-t-il en laissant descendre sa main le long de son bras.

Nicole était trop fatiguée pour s'écarter.

— Je suis content de vous trouver seule, confia-t-il en se rapprochant. Nous vivons sous le même toit, et pourtant nous avons rarement l'occasion d'avoir une conversation en tête-à-tête.

Nicole ne voulait ni l'offenser, ni l'encourager. Elle se recula.

— Je suis toujours à votre disposition pour un entretien.

Il s'approcha de nouveau et caressa son bras.

— Vous êtes la seule personne qui me comprenne ici, remarqua-t-il en français. Le fait de venir du même pays nous rapproche.

— Je me considère comme une Américaine désormais, répondit-elle en anglais.

— Comment pouvez-vous ! Nous appartenons tous les deux à la noble famille des Courtalain. Imaginez un peu ! Nous pourrions donner des descendants à cette illustre lignée.

— Comment osez-vous ! s'écria Nicole, le souffle coupé par son impudence. Oubliez-vous ma mère ? Vous êtes son époux et vous vous permettez de me faire des avances comme à une fille de cuisine !

— Il m'est bien difficile de l'oublier quand ses cris me mènent au bord de la folie ! Que peut-elle m'apporter ? Rien. Pas même des enfants. Je suis un homme dans la force de l'âge et je mérite des enfants. Vous êtes la seule à pouvoir m'en donner, fit-il en l'empoignant et en l'attirant à lui. La seule ! Vous êtes une Courtalain. Le sang des rois coulera dans leurs veines.

Nicole mit un moment avant de comprendre ses propos. Elle sentit alors son estomac se retourner et le gifla de toutes ses forces. Il la relâcha immédiatement et porta sa main à sa joue.

— Vous me le paierez, souffla-t-il. Vous regretterez de m'avoir traité comme une de ces brutes d'Américains !

Elle tourna les talons et regagna le jardin. Janie avait raison. Elle décida de se tenir le plus possible à l'écart du Français.

Deux semaines plus tard, Wes apportait l'écho du mariage de Clay avec Bianca. Nicole reçut la nouvelle de plein fouet.

— J'ai essayé de le raisonner, disait Wes. Mais têtu comme il est... Et pourtant, il n'a jamais cessé de vous aimer. Quand il a appris l'annulation, il est resté saoul pendant quatre jours.

— Je suppose qu'il a dessaoulé pour son mariage !

— Il prétend qu'il agit ainsi pour l'enfant. Comment a-t-il pu coucher avec cette vache !

Il prit Nicole par le bras au moment où elle se détournait.

— Excusez-moi. Je ne voulais pas vous blesser.

— Comment pourriez-vous me blesser ! Mr. Amstrong ne signifie plus rien pour moi.

Wes la regarda s'éloigner. Il aurait pu étrangler Clay pour ce qu'il avait infligé à cette ravissante jeune femme !

Arundel Hall respirait la crasse. Le ménage n'avait pas été fait depuis des mois. Tranquillement installée dans la salle à manger, Bianca mangeait une glace avec des petits gâteaux. Elle semblait à la veille d'accoucher tant son ventre était proéminent.

En rentrant chez lui, Clay s'arrêta sur le seuil de la pièce. Ses vêtements étaient couverts de boue et sa chemise déchirée. Des cernes sombres soulignaient ses yeux.

— Quel charmant spectacle ! déclara-t-il d'une voix forte. Ma femme qui va bientôt mettre au monde mon enfant.

Bianca l'ignora et continua à s'empiffrer.

— Vous mangez pour deux, ma chère ?

N'obtenant pas de réponse, il monta. Des vêtements sales étaient éparpillés un peu partout. Il ouvrit un tiroir et jura en s'apercevant qu'il était vide. Plus personne ne prenait soin de ses affaires, maintenant.

Après l'avoir refermé violemment, il quitta la maison et se dirigea vers la rivière. Désormais, il passait ses journées dans les champs et ses soirées à boire dans la bibliothèque jusqu'à ce que le sommeil le terrasse. Ce qui était rare.

Au bord de l'eau, il se déshabilla rapidement et plongea. Ensuite, il s'allongea sur la berge et s'endormit.

Quand il se réveilla, il faisait nuit, et il regagna la maison dans un état semi-comateux. Il entendit les gémissements dès qu'il entra. Bianca gisait au pied de l'escalier, la main sur son estomac.

— Que vous arrive-t-il ? demanda-t-il en s'agenouillant auprès d'elle. Etes-vous tombée ?

Elle roulait des yeux hagards.

— Aidez-moi, hoqueta-t-elle. Le bébé.

Clay partit en toute hâte chercher la sage-femme de la plantation. Quelques minutes plus tard, ils étaient de retour. Il alluma une lampe tandis que la femme se penchait sur Bianca. Elle parcourut de ses mains la forme immobile. Quand elle les leva à la lumière, elles étaient maculées de sang.

— Pouvez-vous la monter ?

Il posa la lampe et souleva Bianca. Les veines de son cou saillaient sous l'effort. Il la posa doucement sur le lit.

— Amenez-moi Maggie. J'aurai besoin d'aide.

Clay buvait ferme dans la bibliothèque pendant que Maggie assistait la sage-femme.

Maggie ouvrit doucement la porte et annonça :

— Elle a perdu le bébé.

Clay la regarda avec stupéfaction.

— Clay, insista-t-elle, car elle n'aimait pas la lueur dans ses yeux. Si vous cessiez de boire.

— Ne devriez-vous pas plutôt me réconforter ? protesta-t-il en se versant un autre verre de bourbon. M'affirmer qu'il y aura d'autres enfants !

— Il n'y en aura pas, dit la sage-femme qui venait d'entrer. Elle s'est bien abîmée en tombant. C'est une femme lourde. Je ne suis même pas sûre qu'elle survive.

— Elle survivra, assura-t-il, puis il but le bourbon jusqu'à la dernière goutte et remplit de nouveau son verre. Les personnes comme Bianca ne meurent pas aussi facilement.

— Clay, arrêtez donc de boire, ordonna Maggie. Vous serez incapable de travailler demain.

— Travailler ? Mais pourquoi ? Pour qui ? Pour ma charmante épouse ? Ou pour le fils qu'elle a perdu ? jeta-t-il en se mettant à rire.

D'un affreux rire sans joie.

— Clay ! répéta Maggie.

— Sortez ! Laissez-moi enfin une minute tranquille !

Lentement, les femmes quittèrent la pièce.

19

C'était en août 1796. Une année plus tard.

Nicole se tenait au sommet de la colline et regardait sa propriété. Plaçant ses mains au creux de ses reins, elle massa ses muscles fatigués. Contempler le fruit de son labeur apaisait un peu sa douleur. Le chaud soleil d'août dardait ses rayons sur les pieds de tabac déjà hauts. Les capsules de coton allaient bientôt éclater. Le blé doré, presque mûr, s'agitait doucement sous la brise. Le bruit de la meule, régulier, efficace, parvenait jusqu'à elle. Un des jumeaux cria, et Nicole sourit devant la ferme réprimande de Janie.

Depuis l'annulation de son mariage, un an auparavant, le temps s'écoulait lentement, entièrement occupé à des tâches matérielles. Elle était debout avant le lever du jour, ayant l'œil à tout, le moulin, les semailles, la moisson. La première fois qu'elle apporta sa récolte au marché, les hommes se moquèrent d'elle. Mais Nicole, bien décidée à ne pas se faire voler, mena ses affaires rondement. Elle quitta la place le sourire aux lèvres, saluée par des hochements de tête appréciateurs. Wesley la précédait en riant.

Elle avait réinvesti ses gains dans l'achat de terres et possédait maintenant cent vingt-cinq acres surplombant la rivière. Elle résolut les quelques problèmes d'érosion en consolidant les berges par des murs de pierres, aidée d'Isaac, durant l'hiver. Ils défrichèrent aussi les nouveaux champs. Elle agrandit le potager et acheta une vache et des poules.

Seule la maison n'avait pas changé. La mansarde du haut était toujours partagée entre Adèle et Gérard d'un côté et Janie et Nicole de l'autre. Les jumeaux dormaient sur des paillasses au rez-de-chaussée. Janie et Gérard s'ignoraient mutuellement. Adèle vivait toujours dans son monde d'avant la Révolution. Nicole avait réussi à la persuader que les jumeaux étaient ses petits-enfants et qu'elle devait prendre personnellement en charge leur éducation. Elle pimentait ses leçons des fabuleux récits de la vie à la Cour.

Parfois encore, de petits détails insignifiants mettaient Adèle dans tous ses états. Un jour, par exemple, Mandy attacha un ruban rouge autour de son cou. Adèle vit l'enfant, et cela lui rappela le sort de ses amis. Elle cria pendant des heures. Les jumeaux en avaient pris leur parti et ils allaient chercher Nicole. Elle tremblait encore pendant quelques jours, parlant de meurtre et de mort, puis retournait à son univers imaginaire. Elle ignorait complètement qu'elle vivait en Amérique. Elle connaissait uniquement Nicole et les jumeaux, tolérait Janie et regardait Gérard comme s'il n'existait pas.

Gérard appréciait plutôt cette attitude. D'ailleurs, il restait à l'écart des autres habitants de la maison et se comportait en étranger. Il n'était plus le même depuis le jour où Nicole l'avait giflé. Il partait pendant plusieurs jours et revenait au milieu de la nuit sans jamais donner d'explications.

Quels que soient les bruits qui couraient à son sujet, sa participation aux affaires était plus qu'honorable. Ses manières recherchées et son accent apportaient à Nicole autant de clients que les prix serrés qu'elle pratiquait. Un nombre impressionnant de jeunes femmes venaient avec leur père faire moudre leur grain. Gérard les traitait toutes comme de véritables aristocrates françaises, et elles roucoulaient.

Une seule fois, Nicole put entrevoir les pensées de Gérard. Une jeune femme particulièrement simple roulait des yeux ravis devant le baisemain de Gérard accompagné de quelques mots en français. Par une ruse du vent, Nicole surprit ses propos. Avec un large sourire, il la traitait d'ordure, de putain. Nicole s'écarta en frissonnant. Elle ne voulait pas en entendre davantage.

Elle se redressa et regarda de l'autre côté de la rivière. Elle n'avait pas vu Clay depuis qu'il lui avait annoncé la grossesse de Bianca. Cela lui semblait à la fois une éternité et quelques instants. Chaque nuit, son image l'obsédait. Son corps la trahissait, réclamant sa présence. Perdant toute dignité, elle aurait été prête à le rejoindre à la clairière.

Elle secoua la tête. Il était inutile de raviver le passé, alors qu'elle vivait heureuse au milieu de gens qu'elle aimait.

Elle observa la plantation. Même à cette distance, on voyait que tout était à l'abandon. L'année dernière, on avait laissé les récoltes pourrir sur pied. Isaac la tenait informée, et par lui, elle avait appris qu'il ne restait plus autour de Clay qu'une poignée d'hommes.

Au printemps, seule une partie des champs du bas fut ensemencée. Sur ceux du haut, quelques tiges pourrissaient. Isaac prétendait que la dernière personne à avoir du travail à Arundel était la cuisinière.

— Triste spectacle, n'est-ce pas ?

Elle pirouetta sur elle-même et se trouva nez à nez avec Isaac. Il regardait lui aussi de l'autre côté de la rivière. Ils étaient devenus très proches l'un de l'autre. Le fait d'avoir partagé la même tragédie avait créé un lien entre eux.

— Il s'en sortira si la récolte est bonne, et pour le moment, le temps est idéal, dit-elle.

— Je vois mal Clay avoir assez de force pour récolter ne serait-ce que le tabac, et encore moins pour le porter au marché.

— C'est absurde ! Personne n'est plus travailleur que Clayton Amstrong.

— N'était, corrigea Isaac. C'était vrai autrefois. Mais maintenant son seul travail consiste à porter sa bouteille à sa bouche. Et d'ailleurs, à quoi bon ? Cette femme qu'il a épousée dépense plus que ne pourraient rapporter quatre plantations. Un jour ou l'autre, il sera acculé à la vente.

Nicole se détourna. Elle ne voulait pas en entendre davantage.

— J'ai de la paperasserie à mettre à jour. Les Morrison ont-ils apporté l'orge promise ?

— Ce matin, répondit-il en la suivant.

Il prit une profonde inspiration et formula mentalement pour la centième fois le souhait qu'elle se repose un peu. Seul Wesley arrivait à détourner Nicole de ses occupations. Mais Travis étant en Angleterre, Wes dirigeait la plantation et n'avait plus guère le loisir de s'absenter.

Appuyé contre un tronc d'arbre, Gérard observait Isaac qui rentrait au moulin derrière Nicole. Il s'était fréquemment demandé ce qu'il y avait entre eux. Ils étaient si souvent ensemble. L'année dernière, Gérard avait rencontré des centaines de personnes qui, pour la plupart, étaient ravies de lui apprendre tout ce qu'il désirait savoir. Il avait ainsi découvert que Nicole était une femme passionnée. On lui avait rapporté sa conduite chez les Backes. Ainsi, elle s'était comportée là-bas comme une vulgaire fille des rues alors qu'elle l'avait giflé, lui, quand il l'avait touchée.

Il ne s'était pas passé de jours sans qu'il ne se souvienne de la manière dont elle l'avait frappé, dont elle l'avait toisé comme s'il était un moins que rien. Il savait pourquoi elle l'avait écarté. Parce qu'il était fils de cordonnier. Et qu'il soit allié maintenant aux Courtalain ne changeait rien à ses yeux.

La nuit, elle le tourmentait, elle jouait avec lui au-delà de toute endurance. Seul un rideau séparait leurs chambres, et allongé sur son lit, il pouvait l'entendre se déshabiller. Il savait quand elle était nue juste avant de se glisser dans sa chemise de nuit. Il imaginait son corps superbe. Il imaginait qu'il ouvrait les bras et qu'elle s'y précipitait. Il lui montrerait ! Il lui ferait regretter cette gifle !

Il s'éloigna de l'arbre. Un jour, elle ramperait devant lui et le supplierait. Ah ! c'était une femme passionnée ! Eh bien, elle implorerait à genoux ses faveurs. Il lui prouverait qu'un fils de cordonnier valait bien les hommes de sa parenté.

Il se mit à marcher à travers les arbres, s'écartant du moulin. L'endroit le rendait malade. Tous ensemble, ils parlaient et se moquaient — de lui, sans aucun doute. Il leur ferait payer...

Comme il longeait la crête, un mouvement de l'autre côté de la rivière retint son regard. Il s'agissait d'une femme à cheval. Il s'arrêta pour l'observer. Depuis quelque temps, on voyait peu d'activités de ce côté-là. Il savait que Nicole avait été mariée à Amstrong, mais il n'avait pas essayé d'en apprendre davantage sur leur relation. Quand elle avait obtenu l'annulation si peu de temps après son arrivée, il s'était réjoui, sûr qu'elle agissait ainsi pour pouvoir l'épouser lui, Gérard. Après une attente raisonnable, il lui avait fait savoir qu'elle serait la bienvenue dans son lit.

Ses mâchoires se serrèrent au souvenir de l'insulte. C'était une allumeuse ! Elle l'avait attiré pour mieux le repousser après.

Ses yeux étaient toujours fixés sur l'autre berge. La femme levait sa cravache et frappait sa monture sur la croupe. Le cheval fit un écart, puis il rua, l'envoyant atterrir sur son derrière dans un nuage de poussière et de cailloux.

Gérard hésita une seconde, puis il dévala la pente jusqu'au quai. Il n'avait aucune idée derrière la tête, mais il savait qu'il devait rejoindre la femme. Il traversa la rivière.

— Vous n'êtes pas blessée ? demanda-t-il quand il fut auprès d'elle.

Bianca était assise par terre, tout son corps douloureux. Elle retirait un gravier terreux de sa bouche et le considérait avec dégoût. Elle sursauta en apercevant Gérard. Cela faisait longtemps qu'elle n'avait pas vu un gentleman, et elle reconnut immédiatement la mode française. Il portait une veste de drap vert aux parements de velours et une chemise en soie blanche. La cravate cachait la pointe du menton. Sa culotte était ajustée sur ses cuisses et fermée par des boutons en forme de perle aux genoux. Et, luxe suprême, il avait des bas de soie rayés vert et jaune.

Elle poussa un profond soupir. Quel bonheur de voir un homme habillé avec goût et d'une constitution délicate !

— Puis-je vous aider ? répéta Gérard, interprétant son regard comme celui de centaines d'Américaines avides de culture et de raffinement.

Il l'examinait en lui tendant la main. C'était une femme corpulente, très corpulente. Sa robe de satin rouge à la taille basse révélait un énorme derrière et ses bras tendaient le tissu des manches. Son visage, sans doute agréable autrefois, était distendu par la graisse. Même si l'étoffe était mal choisie et la coupe démodée, le tout avait dû lui coûter une petite fortune.

— Laissez-moi vous aider, proposa-t-il avec son accent si apprécié. J'ai peur que vous n'abîmiez ce ravissant teint en restant au soleil.

Bianca rosit de plaisir et prit la main offerte.

Gérard banda toutes ses forces pour la relever. Elle était encore plus impressionnante debout. Elle le dépassait de quelques centimètres et pesait bien une dizaine de kilos de plus que lui.

Sans lâcher sa main, il la conduisit à l'ombre d'un

arbre. Et avec un geste ample, il retira sa veste et l'étala sur l'herbe.

— Je vous en prie, dit-il en s'inclinant. Une dame d'une complexion aussi délicate que la vôtre devrait être prudente.

Pendant que Bianca s'asseyait lourdement, il se dirigea vers la rivière.

— Vous ne m'abandonnez pas, n'est-ce pas ?

Il lui lança par-dessus son épaule un regard qui se voulait éperdu: la quitter maintenant qu'il l'avait trouvée ? Impossible, voyons ! Au bord de l'eau, il sortit son mouchoir. D'une soie arachnéenne, garni de dentelles, il appartenait en fait à Adèle. Il le mouilla légèrement. Et, retournant auprès de Bianca, il déclara, un genou en terre:

— Vous avez une tache sur la joue. Avec votre permission.

Il prit son menton dans sa main et essuya la poussière.

Bianca était tout étonnée de n'éprouver aucune répulsion à son toucher. C'était pourtant un homme.

— Vous allez salir votre mouchoir, bredouilla-t-elle.

— Que vaut la soie à côté de la peau d'une femme ravissante !

— Ravissante ? fit-elle en ouvrant de grands yeux. Personne ne m'a adressé un tel compliment depuis bien longtemps.

— C'est étonnant, s'écria Gérard. Je pensais que votre mari — une femme de votre beauté a sûrement un mari — vous le répétait chaque jour.

— Mon mari me déteste.

Gérard avait bien senti qu'elle avait besoin de se confier. Il haussa les épaules. Il n'avait aucun projet pour la journée, et une femme délaissée était parfois une source d'informations intéressantes.

— Et qui est votre mari ?

— Clayton Amstrong.

— Le propriétaire des lieux ? s'enquit-il en haussant un sourcil.

— De ce qu'il en reste, soupira-t-elle. Il refuse de travailler parce qu'il me déteste. Il ne veut pas se tuer à la tâche pour des babioles.

— Des babioles ? l'encouragea-t-il.

— Oh, oui ! Je n'achète rien dont je n'aie vraiment besoin : quelques vêtements, une voiture, quelques meubles pour la maison. Vous voyez bien. Tout ce qui est nécessaire à une femme de ma condition.

— C'est une honte d'avoir un mari aussi égoïste.

Bianca regarda de l'autre côté de la rivière.

— C'est de *sa* faute. Si elle ne s'était pas jetée à la tête de mon mari, tout cela ne serait pas arrivé.

— Mais je croyais que Nicole avait été mariée avec Amstrong, remarqua-t-il sans faire semblant d'ignorer de qui elle parlait.

— En effet. Elle imaginait pouvoir me voler impunément mon bien, mais je l'en ai empêchée.

— Que possède exactement Amstrong ? s'enquit Gérard avec un coup d'œil sur les champs de tabac à sa gauche.

Une lueur d'intérêt brilla dans le regard de Bianca.

— Il est riche, ou du moins pourrait l'être s'il travaillait un peu. Il a une belle maison. Petite, malheureusement !

— Nicole a renoncé à tout cela ? demanda-t-il, plus pour lui-même.

— Elle n'a pas renoncé, protesta Bianca, rouge de colère. Nous avons joué, et j'ai gagné la partie. Voilà tout.

Elle avait capté l'intérêt de Gérard, il insista :

— Expliquez-moi donc en quoi consistait ce jeu.

Il écouta l'histoire de Bianca avec attention, amusé par son habileté. Voilà enfin quelqu'un qu'il pouvait comprendre ! Il rit quand elle lui raconta comment elle avait soudoyé Abe pour enlever Nicole et fut tout à fait impressionné en apprenant comment elle s'était fourrée dans le lit de Clay.

Bianca n'avait jamais eu un auditoire aussi attentif. Du coup, elle relata aussi l'épisode Oliver Hawthorne et comment elle avait dû se droguer avant de subir l'assaut de cet homme vulgaire.

— Non ! fit Gérard en pouffant. Et ce n'était même pas son fils ! Mais c'est merveilleux ! Nicole a dû être folle en découvrant que son cher mari la trompait !

Sous l'impulsion du moment, il prit sa main et l'embrassa.

— Dommage que vous ayez perdu le bébé. Cela aurait été bien fait pour Amstrong d'avoir un fils qui ressemble au voisin.

— En effet, dit rêveusement Bianca. Il m'a trop souvent fait passer pour une imbécile. Je voulais lui rendre la pareille.

— Voyons, ma chère ! Ce sont les gens qui ne vous apprécient pas qui sont des imbéciles.

— Oh, oui ! souffla-t-elle. Vous me comprenez, vous, au moins.

Ils restèrent un instant en silence. Bianca était ravie de s'être fait un premier ami. Quant à Gérard, il était sûr de pouvoir utiliser un jour ou l'autre ces révélations.

— Je ne me suis pas encore présenté, fit-il, Gérard Gautier, de la famille Courtalain.

— Courtalain, hoqueta Bianca. Mais c'est le nom de Nicole.

— Nous sommes... parents, en effet.

Les yeux de Bianca se remplirent de larmes.

— Vous vous êtes servi de moi, s'écria-t-elle avec désespoir. Vous êtes de *son* côté.

Elle fit une tentative pour se lever, mais son énorme estomac la gênait. Gérard la prit par l'épaule et la força à se rasseoir.

— Lui être apparenté ne me range pas forcément parmi ses amis. Loin de là ! Je loge chez elle, et elle ne me laisse pas oublier un instant que je suis là par charité.

— Ah, vous aussi, vous l'avez percée à jour !

Tout le monde chante ses louanges et me jette la pierre...

— Tout le monde ? reprit Gérard. Vous parlez des Américains, n'est-ce pas ? Que peut-on attendre d'un peuple aussi primaire ?

— C'est bien vrai, confirma Bianca. Personne ne semble remarquer la manière dont elle se comporte avec cet horrible Wesley Stanford.

— Ou Isaac Simmons ! ajouta-t-il avec dégoût. Elle passe des heures avec ce moins que rien.

Une cloche sonna au loin. Elle appelait les employés qui restaient encore sur la plantation pour le dîner.

— Je dois partir, dit Bianca. Pourrions-nous... nous revoir ?

Gérard banda ses faibles forces pour aider Bianca à se lever. Ce n'était pas une tâche aisée. Puis il remit sa veste.

— J'ai hâte de vous revoir. Pour la première fois depuis que je suis ici, j'ai le sentiment d'avoir trouvé une âme sœur.

— Moi aussi, je ressens la même chose.

Il prit sa main entre les siennes et s'inclina en déposant un baiser.

— A demain, alors ?

— Ici, à l'heure du déjeuner. J'apporterai un pique-nique.

Il acquiesça d'un signe de tête et s'en fut rapidement.

20

Bianca regarda un long moment Gérard s'éloigner. C'était vraiment un bel homme, aux mœurs raffinées — pas comme ces rustauds d'Américains ! Avec un soupir, elle se dirigea vers la maison. Elle avait demandé à Clay une voiture et un cocher, mais il s'était moqué d'elle, déclarant qu'il n'allait pas tracer des routes sur la plantation parce qu'elle était trop paresseuse pour marcher.

Pourquoi donc n'avait-elle pas épousé quelqu'un comme Gérard ? songeait-elle sur le long chemin du retour. Elle aurait pu être heureuse avec lui. Gérard ! Elle répéta plusieurs fois son nom. Oui ! Auprès de lui la vie serait délicieuse.

A peine fut-elle entrée que son euphorie s'évanouit. La maison était dans un état de saleté repoussante. Le ménage n'avait pas été fait depuis plus d'un an. Des toiles d'araignées pendaient des plafonds. Des vêtements, des vieux papiers, des fleurs mortes traînaient sur les tables. Le seul fait de marcher sur les tapis soulevait des nuages de poussière.

Elle avait bien essayé de former des domestiques, mais Clay interférait tout le temps et les montait contre elle.

— Voici ma chère — oserai-je dire petite ? — épouse ! s'écria Clay.

Il était nonchalamment appuyé contre le pilastre de l'escalier. Sa chemise sale et déchirée était ouverte jusqu'à la taille et à moitié passée seulement dans sa large ceinture en cuir. Ses bottes étaient maculées de boue. Et il tenait à la main son éternel verre de bourbon.

— Je savais bien que le dîner vous ramènerait, fit-il paresseusement en frottant son menton mal rasé.

— Vous me dégoûtez, grinça-t-elle en passant devant lui pour entrer dans la salle à manger.

La grande table croulait sous les victuailles. Maggie était l'une des rares domestiques à être restée auprès de Clay. Bianca s'assit et posa sa serviette sur ses genoux tout en examinant les différents plats.

— Quelle faim ! lança Clay de la porte. Si vous étiez capable de regarder un homme de cette manière, il serait à vos pieds. Mais les hommes ne vous intéressent pas, n'est-ce pas ? Vos seuls intérêts sont la nourriture et vous-même.

Bianca mit trois beignets de poisson dans son assiette.

— Vous ne me connaissez pas. Cela vous étonnera peut-être de savoir qu'on me trouve encore attirante !

Clay émit un rire méprisant et avala une bonne rasade de bourbon.

— Aucun homme ne peut être assez sot ! Laissez-moi au moins ce privilège de la stupidité.

— Saviez-vous que votre chère Nicole dormait avec Isaac Simmons ? poursuivit-elle, ravie de le voir devenir livide. Elle a toujours été une traînée. Je parie qu'elle a aussi mis Abe dans son lit !

— Je ne vous crois pas, dit Clay à voix basse. Isaac est encore un enfant.

— Comment étiez-vous à seize ans ? Maintenant qu'elle est libre, elle peut faire ce qu'elle veut, avec qui elle veut.

— Assez ! hurla-t-il en lui jetant son verre à la figure.

Il manqua sa cible et sortit de la maison en claquant la porte. Il passa devant son bureau dans lequel il n'entrait plus guère. Il n'en voyait pas la nécessité. Il attrapa une bouteille de bourbon dans l'écurie et se dirigea vers la rivière.

Il s'assit lentement au bord de l'eau, appuyé contre un arbre. De là, il apercevait les champs de Nicole. Le moulin était hors de vue, et il en était heureux. La prospérité de ses terres le faisait suffisamment souffrir. Il se demandait si elle se souvenait seulement de lui. Elle vivait avec ce petit Français dont Maggie prétendait que toutes les femmes de Virginie étaient folles. Il repoussa l'idée d'Isaac. Bianca avait l'esprit malade.

Il prit une rasade de bourbon. De temps en temps, la nuit, il se réveillait en sursaut après avoir rêvé que ses parents, James et Beth l'accusaient de dilapider leur héritage. Le lendemain, il prenait des décisions énergiques qui s'évaporaient à la vue de Bianca et de la propriété à l'abandon.

Il continua à boire sans prêter attention aux nuages qui s'amoncelaient au fil des heures. Ils roulaient paresseusement au-dessus de sa tête, déjà noirs et menaçants. Un éclair sillonna le ciel dans le lointain. Un vent frais se leva soudain, chassant la chaleur. Il souffla sur les champs de blé et d'orge. Il agita la chemise de Clay sans le réveiller. La pluie se mit à tomber pour de bon et frappa son visage et son torse. Sans même remarquer que sa chemise trempée lui collait à la peau, il se redressa et continua à boire.

Nicole regarda par la fenêtre et soupira. Il pleuvait sans discontinuer depuis deux jours. Ils avaient dû arrêter la roue du moulin car elle était devenue incontrôlable. Isaac lui avait affirmé que ses récoltes seraient sauves aussi longtemps que les murs tiendraient, et ils avaient l'air de résister.

Elle sursauta quand on frappa un violent coup à la porte.

— Wesley ! dit-elle, heureuse de le voir. Entrez vite, vous êtes trempé !

Il enleva son ciré et le secoua. Janie le prit et le mit à sécher.

— Pourquoi donc êtes-vous venu par un temps pareil ? demanda-t-elle. Auriez-vous des ennuis avec la rivière ?

— Un tas d'ennuis ! Je suis gelé. Y a-t-il un peu de café ?

Nicole lui tendit une tasse qu'il avala devant le feu. Gérard était assis dans un coin de la pièce, silencieux et indifférent. Wes pouvait entendre les jumeaux à l'étage, sans doute avec la mère de Nicole qu'il avait vue une seule fois.

— Alors ! Qu'est-ce qui vous amène ? répéta Janie.

— En fait, j'allais voir Clay. Il va y avoir une inondation si la pluie continue.

— Une inondation ? interrogea Nicole. Clay sera-t-il touché ?

Janie lui lança un regard perçant :

— Dites-nous plutôt quel sera notre sort à *nous* ?

Wes regardait Nicole.

— Clay court toujours le risque d'être inondé. Du moins, dans les champs du bas. C'est déjà arrivé quand nous étions enfants. Mais, à l'époque, Mr. Amstrong avait d'autres terres ensemencées.

— Je ne comprends pas.

Wes s'agenouilla et, avec un bout de bois, indiqua dans la cendre le tracé des terres de Clay, de Nicole et de la rivière. Juste au-dessous du moulin, la rivière dessinait un coude vers les terres de Clay qui s'affaissaient fortement à cet endroit, ouvrant la voie aux inondations. Les champs de Nicole, au contraire, surplombaient le cours d'eau.

— Si je comprends bien, mes champs s'égouttent dans ceux de Clay, favorisant l'inondation.

— C'est une manière de voir les choses. Mais vous pouvez difficilement être tenue pour responsable si Clay perd sa récolte.

— Perd ? La totalité ?

Wes remua la cendre avec un tisonnier, effaçant le plan.

— C'est de sa faute. Il sait qu'il prend un risque avec ces champs, mais ils sont particulièrement fertiles. C'est pour cela qu'il ensemençait toujours ceux du haut aussi.

— Mais cette année, dit Nicole en se levant, les seuls champs qu'il a plantés sont ceux du bas.

Wes se leva à son tour.

— Il n'ignorait pas ce qui pouvait arriver.

— N'y a-t-il rien à faire ? Va-t-il tout perdre ?

Wes mit un bras autour de ses épaules.

— Il faudrait que la pluie s'arrête. Je ne vois pas d'autre solution.

— Je me sens si impuissante. Si seulement nous pouvions l'aider !

— Wesley, intervint Janie. Je suis sûre que vous mourez de faim. Venez donc prendre quelque chose.

— Voilà une bonne idée ! acquiesça Wes avec un sourire. Que se trame-t-il donc en haut ? Puis-je voir les jumeaux ?

Janie alla jusqu'au pied de l'escalier.

— Le duc de Wesley est là pour saluer leurs altesses royales !

Il lança un regard incrédule à Nicole. Elle roula des yeux, secoua la tête et soupira, puis leva les mains en désespoir de cause. Wes suffoquait de rire. Les jumeaux dévalèrent l'escalier et se jetèrent dans ses bras. Il les fit tournoyer et sauter en l'air, déclenchant des cris de joie.

— Vous devriez vous marier, Wes, déclara Janie d'une voix tout à fait sérieuse avec un coup d'œil significatif dans la direction de Nicole.

— Dès que vous consentirez à m'épouser, assura-t-il avec un rire. Ah ! Non ! C'est impossible ! J'ai déjà promis à une petite sœur d'Isaac de convoler en justes noces avec elle !

— Tant pis ! J'aurais accepté immédiatement

votre proposition. Mettez ces deux chenapans par terre et venez vous restaurer !

Un peu plus tard, quand Wes eut fini son repas et répondu aux questions des jumeaux, il remarqua l'air préoccupé de Nicole. Il attrapa sa main par-dessus la table et la serra entre les siennes.

— Ne vous inquiétez pas. Travis et moi l'empêcherons de perdre la plantation.

— Perdre la plantation ? reprit Nicole en se redressant. Mais il ne va pas la perdre à cause d'une récolte !

Wes échangea avec Janie un regard éloquent.

— Il aurait dû semer au-dessus du seuil d'inondation.

— Mais enfin, même s'il perd cette récolte, il a de quoi survivre !

Wes repoussa son assiette. La pluie martelait le toit.

— Autant que vous connaissiez la vérité. L'année dernière, Clay a laissé pourrir sa récolte. Il a été sauvé par tout le travail accumulé précédemment. Mais Bianca, poursuivit-il d'une voix légèrement altérée en observant Nicole qui, malgré tous ses efforts, n'arrivait pas à cacher combien ce nom la blessait, Bianca, donc, a dépensé des fortunes. Elle emprunte de l'argent en offrant un nantissement sur la plantation. Elle a envoyé de grosses sommes à son père en Angleterre. Elle voudrait reconstituer le domaine familial.

Nicole se leva, s'approcha de la cheminée et remua paresseusement le tisonnier dans les cendres. Elle se rappelait le parc qui avait été autrefois la propriété des Maleson et que Bianca voulait restituer à sa famille.

— Et Clay la laisse faire ? Cela ne lui ressemble pas.

— Je ne suis pas sûr que ce soit le même Clay, répondit Wes après un long silence. Il a changé. Tout lui est devenu égal. Il ne se déplace jamais sans son verre de whisky. Quand j'ai essayé de lui parler, il ne m'a même pas écouté. Autrefois, il avait du tempérament. Il frappait même avant de réfléchir, parfois. Mais maintenant...

Il ne finit même pas sa phrase.

— Il a perdu la récolte de l'année dernière et maintenant il va perdre celle de cette année. Essayez-vous de me dire qu'il est ruiné ?

— Non, Travis et moi avons parlé aux créanciers. Nous garantirons Clay. Je lui ai quand même conseillé d'empêcher Bianca de dépenser davantage.

Elle se tourna vers lui :

— Avez-vous averti Clay que vous vous portiez caution ?

— Bien sûr ! Nous ne voulions pas qu'il s'inquiète.

Nicole jeta quelques jurons en français qui réveillèrent Gérard de sa léthargie.

— Et si Clay vous proposait de gérer vos affaires à votre place, quelle serait votre réaction ?

— Ce n'est pas cela du tout ! Nous sommes amis. Nous avons toujours été amis.

— Les amis *s'entraident*, ils ne s'entre-tuent pas.

— Nicole ! avertit Wes qui sentait la colère le gagner. Je connais Clay depuis toujours et...

— Et maintenant, vous lancez une ancre à un homme qui se noie, voilà tout.

Wes se leva, le visage rouge, les mains cramponnées à la table.

— Arrêtez tous les deux ! s'interposa Janie. Vous vous conduisez comme des enfants. Pire même ! Jamais je n'ai vu les jumeaux se chamailler ainsi.

— Je suis désolé, dit immédiatement Wes. Je ne voulais pas me mettre en colère, mais Nicole m'accuse d'horribles méfaits.

Nicole se retourna vers le feu, le tisonnier à la main. Elle redessina le méandre de la rivière tel que Wes le lui avait indiqué et tout en le contemplant, elle murmura :

— Ce n'était pas mon intention. Mais Clay est si

orgueilleux. Il aime la plantation, mais il préférerait y renoncer que de la perdre.

— Cela ne veut rien dire.

— Sans doute, fit-elle en haussant les épaules. J'ai du mal à m'exprimer. Wes, il n'y a aucun moyen d'empêcher la rivière de déborder ?

— Prier, peut-être. Si la pluie cesse, le niveau peut baisser.

— Pourquoi est-ce un phénomène aussi épisodique ?

— Parce que le cours de la rivière change. Quand le père de Clay était enfant, ces champs n'existaient pas, mais chaque année, la rivière bouge et laisse un peu plus de terrain.

— Montrez-moi ce que vous entendez par là, s'enquit-elle en reportant son attention sur la carte.

— Ce coude était plus net autrefois. Maintenant, il s'élargit.

Elle étudia la carte.

— Vous voulez dire que la rivière, en rongeant mes terres hautes, ici, va créer plus loin les terres basses de Clay ?

— Vous n'avez pas à vous inquiéter, dit-il en la regardant avec surprise. Cela prendra bien encore cinquante ans avant que vous perdiez beaucoup de terre.

— Et si nous donnions à la rivière ce qu'elle demande ?

— De quoi parlez-vous, enfin ? maugréa Wes qui croyait qu'elle s'inquiétait pour ses biens.

— Nicole, remarqua Janie, je n'aime pas votre voix.

Nicole prit une brindille et traça une ligne coupant l'extrême pointe de la berge en surplomb, à l'intérieur de la courbe.

— Que se passerait-il si l'on coupait mes champs à cet endroit ?

— Le sol est détrempé et à pic, il basculerait sans doute dans la rivière.

— Comment cela se répercuterait-il sur le niveau de l'eau ?

Wes grimaça quand il commença à comprendre où elle voulait en venir.

— C'est impossible, Nicole ! Ce serait très long à creuser, et c'est votre blé qui tomberait à l'eau.

— Vous ne m'avez pas répondu. Le niveau baisserait-il ?

— Mais oui, sapristi ! Cette satanée rivière adorerait engloutir vos terres plutôt que celles de Clay. Elle n'en a rien à foutre !

— Je vous serais reconnaissante de châtier votre langage devant les enfants, protesta-t-elle sur un ton guindé. Et maintenant, nous avons besoin de pelles, de pioches pour les racines, et...

— Avez-vous jeté un coup d'œil dehors ? l'interrompit Wes. On peut difficilement se tenir debout sous ces cataractes, comment imaginer travailler dans ces conditions ?

— Je ne vois pas d'autres moyens de creuser une tranchée. A moins que vous ne puissiez nous apporter ce fossé à domicile ?

— Je ne vous laisserai pas faire cela, déclara Wes carrément. Clay peut s'en sortir sans votre sacrifice. Travis et moi lui prêterons de l'argent, et cela ira mieux l'année prochaine.

Nicole le considéra d'un regard glacial.

— Vraiment ? Et pourquoi donc ? Pourquoi cela irait-il mieux ? Nous l'avons tous abandonné. C'est un homme qui a besoin d'une famille. Il était heureux quand il avait encore ses parents, James et Beth, les jumeaux. Puis, un par un, tous l'ont quitté. Moi aussi, je suis partie avec les jumeaux. C'était autrefois une maison heureuse, assena-t-elle en pointant son doigt dans la direction d'Arundel Hall, pleine de gens qu'il aimait et qui l'aimaient. Que lui reste-t-il maintenant ? Nous devons lui montrer que nous tenons à lui.

— Mais Travis et moi...

— L'argent ! Vous êtes comme un mari qui penserait acheter l'amour de sa femme avec de l'argent. Clay n'a nul besoin d'argent, il réclame juste votre affection. Il ne veut plus se sentir seul au monde.

Quand elle s'arrêta, plusieurs regards étaient fixés sur elle, même celui de Gérard sous ses paupières mi-closes.

— Auriez-vous deviné les sentiments de Clay ? s'enquit Wes. Ou vous sentez-vous vous-même seule et abandonnée ?

Nicole le gratifia d'un pâle sourire.

— Je ne sais plus. Et je n'ai pas le temps d'y réfléchir. Chaque minute que nous perdons met le tabac de Clay en danger.

Wes attira brusquement Nicole et la serra contre son cœur.

— Si jamais je trouve une femme qui me porte la moitié de l'amour que vous avez pour Clay, je ne la laisserai jamais s'échapper.

Nicole s'écarta tout en séchant une larme au coin de son œil.

— Je suis sûre que vous serez aussi stupide que Clay et moi. Maintenant, organisons-nous ! Auriez-vous quelques pelles ?

Janie détacha son tablier et l'accrocha à la patère de la porte, puis elle s'empara de l'imperméable de Wes.

— Où allez-vous ? demanda-t-il.

— Pendant que vous poursuivez votre conversation, je vais *agir*. Je vais d'abord emprunter des vêtements à Isaac. Je n'ai aucune envie de m'agiter sous la pluie dans une jupe mouillée. Ensuite, j'irai chercher Clay.

— Clay ! crièrent ensemble Nicole et Wes.

— Libre à vous de penser qu'il est invalide. Moi, je vois les choses autrement. Il peut creuser comme tout le monde, et il a encore quelques employés.

Nicole et Wes continuaient à l'observer sans bouger.

— Vous allez finir par prendre racine ! Nicole, venez avec moi au moulin. Wes, allez donc marquer le tracé de la tranchée.

Wes attrapa le bras de Nicole et la poussa vers la porte.

— Allons-y ! Le travail nous attend !

21

Janie fut scandalisée par le spectacle qu'offrait Arundel Hall. Une fuite sous le porche avait formé une mare devant la porte à moitié ouverte, et le tapis oriental de l'entrée était trempé sur tout un côté. Elle sauta à l'intérieur et essaya de repousser le battant. Le bois avait joué, et elle dut y renoncer. Elle roula le tapis à l'écart et poussa un cri de surprise en découvrant le parquet abîmé devant la porte. Il faudrait remplacer les lattes de chêne.

Mécontente, elle fit le tour du majestueux hall des yeux. La maison exhalait une odeur fétide de saleté et de moisissure. Elle ferma un instant les yeux et s'excusa auprès de la mère de Clay. Puis elle se dirigea à grands pas vers la bibliothèque.

Elle ouvrit la porte sans frapper. La pièce n'avait pas changé, c'était sans doute la seule. Mais la même crasse régnait comme partout ailleurs. Elle resta immobile, le temps que ses yeux s'accoutument à l'obscurité.

Une voix pâteuse s'éleva dans un coin :

— J'ai dû mourir et monter au paradis. Ma charmante Janie portant des pantalons d'homme ! C'est une mode que vous lancez ?

Janie alla au bureau et alluma une lampe. Elle sursauta en voyant Clay. Ses yeux étaient rouges, et il avait une barbe de plusieurs jours.

— Janie, passez-moi donc la bouteille sur le bureau.

Je voulais la prendre moi-même, mais on dirait que je n'ai pas assez de force.

Janie l'observa un long moment.

— Depuis combien de temps n'avez-vous rien mangé ?

— Mangé ? Il ne reste plus rien ! Ne saviez-vous pas que ma chère épouse avale tout ce qui lui tombe sous la main ?

Il fit des efforts pour se redresser sans y arriver.

— Mais vous empestez ! remarqua-t-elle en se penchant pour l'aider.

— Merci, ma chère ! C'est la chose la plus gentille qu'on m'ait dite depuis longtemps.

Elle le mit debout. Il chancelait sur ses pieds.

— Je veux que vous veniez avec moi.

— Bien sûr. Je vous suivrai où vous voulez.

— Nous allons d'abord sortir sous la pluie. Cela va peut-être vous dégriser. Puis nous irons à la cuisine.

— A la cuisine, répéta Clay. La pièce favorite de ma femme. La pauvre Maggie travaille davantage que quand elle nourrissait les employés de la plantation. Ils sont tous partis. Vous l'ignoriez ?

Janie soutint Clay jusqu'à la porte extérieure.

— Tout ce que je sais, moi, c'est que je n'ai jamais vu un pareil cas d'apitoiement sur soi-même que le vôtre.

La pluie les frappait avec violence. Janie enfonça la tête dans ses épaules pour mieux résister, mais Clay ne semblait rien ressentir.

Dans la cuisine, elle remua les braises et alimenta le feu. Puis elle prépara rapidement du café. La pièce était en désordre. On sentait que plus personne n'aimait en prendre soin.

Janie installa Clay sur une chaise, puis elle ressortit sous la pluie pour aller quérir Maggie. Elle aurait besoin de son aide pour dessaouler Clay.

Une heure plus tard, Maggie et Janie lui avaient fait ingurgiter une quantité extraordinaire de café noir ainsi qu'une demi-douzaine d'œufs brouillés. Pendant ce temps, Maggie vidait son sac.

— Ce n'est plus un endroit heureux, désormais. Cette femme fourre son nez partout. Elle veut que nous nous inclinions devant elle et lui baisions les pieds. Nous nous moquions d'elle autrefois, mais quand Clay l'a épousée, ajouta-t-elle après une pause en lui décochant un regard sévère, plus rien ni personne ne trouva grâce à ses yeux. Tous ceux qui le pouvaient sont partis.

Clay commençait à reprendre ses esprits.

— Janie n'a pas envie d'écouter nos problèmes. Les habitants du paradis ne veulent rien savoir de l'enfer.

— C'est vous qui avez choisi l'enfer ! jeta Maggie, entamant visiblement une de ses tirades habituelles.

Janie posa sa main sur le bras de Maggie pour l'arrêter.

— Clay, vous sentez-vous capable de m'écouter ?

Il releva les yeux de son assiette. Son visage était tiré. Sa bouche formait une ligne mince dont les coins s'affaissaient.

— Vous êtes-vous rendu compte des risques que la pluie fait courir à vos récoltes ?

Il fronça les sourcils et écarta son assiette. Janie la repoussa devant lui. Docile, il reprit une bouchée.

— J'ai beau être saoul, je n'ai pas réussi à enterrer tous mes soucis. Mais cette fin ne convient-elle pas parfaitement, après tout le mal que ma femme, fit-il crachant le mot avec mépris, s'est donné pour obtenir cette plantation ? On dirait que nous allons tous les deux la perdre.

— Et vous allez baisser les bras ? demanda Janie. Le Clay que j'ai connu était plus combatif. Je me rappelle que vous aviez lutté contre le feu pendant trois jours avec James.

— Avec James, oui ! J'étais motivé alors !

— Si vous vous désintéressez de votre sort, riposta Janie, d'autres s'en préoccupent. Wesley et

Nicole sont sous la pluie, en train de raboter les terres de Nicole pour sauver les vôtres. Et vous restez là, vautré dans votre orgueil égoïste.

— Orgueil ? Je n'en ai plus depuis... depuis ce matin dans la grotte.

— Arrêtez ! cria Janie. Arrêtez donc et écoutez-moi ! Avez-vous compris ? Nicole a trouvé un moyen de sauver votre récolte.

— La sauver ? Le seul moyen est de faire cesser la pluie ou de construire un barrage en amont.

— Ou encore de permettre à la rivière de déborder ailleurs que sur vos terres...

— De quoi parlez-vous ?

— Comment va-t-elle s'y prendre ? intervint Maggie en s'asseyant auprès de Clay.

Deux paires d'yeux attentifs étaient fixés sur Janie.

— Vous voyez le brusque coude de la rivière juste en dessous du moulin ? Nicole, poursuivit-elle sans attendre la réponse, veut creuser une tranchée à cet endroit. Elle pense que la rivière pourrait choisir cet itinéraire au lieu d'envahir vos terres.

Clay s'enfonça dans son siège, le regard fixe, et resta un long moment en silence.

— Mais elle va perdre un bon bout de terrain, déclara-t-il enfin.

— C'est ce qu'a dit Wes, remarqua Janie en remplissant de nouveau leurs tasses. Il a essayé de l'en empêcher, mais voici mot à mot ce qu'elle lui a répondu : « Clay a besoin de quelqu'un qui croie en lui. Il a besoin qu'on se soucie de lui. »

Clay se leva brusquement et marcha jusqu'à la fenêtre. Il pleuvait si fort derrière la vitre qu'on ne pouvait rien voir. Nicole, songeait-il. Sobre ou ivre, il n'avait cessé de penser à elle depuis un an, d'imaginer quel aurait pu être leur bonheur si seulement il... Plus il ruminait le passé, plus il buvait.

La pluie frappait le carreau. Quelque part dans ce déluge, elle travaillait pour lui. Elle sacrifiait sa terre, sa récolte, la sécurité de tous ceux qui dépendaient d'elle, pour lui. Qu'avait dit Janie ? « Pour lui montrer que quelqu'un se souciait de lui. »

Il se tourna vers Janie.

— J'ai encore six hommes ici. Je vais les chercher et prendre des pelles. Nous allons être tous affamés, ajouta-t-il en se dirigeant vers la porte. Videz le garde-manger !

— Oui, Monsieur ! s'écria Maggie avec un sourire jusqu'aux oreilles.

Les deux femmes fixèrent la porte derrière laquelle il avait disparu.

— Cette jolie jeune dame l'aime encore, hein ? demanda Maggie.

— Elle n'a jamais cessé une minute, bien que j'aie tout fait pour l'en dissuader. A mon avis, aucun homme n'est assez bien pour elle.

— Et ce Français qui vit avec vous ?

— Maggie, vous ne savez pas de quoi vous parlez.

— J'ai quelques heures devant moi, dit-elle en mettant les provisions dans des sacs. Il vaut mieux faire la cuisine au moulin que d'essayer de transporter des plats chauds sous la tornade.

— Allons-y. J'ai mille choses à vous raconter.

La pluie crépitait si fort que Clay y voyait à peine pour faire passer ses hommes de l'autre côté de la rivière. Les barques étaient peu profondes, et l'eau s'engouffrait par-dessus bord, menaçant de happer les passagers. Le courant avait déjà englouti plusieurs rangées du tabac de Clay.

Une fois sur la berge, ils mirent leurs pelles sur l'épaule et montèrent la colline, la tête baissée, protégés par le large bord de leurs chapeaux. Dès qu'ils eurent rejoint les autres, ils se mirent immédiatement au travail. Le Clayton qui était venu les chercher n'était pas homme à tolérer la moindre désobéissance.

Clay enfonça sa pelle dans le sol détrempé. Ce n'était pas le moment de penser qu'il aidait Nicole dans son sacrifice. Soudain, sa récolte lui sembla plus importante que tout. Il se mit à creuser avec une énergie décuplée. Il se concentrait si fort sur son travail qu'il ne sentit pas tout de suite la main qui se posa sur son bras. Quand il reprit conscience, Nicole se tenait devant lui.

Quelle secousse de la voir de nouveau ! Ils se dévisagèrent avidement malgré la pluie qui ruisselait sur leurs visages.

— Voici un café ! cria-t-elle essayant de dominer les éléments déchaînés.

Elle lui tendit une tasse dont elle protégeait l'ouverture avec la main. Il la prit et l'avala sans un mot avant de la lui rendre. Il la regarda s'éloigner. Ses pieds s'enfonçaient dans la boue à chaque pas. Elle paraissait particulièrement menue avec ses vêtements d'homme et ses grandes bottes. Tout autour de lui on piétinait des épis de blé presque mûrs — son blé.

Il jeta pour la première fois un coup d'œil alentour. Une quinzaine d'hommes creusaient la tranchée. Il reconnut Isaac et Wes. A sa gauche s'étendait la partie sacrifiée. Le blé était couché sous la violence des rafales, mais la pente de la colline assurait un bon drainage. Un peu plus loin se dressait un petit muret. Il avait vu Nicole le construire avec Isaac. A chaque pierre, il prenait une rasade de whisky. Maintenant, tout ce travail allait sombrer dans la rivière. Tout cela pour lui.

Il planta de nouveau sa pelle dans la terre et se mit à creuser de toutes ses forces. Nicole revint de nouveau, et lui fit comprendre par gestes qu'il était temps de se nourrir. Clay secoua la tête et continua à travailler.

La nuit tomba, et les hommes continuaient à creuser. Il était impossible de garder des lanternes allumées, aussi se débrouillaient-ils comme ils pouvaient, à l'aveuglette. Wes essayait de les maintenir sur le tracé qu'il avait dessiné.

A la fin de la nuit, Wes fit signe à Clay de le suivre. Les hommes étaient épuisés, leurs membres douloureux et glacés. Creuser était déjà terriblement pénible. Mais avec la pluie qui s'en mêlait, ils étaient à bout de forces.

Wes emmena Clay à la tête de la tranchée. Ils avaient presque atteint leur but. Dans moins d'une heure, ils sauraient si leurs efforts avaient été utiles. La rivière pouvait en effet refuser le sacrifice de Nicole et rester dans son lit.

Wes interrogeait Clay du regard pour savoir où il fallait ouvrir la tranchée. La pluie redoublait de violence, les obligeant à communiquer par signes. Clay indiqua du doigt une échancrure sur la berge, et les deux amis se mirent immédiatement au travail.

L'aube commençait à blanchir l'horizon. Il ne restait plus que quelques mètres avant de terminer le fossé. Wes et Clay échangèrent un coup d'œil pardessus la tête de Nicole. La même pensée leur vint à l'esprit : c'était maintenant une question de minutes.

Soudain la rivière répondit à leur question. Trop goulue pour attendre le dégagement complet de la tranchée, l'eau se rua par les deux bouts à la fois. Les hommes eurent à peine le temps de se reculer que déjà la terre humide basculait dans le courant. Clay attrapa Nicole par la taille et la tira en sécurité sur les hauteurs.

Ils observaient tous, fascinés, la rivière engloutir les mottes couvertes de blé avec la voracité d'une lave en fusion.

— Regardez ! cria Wes essayant de dominer le vacarme.

Tous les regards se dirigèrent de l'autre côté de la rivière. L'eau, s'engouffrant dans la brèche ouverte par Nicole, s'était retirée des champs de Clay. Seules quelques rangées de tabac étaient abîmées, les autres n'avaient pas souffert.

Nicole lança la première un tonitruant « Hourra ! ».

Soudain la lassitude les quitta tous. Ils avaient atteint leur but. Ils se mirent à agiter leurs pelles dans l'air. Isaac s'empara de la main de Luke, et ils dansèrent ensemble une petite gigue impromptue dans la boue.

— Nous avons réussi ! hurlait Wes sous la pluie battante.

Il saisit Nicole et la jeta en l'air. Puis se tournant, il l'envoya à Clay comme un sac de grains.

— *Vous* avez réussi ! dit ce dernier avec un sourire radieux comme il la soulevait dans ses bras. Vous avez réussi ! Ma charmante et délicieuse épouse !

Il la broya contre lui et força sa bouche dans un baiser vorace. Pendant un instant, Nicole oublia les contingences et répondit avec toute la passion qu'elle ressentait.

— Vous aurez tout le temps plus tard, intervint Wes en donnant une tape sur l'épaule de Clay, car les hommes les fixaient avec curiosité.

Nicole scruta Clay. Elle sentait des larmes chaudes se mêler à la pluie sur son propre visage. A contrecœur, il la déposa par terre et s'écarta très vite comme s'il était brûlé par un feu, mais il ne put détacher les yeux de son regard, fasciné et interrogateur.

— Allons nous restaurer, proposa Wes à la cantonade. J'espère que les femmes se sont distinguées. Je pourrais engloutir un wagon entier.

Nicole se détourna de Clay, elle sentait enfin son corps revivre.

— Maggie est là. Elle ne lésine jamais sur la quantité, dit-elle.

Wes sourit en lui passant un bras autour des épaules, et ils se dirigèrent ensemble vers le moulin.

On avait installé une table sur des tréteaux. Elle croulait sous un nombre de victuailles suffisant pour nourrir une centaine d'affamés. Du pain sortant du four, encore chaud et odorant, et des mottes de beurre les attendaient. On avait aussi disposé du ragoût de tortue, de l'esturgeon, des huîtres, du crabe, du jambon, de la dinde, du bœuf et du canard. Il y avait huit tourtes différentes, des légumes variés, quatre gâteaux, trois crus de vin, trois sortes de bière, et aussi du thé et du lait.

Nicole restait éloignée de Clay. Elle se servit une assiette et s'assit près de la meule. Il l'avait appelée son épouse, et pendant un instant, elle avait cru qu'elle l'était.

— Fatiguée ?

Elle regarda Clay. Il avait enlevé sa chemise mouillée, et une serviette pendait autour de son cou. Il semblait vulnérable et solitaire. Elle aurait voulu le serrer dans ses bras, l'apaiser.

— Puis-je m'asseoir à côté de vous ?

Elle acquiesça d'un signe de tête. Ils étaient un peu à l'écart et cachés des autres.

— Vous ne mangez pas beaucoup, remarqua-t-il avec une mimique éloquente en direction de son assiette encore pleine. Auriez-vous besoin d'un peu d'exercice pour vous ouvrir l'appétit ?

Elle essaya de sourire, mais sa présence la rendait nerveuse. Il prit un morceau de jambon dans l'assiette de Nicole.

— Maggie et Janie se sont surpassées.

— Vous leur avez donné les matières premières. C'était très généreux de votre part.

Ses yeux s'assombrirent comme il la contemplait.

— Sommes-nous vraiment devenus des étrangers au point de ne pouvoir parler ensemble ? Je ne mérite pas ce que vous avez fait pour moi aujourd'hui. Non ! dit-il comme elle allait l'interrompre. Laissez-moi finir. Janie m'a reproché de n'avoir cessé de m'apitoyer sur moi-même. Elle a raison. Il me semblait que la vie était injuste avec moi. Cette nuit, j'ai eu le temps de réfléchir et je me suis rendu compte que la vie est ce qu'on en fait. Mais je n'ai pas su me décider à temps. Je me suis montré trop faible.

— Vous n'êtes pas un homme faible, protesta-t-elle en posant sa main sur son bras.

— Je crois que vous ne me connaissez pas plus que je ne me connais moi-même. J'ai très mal agi envers vous. J'ai...

Il ne put finir car sa voix se brisa.

— Et vous me rendez l'espoir, un sentiment que je n'ai plus éprouvé depuis longtemps, murmura-t-il en posant sa main sur la sienne. Je vous promets de ne plus vous décevoir. Je ne parle pas seulement du tabac, mais de ma vie.

Il regarda sa main qu'il caressa doucement.

— Je ne pensais pas que c'était possible, mais je vous aime encore davantage qu'autrefois.

Une boule dans la gorge empêchait Nicole de parler. Il plongea ses yeux dans les siens.

— Il n'existe pas de mots pour dire ce que je ressens à votre égard ni pour vous remercier.

Il s'arrêta brutalement, sa voix étranglée par l'émotion.

— Au revoir, murmura-t-il, et il partit sans lui laisser le temps de répondre.

Clay sortit rapidement du moulin, oubliant sa chemise et ignorant les appels derrière lui. Une fois dehors, il ne remarqua même pas que la pluie s'était transformée en crachin. Dans la lumière du petit matin, le paysage avait complètement changé. La rivière avait définitivement englouti les terres de Nicole, et, enfin repue, coulait majestueusement.

Le quai était intact, et Clay traversa rapidement en canot. Puis il marcha lentement vers sa maison comme s'il se réveillait d'un long sommeil, remarquant enfin toutes les dégradations subies depuis un an. Il sauta par-dessus la mare devant la porte.

Bianca se tenait au pied de l'escalier dans une robe de soie rose rehaussée de plumes multicolores à l'encolure et aux poignets.

— Enfin ! Vous voici ! Vous avez encore passé la nuit dehors.

— Vous ai-je manqué ? demanda-t-il sarcastiquement.

Le regard qu'elle lui adressa répondit à sa question.

— Où sont-ils partis tous ? Et pourquoi mon petit déjeuner n'est-il pas servi ?

— Ce n'était donc pas à mon sujet que vous vous faisiez du souci !

— Je veux une réponse ! Où est le petit déjeuner ?

— Le petit déjeuner est désormais servi au moulin, chez Nicole.

— Chez elle ! Chez cette traînée ! C'est donc là que vous étiez. Elle vous a encore dit des horreurs sur moi !

Clay se détourna avec dégoût et commença à monter les escaliers.

— Dieu merci ! Votre nom n'a pas été mentionné.

— Voilà au moins une chose qu'elle a apprise, déclara Bianca d'un air suffisant. Elle sait que je l'ai percée à jour, cette menteuse !

Clay fit volte-face avec un grognement. Il l'attrapa au collet et l'envoya violemment contre le mur.

— Espèce d'ordure ! Vous n'avez même pas le droit de prononcer son nom, vous qui n'avez jamais rien fait pour personne de toute votre vie. La nuit dernière, Nicole a sacrifié plusieurs acres de sa terre pour sauver la mienne. Voilà où j'étais toute la nuit, avec elle et d'autres qui connaissent sa générosité.

Il la poussa de nouveau contre la paroi.

— Vous ne m'utiliserez plus, désormais. Maintenant, c'est moi qui dirige ici ! Plus vous !

Bianca n'arrivait pas à retrouver son souffle. Ses joues noyées dans la graisse tressautaient. Elle articula faiblement :

— Vous ne pouvez pas la rejoindre. Je suis votre femme, et cet endroit m'appartient.

— Ma femme ! ricana-t-il en la relâchant. Vu mon comportement stupide, je l'ai presque mérité. Mais regardez-vous donc ! Vous ne vous aimez pas plus que vous n'aimez les autres.

Il lui tourna le dos et escalada rapidement les marches jusqu'à sa chambre où il s'effondra sur son lit. Il s'endormit sur le coup.

Après le départ de Clay, Bianca demeura immobile comme une statue. Qu'avait-il dit ? Qu'elle ne s'aimait pas ? Elle était issue d'une vieille lignée. Comment aurait-elle pu ne pas être fière d'elle-même ?

Son estomac gargouillait. Lentement elle quitta la maison et se dirigea vers la cuisine. Il y avait bien des barils de farine et autres ingrédients, mais elle ne savait pas comment les utiliser et ne trouva rien de consommable immédiatement. Les larmes aux yeux, elle sortit et marcha jusqu'au petit pavillon caché sous deux énormes magnolias au bout du jardin.

Elle s'effondra sur un coussin. Quand elle s'aperçut qu'il était trempé, le mal était fait : sa robe était perdue. Des larmes amères roulèrent sur ses joues tandis qu'elle arrachait les petites plumes de son corsage.

— Puis-je vous déranger ? demanda une voix à l'accent traînant.

Elle releva la tête.

— Gérard ! s'écria-t-elle avec surprise.

— Vous avez pleuré, murmura-t-il avec sympathie.

Remarquant que le coussin était mouillé, il le posa sur la balustrade et essuya soigneusement le siège en bois avant de s'asseoir.

— Racontez-moi vos soucis. Vous semblez avoir bien besoin d'un ami.

Bianca enfouit son visage dans ses mains.

— Un ami ! Je n'ai pas d'amis ! Tout le monde me déteste dans cet affreux pays. Ce matin, il a prétendu que je ne m'aimais même pas moi-même.

— Vous rendez-vous compte qu'il dirait n'importe quoi pour vous faire de la peine ? Il veut Nicole, et il fera n'importe quoi pour l'obtenir. Et d'abord, il va essayer de vous chasser.

Elle le regarda de ses petits yeux rougis et enflés.

— C'est impossible. Je suis sa femme.

— Que vous êtes innocente ! Savez-vous où il a passé la nuit dernière ?

— Il y a eu une inondation, et Nicole aurait sauvé ses terres, répondit-elle avec un geste vague de la main.

— Bien sûr qu'elle a sauvé ses terres. Elle espère bien qu'elles lui appartiendront un jour ou l'autre.

— Mais comment ? Mon mariage ne peut être annulé. J'ai des témoins !

Gérard lui tapota la main.

— Vous êtes une vraie dame. Vous ne pouvez imaginer la perfidie de ces deux-là. Vous leur avez joué quelques tours, mais ce n'était pas bien méchant. Tandis que leurs plans à eux ne sont ni innocents ni honnêtes.

— Que... voulez-vous dire ? Un divorce ?

Il resta silencieux un long moment.

— J'aimerais que ce soit seulement un divorce. Mais à mon avis, ils projettent plutôt un... meurtre.

Bianca resta bouche bée. D'abord, elle ne comprit pas qui pouvait bien être la victime. L'image de Nicole tombant d'une falaise lui apparut. Mais si cette idée la séduisait, elle imaginait mal pourquoi Clay agirait ainsi. Soudain la vérité la cloua au sol.

— Moi, souffla-t-elle. C'est moi qu'ils veulent tuer ?

— J'ai peur d'avoir été aussi naïf que vous, fit-il en lui tenant étroitement la main. J'ai mis beaucoup de temps à déjouer leurs intentions. Si Nicole amputait volontairement sa terre, c'est qu'elle avait une idée derrière la tête. J'ai compris seulement ce matin que si elle possédait de nouveau la plantation, cela tournerait bien sûr à son avantage.

— Mais... un meurtre, tout de même ! Vous devez vous tromper.

— Amstrong a-t-il jamais essayé de vous blesser ? Vous a-t-il déjà frappée ?

— Ce matin, il m'a poussée contre le mur. Je pouvais à peine respirer.

— C'est bien ce que je pensais. Il devient violent. Un jour, vous trouverez une corde en travers de l'escalier, et vous dégringolerez jusqu'en bas.

— Non ! suffoqua Bianca en portant ses mains à son cou.

— Bien entendu, Amstrong sera au loin quand vous tomberez. En rentrant, il ne lui restera plus qu'à ôter la ficelle et à prendre des airs de mari affligé. Mais vous, ma chère, vous reposerez plusieurs pieds sous terre.

Bianca roula des yeux effrayés.

— Je ne peux pas les laisser faire. Il faut les en empêcher.

— Vous devez vous montrer très prudente. Pour moi, aussi bien que pour vous-même.

— Pour vous ? renifla-t-elle.

Gérard souleva sa main et la retint entre les siennes.

— Vous allez me prendre pour un goujat, un homme effronté. Non, je dois me taire.

— Je vous en prie ! supplia-t-elle.

Il examina le sol, mais le trouva trop humide pour s'agenouiller. Ses bas de soie n'y résisteraient pas.

— Je vous aime, proclama-t-il avec emphase. Nous nous sommes rencontrés une seule fois, mais depuis ce jour, vous me hantez. Vous êtes dans chacune de mes pensées. S'il vous plaît, ne vous moquez pas de moi.

Bianca le considéra avec étonnement. Aucun homme ne lui avait jamais déclaré un amour éternel. La manière dont Gérard la contemplait était éloquente. Il l'aimait vraiment. Elle avait souvent pensé à lui comme à quelqu'un de gentil et de compréhensif. Elle le regardait maintenant sous un nouveau jour. Elle était sûre de pouvoir lui rendre son amour.

— Je n'ai nulle intention de me moquer de vous.

— Alors je peux espérer vous revoir de temps en temps ?

— Bien sûr, affirma Bianca encore déroutée par sa déclaration.

Il se releva et arrangea sa cravate.

— Je dois partir, maintenant. Promettez-moi d'être très prudente. S'il vous arrivait la moindre chose, mon cœur se briserait. Mon Dieu ! j'allais oublier, déclara-t-il comme son regard accrochait un objet posé sur la balustrade. Accepteriez-vous ce modeste témoignage de mon affection ?

Il lui tendit une boîte de chocolats de deux kilos, présent de la fille d'un fermier qui avait acheté une robe de Nicole. Bianca lui arracha presque les friandises des mains.

— Je n'ai encore rien mangé ce matin, souffla-t-elle. Il m'en a empêchée.

Elle jeta le ruban par terre, ôta le couvercle et avala cinq chocolats d'une traite.

— Qu'allez-vous penser de moi ? s'écria-t-elle la bouche pleine.

— Rien, sinon que je vous aime, assura Gérard quand il fut revenu de son étonnement devant sa gloutonnerie. Je vous aime comme vous êtes. Je ne veux surtout pas que vous changiez.

Bianca le considéra avec la même expression qu'elle avait eue devant la boîte de chocolats.

— Pourrons-nous nous rencontrer bientôt ? D'ici trois jours, peut-être, à l'heure du déjeuner ? J'apporterai un pique-nique.

— Oh, oui ! souffla-t-elle. Ce serait merveilleux.

Il s'inclina et déposa un baiser sur sa main, tout en remarquant que ses yeux restaient fixés sur les chocolats. Après l'avoir quittée, il l'observa un moment à l'ombre des arbres. Elle engloutit les deux kilos en quelques minutes. Il se sourit à lui-même et retourna au moulin.

Trois jours plus tard, Gérard était assis à côté de Bianca dans un coin retiré de la plantation. Entre eux, les restes d'un festin. Janie avait passé la matinée à préparer tout cela. Il fronça les sourcils en se souvenant de la manière dont elle avait d'abord refusé, mais Nicole était intervenue.

— Il essaie de me faire mourir de faim, dit Bianca, la bouche pleine de crème au caramel et de biscuits aux amandes. Ce matin, je n'ai eu que deux œufs pochés et trois toasts pour mon petit déjeuner. Il a aussi annulé ma commande de nouvelles robes.

Gérard observait avec intérêt l'énorme quantité de nourriture que Bianca pouvait ingurgiter. Il avait commandé un pique-nique pour six personnes et se demandait maintenant s'il y en aurait assez.

— Alors, avez-vous été prudente, ces derniers temps ? s'enquit-il d'une voix posée.

Il n'en fallut pas plus pour qu'elle pose sa fourchette et enfouisse son visage dans ses mains.

— Il me déteste. Partout, je vois des signes de sa haine. Il a changé depuis l'inondation. Il m'empêche de manger. Il a engagé des femmes pour nettoyer la maison. Elles ne m'écoutent pas. C'est comme si je n'étais plus la maîtresse.

Gérard retira l'emballage d'un petit gâteau au chocolat et le lui tendit. Les yeux brillant à travers ses larmes, elle s'en empara.

— Si la plantation nous appartenait, tout serait différent.

— A nous ? Comment pourrait-elle nous appartenir ?

— Si Amstrong mourait, vous en hériteriez.

— Il a une santé de fer, gémit Bianca en terminant le gâteau. C'en est écœurant avec tout ce qu'il a bu, mais il ne touche plus une goutte d'alcool maintenant.

— Personne ne le sait encore. Et il est de notoriété publique qu'il n'a cessé de s'enivrer depuis un an. S'il avait un... accident en état d'ébriété ?

Bianca louchait sur les reliefs du festin. Honnêtement, elle était incapable, à son grand regret, d'avaler une bouchée de plus.

— Mais je vous ai dit qu'il ne buvait plus, déclara-t-elle d'une voix distraite.

Gérard s'impatientait devant tant de sottise.

— Ne pensez-vous pas que nous pourrions organiser quelque chose ?

Elle releva lentement la tête et le regarda.

— Que voulez-vous dire ?

— Clayton Amstrong est un odieux personnage. Il vous a fait venir dans cet horrible pays sous de faux prétextes. Et maintenant, il vous utilise et vous maltraite.

— Oui, souffla Bianca. Oh, oui !

— Aucune justice au monde n'autorise un tel scandale. Vous êtes sa femme, et il vous traite comme moins que rien. Il vous laisse dépérir de faim !

— Vous avez raison, assura Bianca en caressant son énorme estomac. Mais que puis-je faire ?

— Vous débarrasser de lui, annonça-t-il en souriant devant le haut-le-corps de Bianca. Vous avez tous les droits, insista-t-il en lui prenant la main. Vous êtes si douce, vous n'avez pas encore compris que c'était votre vie contre la sienne. Croyez-vous qu'il est homme à reculer devant un meurtre ?

Elle le fixa avec effroi.

— A-t-il d'autre alternative ? Il veut Nicole, mais il est marié avec vous. Vous a-t-il déjà demandé le divorce ?

Elle secoua négativement la tête.

— Cela viendra. Le lui accorderez-vous ?

Elle secoua de nouveau la tête.

— Alors, il trouvera d'autres moyens de se débarrasser d'une épouse encombrante.

— Non, souffla Bianca. Je ne vous crois pas.

Elle essaya de se lever, mais sa corpulence et son estomac rebondi l'en empêchèrent. Gérard se redressa et lui tendit la main, les jambes arc-boutées pour faire contrepoids.

— Réfléchissez-y ! conseilla-t-il quand elle fut

debout. C'est une question de vie ou de mort. Lui ou vous.

— Je dois partir, dit-elle en se détournant.

Les horribles pensées que Gérard lui avaient suggérées tourbillonnaient dans sa tête. Elle marcha lentement vers la maison. Elle vérifia avant de rentrer si personne ne se cachait derrière les portes et commença laborieusement l'ascension de l'escalier en se baissant pour déceler tout fil tendu en travers des marches.

Une semaine s'était écoulée quand Clay aborda le sujet du divorce. Elle était très faible et fatiguée à cause du manque de nourriture et de repos. Clay avait donné des ordres pour qu'elle suive un régime strict, et dès qu'elle fermait les yeux apparaissait l'image de Clay brandissant un couteau et criant que c'était lui ou elle.

Quand il parla de divorce, le cauchemar devint réalité. Ils étaient assis dans le petit salon que Clay avait rétabli dans son état primitif, comme s'il voulait déjà chasser tout souvenir de Bianca.

— Que pouvons-nous espérer l'un de l'autre ? disait Clay. Je suis sûr que vous vous souciez aussi peu de moi que moi de vous.

— C'est à cause d'*elle* ! s'écria-t-elle d'un air buté. Vous voulez me jeter dehors, c'est cela ! Vous avez tiré vos plans depuis longtemps tous les deux.

— Voici la chose la plus absurde que j'aie jamais entendue, protesta Clay en essayant de garder son calme. C'est vous qui m'avez forcé à vous épouser. C'est vous qui avez menti en prétendant attendre *mon* enfant.

Bianca poussa une exclamation de surprise et porta sa main sur les plis de graisse qui recouvraient sa gorge.

Clay se détourna et se dirigea vers la fenêtre. Il n'avait appris que récemment l'histoire d'Oliver Hawthorne. Ce dernier avait perdu sa maigre récolte à cause de la pluie et deux de ses fils étaient morts de la typhoïde. Il était venu faire du chantage à Clay. Après lui avoir annoncé que Bianca avait perdu le bébé, Clay l'avait envoyé promener.

— Vous me détestez, souffla Bianca.

— Non, répondit-il d'une voix calme. Plus maintenant. Tout ce que je veux, c'est que nous nous séparions. Je vous enverrai de l'argent.

— Comment pourriez-vous ? Me prenez-vous pour une idiote ? Je vois bien que vous réinvestissez jusqu'au dernier centime dans la plantation.

Il pivota vers elle, les yeux noirs de fureur.

— Non, vous n'êtes pas stupide, vous êtes juste d'un inconcevable égoïsme. Ne comprenez-vous pas combien j'ai hâte de me défaire de vous ? Combien vous me dégoûtez ? Je vendrais la plantation rien que pour ne plus avoir à contempler cet amas graisseux que vous appelez un visage.

Il ouvrit la bouche pour ajouter quelque chose, mais se ravisa et sortit rapidement de la pièce.

Bianca resta un long moment assise sur le sofa sans bouger, se refusant à ruminer les propos de Clay. Au contraire, elle évoqua le souvenir de Gérard. Comme ce serait merveilleux de vivre avec lui à Arundel Hall. Elle redeviendrait la dame du manoir.

Elle regarda autour d'elle et se souvint de la manière dont elle avait décoré cette pièce qui, maintenant, était de nouveau nue. Gérard ne verrait pas d'inconvénients à ce qu'elle change tout selon son goût. Non, Gérard l'aimait. Il l'aimait comme elle était.

Elle se leva lentement. Elle devait voir l'homme qu'elle aimait. Elle n'avait pas d'autre choix. Gérard avait raison : Clay était prêt à tout pour se débarrasser d'elle !

22

— Que faites-vous ici ? demanda Gérard en aidant Bianca à descendre du canot du côté de chez Nicole.

Il jeta un coup d'œil alentour d'un air inquiet.

— Je devais vous voir.

— Vous auriez pu envoyer un message. Je serais venu.

— Ne vous fâchez pas, implora Bianca dont les yeux s'emplirent de larmes. Je suis incapable d'affronter une nouvelle colère.

Gérard la considéra un long moment.

— Venez avec moi. Nous devons rester hors de vue de la maison.

Elle inclina la tête et le suivit. La marche était pénible, et elle dut reprendre deux fois sa respiration. Ils s'arrêtèrent sur une petite éminence dominant la maison.

— Maintenant, racontez-moi tout !

Il écouta attentivement le long récit de Bianca.

— Alors, il sait que l'enfant n'était pas le sien.

— Est-ce important ?

— Les tribunaux désapprouvent l'adultère.

— Les tribunaux ? Quels tribunaux ?

— Celui qui lui accordera le divorce et vous enlèvera tout bien.

Bianca s'appuya contre un tronc et se laissa glisser par terre.

— Je me suis donné tellement de mal pour obtenir

chaque chose. Il ne peut pas me les arracher. Il ne peut pas !

— Il y a un moyen de l'empêcher de vous voler, protesta Gérard en s'agenouillant devant elle.

— Le meurtre ? gémit-elle d'une voix tremblante.

— N'essaie-t-il pas de vous tuer ? Imaginez-vous votre retour en Angleterre en tant que femme divorcée ? Que dira votre père ?

Bianca se souvint des nombreuses fois où son père s'était moqué d'elle, prétendant que Clay ne voudrait pas d'elle après avoir rencontré Nicole. Il ne lui laisserait pas oublier son échec.

— Comment ? souffla-t-elle. Quand ?

Gérard s'assit sur ses talons. Une lueur inquiétante brillait dans ses yeux.

— Vite. Très vite. Il ne doit parler à personne de ses plans.

Soudain, quelque chose bougea, retenant le regard de Bianca.

— Nicole ! hoqueta-t-elle, et elle porta la main à sa bouche.

Gérard se retourna. Adèle se tenait derrière lui, à moitié cachée par les arbres. Nicole avait mis longtemps à la persuader qu'elle ne risquait rien en se promenant derrière la maison.

En une enjambée il fut près d'elle et lui attrapa le bras.

— Qu'avez-vous entendu ?

— Un meurtre ? fit-elle en roulant des yeux fous.

Gérard la gifla violemment.

— Oui, un meurtre ! Le vôtre ! Si vous dites un mot de tout cela, j'envoie Nicole et les jumeaux à la guillotine. Aimeriez-vous voir leurs têtes rouler dans le panier ?

Une expression au-delà de la terreur passa sur le visage d'Adèle.

— N'oubliez pas ! siffla-t-il en serrant ses doigts autour de son cou avant de la repousser.

Elle tomba à moitié, puis reprit son équilibre et fila à toute allure vers la maison.

Gérard réajusta sa cravate avant de se tourner vers Bianca. Adossée contre un arbre, elle semblait effrayée.

— Qu'est-ce qui vous arrive ? glapit-il.

— Je ne vous ai jamais vu comme cela.

— Je suis prêt à tout pour protéger la femme que j'aime. Je devais m'assurer qu'elle ne répéterait rien, poursuivit-il quand il la vit froncer les sourcils.

— C'est la première chose qu'elle va faire, de toute façon.

— Non. Pas après ce que je lui ai dit. Elle est folle, vous ne le saviez pas ?

— Qui est-ce ? Elle ressemble à Nicole.

— Sa mère, répondit-il après une hésitation, et il poursuivit sans lui laisser le temps de poser d'autres questions : Retrouvez-moi demain à une heure. Nous établirons nos plans.

— Vous apporterez un pique-nique ?

— Bien entendu. Et maintenant, il faut que vous partiez. Je ne veux pas qu'on nous voie ensemble... pas encore, du moins.

Quand Nicole rentra du moulin, Janie l'accueillit à la porte avec un visage grave.

— Votre mère a une terrible crise. Personne ne peut la calmer.

Un cri affreux secoua la maison, et Nicole se précipita en haut.

— Maman ! murmura-t-elle essayant de passer un bras autour des épaules maternelles, effrayée par l'expression de terreur peinte sur ses traits.

— Les bébés ! hurlait-elle en agitant les bras. Leurs têtes ! Ils vont les tuer. Il y a du sang partout !

— Maman, vous êtes en sécurité !

Nicole s'exprimait en français tout comme Adèle.

— Elle a l'air inquiète au sujet des jumeaux.

Est-ce bien cela ? demanda Janie du haut de l'escalier.

— Sans doute. Elle parle de bébés.

— Elle est arrivée en pleurant il y a quelques minutes et a essayé de cacher les jumeaux dans le placard sous l'escalier. Heureusement, ils sont habitués à ses excentricités. Ils sont sortis dès qu'elle est montée.

— Il va les tuer ! répétait Adèle. La grosse dame aussi !

— Que dit-elle ? demanda Janie.

— Des inepties. Pourriez-vous m'apporter du laudanum ?

Quand Janie fut partie, Nicole fit de nouveaux efforts pour apaiser Adèle. Mais elle continua à parler de meurtre, de guillotine et d'une grosse femme. Quand elle mentionna le nom de Clay, Nicole concentra toute son attention.

— Clay ! Ils veulent le tuer aussi, gémissait-elle, les yeux fous, les cheveux en désordre. Et mes bébés ! Ils ont bien tué la reine.

— Qui va tuer Clay ?

— Eux. Les tueurs de bébés !

— On dirait qu'elle veut dire quelque chose, remarqua Janie qui était de retour. N'a-t-elle pas prononcé le nom de Clay ?

— Buvez cela, murmura Nicole en lui tendant la tasse que Janie venait d'apporter. Vous vous sentirez mieux après.

Le laudanum fit rapidement son effet. Nicole entendit Gérard rentrer au même instant et descendit.

— Savez-vous ce qui a pu bouleverser ainsi ma mère ?

— Je ne l'ai pas vue de la journée, répondit-il en se tournant lentement vers Nicole. A-t-elle encore une crise ?

— Comme si cela vous concernait, marmotta Janie en se dirigeant vers la cheminée.

Gérard prit le parti de ne rien entendre.

— Cela n'a rien d'extraordinaire, dit-il à l'intention de Nicole en agitant les mains d'un air vague. Vous devriez y être habituée.

— En effet. Mais cette fois-ci, elle semblait vouloir transmettre quelque chose.

— Que pouvait-elle bien exprimer de nouveau ? Elle ne parle que de meurtre et de mort.

— C'est vrai, fit Nicole. Mais aujourd'hui, elle a mentionné Clay.

— Clay, répéta Janie. Elle ne l'a jamais rencontré, n'est-ce pas ?

— Pas à ma connaissance, affirma Nicole. Et elle ne cesse de parler d'une grosse femme.

— Je ne vois pas qui cela peut être, poursuivit Janie.

— Bien sûr, intervint Gérard avec un enthousiasme inhabituel. Elle a sûrement aperçu Clay et Bianca ensemble. Et dans la mesure où toutes les personnes qu'elle ne connaît pas l'effraient, elle a pris peur.

— Vous avez sans doute raison, approuva Nicole. Mais il devait y avoir autre chose. Pourquoi répétait-elle qu'on voulait tuer Clay ?

— Elle n'a que cette idée en tête: la mort, le meurtre !

— Peut-être, mais jamais elle n'a encore confondu le passé et le présent de cette manière.

Avant que Gérard n'ait pu répliquer, Janie s'interposa :

— C'est inutile de nous inquiéter maintenant. Vous essaierez de la faire parler demain. Elle aura l'esprit plus clair après une bonne nuit. A présent, asseyez-vous et dînez.

La petite maison était silencieuse. La nuit était particulièrement chaude pour un mois de septembre, et les quatre occupants des combles dormaient sans couverture.

Adèle s'agitait. Même après une forte dose de laudanum, elle gémissait et se retournait sans cesse, hantée par des cauchemars. Gérard écrasa le petit cigare qu'il venait de fumer et sortit du lit. Il considéra un moment sa femme. En France, il s'était senti honoré par ce mariage avec une Courtalain, même plus toute jeune comme Adèle. Mais depuis qu'il avait rencontré Nicole, tout avait basculé.

Il se dirigea du côté d'Adèle sur la pointe des pieds et s'assit sur le lit. Il se pencha au-dessus d'elle pour prendre son oreiller.

Elle ouvrit les yeux quelques instants avant qu'il ne le lui plaque sur le visage. Elle voulut lutter, mais comprit vite que c'était inutile. Pendant toutes ces années en prison, elle avait attendu la mort à chaque minute. Et voici qu'elle venait enfin et la trouvait prête.

Gérard retira l'oreiller. Dans la mort, son visage avait retrouvé sa jeunesse et sa beauté. Il se leva, puis traversa la pièce jusqu'à la couverture qui la séparait en deux.

Il contempla longuement Nicole dont la fine chemise de nuit voilait à peine les formes. Il se retint à grand-peine de caresser la courbe de ses hanches.

— Bientôt, murmura-t-il. Bientôt.

Il retourna ensuite à son lit, s'étendit à côté de la femme qu'il venait de tuer et s'endormit.

Quand Nicole découvrit le corps sans vie de sa mère, le lendemain matin, la maison était vide. Les jumeaux étaient allés ramasser des pommes avec Janie, et Gérard, comme d'habitude, était parti de son côté.

Elle s'assit sur le bord du lit, s'empara de la main froide de sa mère et caressa doucement sa joue si semblable à la sienne. Puis elle quitta lentement la maison.

Elle monta au sommet de la colline qui surplombait le moulin. Soudain, elle se sentit comme abandonnée. La réapparition de sa mère après toutes ces années où elle s'était crue seule au monde avait créé une nouvelle solidarité. Il ne lui restait plus que Clay désormais. Elle regarda Arundel Hall de l'autre côté de la rivière, radieux dans la splendeur matinale. Mais Clay ne lui appartenait plus, songea-t-elle. Lui non plus, il ne serait plus auprès d'elle.

Nicole s'assit par terre, les genoux remontés sous le menton, le visage enfoui dans ses mains. Comme elle aurait voulu qu'il la serre entre ses bras en lui affirmant que la vie continuait malgré la mort de sa mère. Même les derniers mots d'Adèle évoquaient Clay !

Elle releva tout à coup la tête. Mais oui ! La grosse femme qui voulait tuer Clay, c'était Bianca. Si Clay disparaissait, elle hériterait de la plantation. Adèle avait dû surprendre une conversation où elle exposait ses plans à quelqu'un de ce côté-ci de la rivière.

Nicole se précipita jusqu'au quai d'où elle passa de l'autre côté en un temps record. Puis remontant ses jupes, elle courut jusqu'à la maison.

— Clay ! appelait-elle en passant de pièce en pièce.

Malgré sa précipitation, elle sentait la vieille demeure l'accueillir les bras ouverts. Elle crut même discerner une lueur de sollicitude dans le regard de Beth dont le portrait avait retrouvé sa place au-dessus de la cheminée de la salle à manger.

Elle se rendit à la bibliothèque en dernier. Le bureau était encombré, mais propre. Clay avait retrouvé ses vieilles habitudes. Elle sut exactement quand il entra et se posta derrière elle. Sa présence si près d'elle la bouleversait. Elle prit une profonde inspiration et se tourna lentement vers lui.

Elle l'avait à peine aperçu l'année passée. L'humble Clay venu aider à creuser la tranchée était un étranger pour elle. Mais l'homme qui lui faisait face en ce moment était bien celui dont elle était tombée amoureuse. Sa chemise de lin blanc était ouverte jusqu'à la taille, ses bras tachés par le tabac. Il se tenait les pieds écartés, les mains sur les hanches, comme la première fois qu'elle l'avait observé à travers la longue-vue.

— Vous avez pleuré, remarqua-t-il tout de suite.

Sa voix la faisait frissonner. Elle en avait oublié les raisons de sa venue. Elle se détourna et se dirigea vers la porte.

— Non ! commanda-t-il sur un ton qui ne laissait aucun choix. Regardez-moi !

Elle pivota lentement.

— Qu'est-il arrivé ? demanda-t-il avec sollicitude.

Des larmes montèrent de nouveau aux yeux de Nicole.

— Ma mère est... morte. Je dois rentrer.

Son regard la tint prisonnière un long moment.

— Ne saviez-vous pas que vous étiez ici chez *vous* ?

Les larmes menaçaient de reprendre. Elle ignorait qu'il avait encore autant de pouvoir sur elle. Elle secoua la tête en formant un non silencieux avec ses lèvres.

— Venez ici !

Le peu de bon sens qui restait encore à Nicole lui commandait de ne pas obéir. Mais ses pieds se mirent à avancer tout seuls.

Clay se contentait de la fixer et c'était comme si un courant électrique la traversait.

— Venez, répéta-t-il.

Les larmes jaillirent et ses pieds bondirent vers lui. Il l'attrapa dans ses bras et la serra contre lui. Puis il l'emporta sur le canapé où il se mit à la bercer.

— Si vous voulez pleurer, c'est sur mon épaule. En sécurité, auprès de l'homme auquel vous appartenez.

Il caressait doucement ses cheveux pendant qu'elle épanchait son chagrin. Au bout d'un moment, il lui posa des questions. Elle lui raconta ses souvenirs, les bons moments qu'elles avaient passés ensemble.

Soudain, elle s'assit et lui annonça ce qui l'avait amenée à Arundel Hall.

— Vous êtes venue me prévenir que quelqu'un voulait me tuer ?

— Pas quelqu'un, corrigea-t-elle. Bianca. Ma mère a dû surprendre une conversation où elle projetait de vous tuer.

Il resta un instant songeur.

— Elle a peut-être entendu Isaac ou quelqu'un d'autre parler de Bianca. L'un de mes hommes prétendait l'autre jour que, s'il avait une femme comme la mienne, il l'aurait probablement assassinée.

— C'est affreux !

— Adèle a sans doute entendu une déclaration similaire.

— Mais, Clay...

Il l'arrêta d'un doigt sur ses lèvres.

— Je suis heureux que vous teniez encore assez à moi pour être venue m'avertir, mais Bianca n'est pas une meurtrière. Elle n'en a ni l'intelligence, ni le courage.

Il laissa courir son doigt sur sa lèvre supérieure.

— Comme cette drôle de bouche m'a manqué !

Elle voulut se reculer. Mais tant qu'elle était sur ses genoux, la manœuvre était impossible.

— Rien n'est changé, Clay !

— C'est vrai ! approuva-t-il avec un sourire. Rien n'a changé depuis le jour où je vous ai presque violée dans la cabine du bateau. Nous n'avons cessé de nous aimer depuis cet instant, et rien ne changera jamais.

— Non, je vous en prie, implora-t-elle. C'est fini. Bianca...

— Je ne veux plus jamais entendre ce nom, fit-il en haussant un sourcil. J'ai eu le temps de réfléchir depuis l'inondation. J'ai compris alors que vous m'aimiez encore. Bianca n'est pas la cause de nos problèmes, c'est notre propre entêtement. Vous saviez que j'avais peur de perdre la plantation, et je n'étais pas assez fort tout seul, et vous ne croyiez pas assez en moi.

— Clay, commença-t-elle, mais au fond de son cœur, elle reconnaissait qu'il avait raison.

— Tout va bien, mon ange. Nous allons recommencer. Mais cette fois, nous restons ensemble. Cette fois, personne ne pourra nous séparer.

Elle l'observa. Ils avaient traversé tant de crises, et pourtant leur amour avait survécu. Elle nicha sa tête au creux de son épaule, et il la serra dans ses bras.

— C'est comme si je n'avais jamais quitté cet endroit.

— Si vous ne vous levez pas, murmura-t-il en déposant un baiser sur ses cheveux, je ne réponds plus de moi.

Elle aurait voulu plaisanter avec lui, mais la douleur de la perte de sa mère était encore trop vive.

— Venez, mon aimée ! Retournons au moulin nous occuper de votre mère. Nous aurons tout le temps pour les projets plus tard.

Il souleva son menton entre ses mains.

— Vous me faites confiance ?

— Oui, répondit-elle sur un ton ferme. Je vous fais confiance.

Il la posa à terre et se leva à sa suite.

— Venez, répéta-t-il d'une voix enrouée par le désir.

Il lui prit la main et l'emmena hors de la pièce.

Ni l'un ni l'autre ne remarquèrent Bianca qui se tenait un peu en retrait dans la salle à manger. Elle était dehors quand elle avait vu Nicole courir vers la maison. Elle était entrée à sa suite et l'avait entendue claquer les portes comme si elle était chez elle. A cause de sa corpulence, elle n'avait pas pu la rattraper et se trouvait dans le petit salon au moment de l'arrivée de Clay. Elle s'était alors postée derrière la porte de la bibliothèque pour les épier.

Elle s'était figée quand elle avait entendu Nicole rapporter ses projets de meurtre et bouillait littéralement devant les propos de Clay à son sujet. Elle savait désormais qu'elle serait capable de mener à bien le plan de Gérard. Clay Amstrong méritait la mort.

Elle quitta la maison et chercha un enfant pour porter un message à Gérard. Son temps était compté, maintenant elle n'en doutait plus, avant que Clay ne se débarrasse d'elle.

Nicole était devant le moulin et buvait à longs traits à même une gourde. L'eau fraîche du puits était la bienvenue après une dure matinée à l'intérieur. Avec l'arrivée de l'automne, les sacs de grain affluaient de partout, et elle n'avait pas une minute.

Au moins, le travail l'empêchait de retourner dans son esprit les plans élaborés avec Clay. Ils avaient enterré sa mère auprès de celle de Clay dans la concession familiale des Amstrong. Puis ils rencontrèrent ensemble Bianca pour discuter de l'avenir. Clay lui expliqua qu'il était fatigué des secrets et qu'il voulait que tout soit clair à partir de maintenant. Bianca l'écouta attentivement dans un grand calme apparent. Clay lui fit une offre très généreuse. Il lui accordait une pension à vie qui serait un lourd fardeau pour lui et Nicole dans l'avenir. Clay chercha la main de Nicole sous la table. Un vif sentiment de solidarité les habitait désormais.

Sans un mot, ils se dirigèrent ensuite d'un commun accord vers leur clairière secrète. Là, malgré leur longue séparation, ils se redécouvrirent l'un l'autre en prenant tout leur temps.

Finis les explications, les confrontations, les vains raisonnements, ils éprouvaient juste une immense allégresse à être de nouveau ensemble. Ils ne formaient plus qu'une seule personne.

— Nicole !

La voix aiguë de Gérard ramena Nicole sur terre.

— Oui ?

— Nous vous avons cherchée partout. L'un des jumeaux s'est blessé. Janie vous attend sur la colline.

Nicole jeta la gourde et se mit à courir en soulevant ses jupes, avec Gérard à sa suite. Il n'y avait personne sur la crête.

— Où sont-ils ?

— Vous feriez n'importe quoi pour eux, n'est-ce pas ? dit Gérard en s'approchant tout près d'elle. Pour tout le monde, d'ailleurs, sauf pour moi.

— Où sont les jumeaux ? répéta Nicole en s'écartant.

— C'est bien le cadet de mes soucis. Je voulais juste vous emmener à l'écart. Nous allons faire une petite promenade ensemble.

— J'ai du travail, et...

Elle s'arrêta quand elle vit le pistolet dans la main de Gérard.

— Enfin, vous m'accordez votre attention. Est-ce le cas de tous les hommes qui braquent sur vous quelque chose de grand et de dur ?

Elle lui décocha quelques jurons bien sentis en français.

— Quel vocabulaire ! commenta-t-il avec un sourire. Maintenant, vous allez m'accompagner.

— Non !

— J'avais prévu votre réaction. Rappelez-vous les propos fous de ma chère épouse au sujet d'un meurtre projeté par Bianca. Pour une fois, elle ne se trompait pas complètement.

Nicole le fixa avec des yeux incrédules.

— Vous avez tué ma mère, souffla-t-elle.

— Bravo ! Voilà une fille futée ! Maintenant, si vous voulez revoir votre amant vivant, vous avez intérêt à m'obéir, affirma-t-il en agitant son pistolet. Avancez par là et souvenez-vous que sa vie est entre vos mains.

Ils traversèrent d'abord les bois, s'éloignant du moulin. Puis ils descendirent vers la rivière jusqu'à un endroit où Gérard avait caché un canot. Il fut aux anges de forcer Nicole à ramer pendant qu'il ne cessait de faire l'éloge de son habileté.

Ils accostèrent enfin à l'une des extrémités de la plantation Amstrong, juste devant une remise à outils désaffectée dont la porte ouverte ne tenait plus que par une charnière.

Ils avaient à peine atteint le seuil que Bianca apparut sous les arbres.

— Où étiez-vous ? Que fait-elle ici ?

— Peu importe ! Avez-vous réussi ?

— Il n'est pas parti à cheval comme c'était prévu. J'avais pourtant glissé le verre sous la selle ainsi que vous me l'aviez expliqué.

— Que s'est-il passé alors ?

Bianca laissa tomber sa jupe dont elle avait jusqu'alors étroitement tenu les pans. Tout le devant était maculé de sang.

— J'ai tiré sur lui, dit-elle comme étonnée par le fait.

Nicole poussa un cri et voulut se précipiter dans la direction de la maison. Gérard la rattrapa par le bras. Il la frappa avec violence en travers de la bouche, la projetant à l'intérieur de la remise.

— Est-il mort ?

— Oh, oui ! déclara-t-elle d'une voix aux étranges accents enfantins. Voici l'autre pistolet !

Gérard se jeta sur l'arme au moment où elle la tirait de derrière sa jupe et la pointa sur elle.

— Entrez là-dedans !

Bianca le fixa d'un air étonné avant de pénétrer dans la remise.

— Pourquoi Nicole est-elle ici ? Pourquoi ma bonne est-elle ici ?

— Bianca ! cria Nicole. Où est Clay ?

Elle tourna lentement son regard vers Nicole qui était appuyée contre le mur.

— Tout cela est de votre faute !

Elle se jeta sur elle, les mains en avant comme des serres, l'étouffant à moitié sous son poids.

— Lâchez-la, espèce de grosse vache !

Gérard posa un pistolet sur le sol derrière lui,

passa l'autre dans sa ceinture et essaya d'écarter Bianca.

— Je veux la tuer ! siffla-t-elle. Laissez-moi la tuer !

Gérard sortit son pistolet et le braqua sur elle.

— C'est vous que je vais tuer !

— Gérard, vous ne savez plus ce que vous dites. C'est moi, souvenez-vous ! La femme que vous aimez.

— Que j'aime ! ricana-t-il. Plutôt m'accoupler avec un porc !

— Gérard, insista Bianca, vous êtes devenu fou !

— Espèce de truie stupide et vaniteuse. Avoir cru un instant que *moi*, un Courtalain, je pouvais vous aimer ! On vous trouvera morte. Un suicide à la suite du meurtre de votre mari par des voleurs.

— Non, gémit Bianca, les bras ouverts, les paumes tournées vers le ciel.

— Oh, si ! assura-t-il avec une mine réjouie. La plantation reviendra à ces odieux jumeaux, et dans la mesure où ils n'ont aucune autre famille, Nicole sera leur tutrice et moi, je serai son mari.

— Son mari ! hoqueta Bianca. Vous prétendiez l'exécrer !

— C'était un jeu, rappelez-vous. Nous avons joué, et j'ai gagné la partie.

Nicole commençait à retrouver ses esprits. Peut-être arriverait-elle à détourner l'attention de Gérard jusqu'à ce qu'on les découvre.

— Personne ne croira que Bianca s'est suicidée. Tout le monde sait qu'elle déteste Clay.

Bianca saisit la perche.

— Nous ne nous voyions jamais, Clay et moi. C'est de notoriété publique auprès des domestiques et des employés.

— Peu importe, on racontera que vous vous êtes réconciliés.

Une expression de terreur passa sur le visage de Bianca.

— Mais Bianca appartient à la noblesse anglaise.

Alors qu'en France, les privilèges n'existent plus. Elle ferait une épouse admirable, protesta Nicole.

— Elle n'est rien ! siffla Gérard. La royauté sera bientôt rétablie en France. Et alors, je serai marié à la petite-fille d'un duc. Les Courtalain revivront à travers moi !

— Mais... reprit Nicole.

— Assez ! hurla-t-il. Vous me prenez pour un imbécile ? Vous croyez que je n'ai pas compris que vous vouliez gagner du temps ?

Il agita son pistolet en direction de Bianca.

— Je n'en voudrais pas même si c'était la reine d'Angleterre en personne. Elle est grosse, affreuse et d'une bêtise incroyable.

Bianca se précipita sur lui, Gérard lutta un moment contre l'énorme masse. Le coup partit tout seul. Bianca se mit à tanguer en tenant son estomac. Le sang commençait à couler entre ses doigts.

Nicole avait depuis longtemps repéré le pistolet que Gérard avait négligemment abandonné sur le sol, mais Gérard et Bianca lui barraient le chemin. Elle fit le tour de l'appentis des yeux jusqu'à ce qu'elle aperçoive une planche branlante. Avec l'énergie du désespoir, elle s'en empara et frappa Gérard. Il chancela tandis que Bianca s'écroulait sur le sol.

— Vous m'avez blessé, souffla-t-il en français en frottant sa tempe ensanglantée. Vous me le paierez cher.

Il se mit à avancer vers Nicole qui recula, bientôt acculée au mur. Bianca observait la scène de sa vue déjà brouillée. Elle sentit le pistolet sous ses doigts. Réunissant ses dernières forces, elle le souleva, visa et pressa la détente. Elle mourut sans savoir qu'elle avait fait mouche.

Gérard s'immobilisa soudain, un éclair de surprise passa dans son regard. Puis il s'effondra tout doucement par terre, les yeux grands ouverts et encore pleins d'étonnement.

Nicole s'écarta. Tous deux gisaient au sol, la main

de Gérard sur celle de Bianca, qui se referma dans un dernier sursaut, emprisonnant Gérard plus sûrement dans la mort qu'elle n'aurait jamais pu le faire dans la vie.

Nicole s'éloigna rapidement. Elle courut tout au long du chemin. Elle devait trouver Clay.

Du sang maculait le parquet de la bibliothèque, mais aucun signe de Clay nulle part. Nicole sentait que son cœur avait cessé de battre depuis longtemps.

Soudain, elle s'assit sur le sofa et enfouit son visage dans ses mains. Elle devait absolument recouvrer son calme et réfléchir. Peut-être que quelqu'un l'avait emmené. Non, si c'était le cas, la maison bourdonnerait d'activité.

Où avait-il bien pu aller ?

Elle se leva. Elle avait enfin trouvé : la clairière !

Les yeux noyés de larmes, elle parcourut les trois bons kilomètres qui la séparaient de la grotte. Malgré sa respiration haletante, elle refusait de s'arrêter.

Elle n'avait pas plutôt passé l'entrée secrète qu'elle l'aperçut étendu à même le sol, un bras replié sous sa tête.

— Clay ! souffla-t-elle en s'agenouillant auprès de lui.

Il ouvrit les yeux et lui sourit.

— J'avais tort au sujet de Bianca. Elle a eu le courage d'essayer de me tuer.

— Laissez-moi regarder, dit-elle en écartant la chemise sanglante de son épaule.

La blessure ne semblait pas trop grave, mais il avait perdu beaucoup de sang. Un immense soulagement l'envahit.

— Vous auriez dû rester dans la maison, soupira-t-elle en déchirant un morceau de sa chemise pour panser sa plaie.

Il l'observa.

— Comment avez-vous deviné ?

— Nous aurons tout le temps plus tard, éluda-t-elle. Vous avez besoin d'un médecin de toute urgence.

Elle voulut se lever mais il la retint par le bras.

— Racontez-moi !

— Bianca et Gérard sont morts.

Il la regarda longuement. Peu importaient les détails, il les apprendrait par la suite.

— Allez me chercher la licorne dans la grotte.

— Clay, ce n'est pas le moment...

— Allez-y !

Elle se rendit à contrecœur dans la grotte et rapporta la petite licorne enchâssée dans le verre. Clay la posa par terre et écrasa la boule avec une pierre.

— Clay ! protesta-t-elle.

Il se rallongea sur l'herbe, la licorne à la main.

— Vous avez prétendu un jour que je ne vous croyais pas digne de toucher ce que Beth avait touché. En fait, c'était moi qui étais indigne.

Il se souleva péniblement sur un coude, épuisé après avoir brisé le verre, et glissa la petite licorne dans l'encolure de sa robe. Un sourire en coin, un rien narquois, se dessina sur ses lèvres.

— Je la reprendrai plus tard.

De grosses larmes roulaient sur ses joues quand elle murmura :

— Je dois vous ramener un médecin.

Il la rattrapa par sa jupe.

— Vous me reviendrez, n'est-ce pas ?

— Toujours.

Elle agita son corsage.

— Il y a une petite licorne en argent qui me pique et quelqu'un doit me l'enlever.

— Je me porte volontaire, fit-il avec une petite grimace en fermant les yeux.

Elle se détourna et se dirigea vers l'entrée secrète.

3180

Achevé d'imprimer en Europe (France)
par Brodard et Taupin à la Flèche (Sarthe)
le 17 juillet 1992. 1119G-5
Dépôt légal juillet 1992. ISBN 2-277-23180-0
1er dépôt légal dans la collection : février 1992
Éditions J'ai lu
27, rue Cassette, 75006 Paris
Diffusion France et étranger : Flammarion